히스
의
언덕

김현숙소설집

개미

끊임없이 떠드는 속에서 잠든 사람은

침묵 속에서 깨어난다.

— H.W. Howells

세 번째 창작집을 펴내며 미국의 소설가이며 비평가, 하월스의 명언을 인용했던, 첫 창작집 출간 때의 절절한 소회가 떠오른다. 문학을 완전히 망각한 채 긴긴 잠을 자고 난 후의 막막한 절망, 외로움을 그렇게 표현한 것이리.

그러나 시간이 흐를수록 그 긴 잠은 결코 무위한 것이 아님을 자각했다. 유충이 땅밑에 들어가 나무뿌리의 수액을 먹으며 자라나 이윽고 지상으로 올라와 성충이 되듯, 나의 긴 잠은 온몸으로 문학을 살아내며 보다 성숙되길 기다리는 인고의 시간이었음을 깨닫는다.

곤한 잠에서 깨어나 마침내 자신과 주변, 그 모든 것들과의 불화와 장애, 마찰을 이겨내고 세상을 좀 더 깊고 넓게 그리고 평화로이 바라볼 수 있는 안목과 여유, 지혜가 깃들게 되었음은 큰 수확이었다.

내 서재 앞엔 사계절의 미세한 변화를 한눈에 알려주는 작은 동산이 있다. 이른바 벚꽃 동산. 벚꽃이 온통 산을 뒤덮는 4월이면 늘 창가에 매달려 한나절을 보내며 나름 황홀경에 빠져들었고, 가을은 또 가을대로 찬연히 스러지는 낙엽. 그 고혹적 빛깔에 혹해 종일 거실을 서성였다. 그러나 언제부터인가 마른 가지 빽빽한 겨울 숲에 더 눈길이 가곤 함은 이상한 일이었다. 무성한 잎새, 영근 열매 다 떨구곤 앙상한 나목의 모습으로 서 있는 겨울 숲. 하얗게 눈이라도 뒤덮힌 날이면 따끈한 한 잔의 커피잔을 들고 오래오래 그곳을 바라보는 시간이 늘어갔고 어느새 내 작품도 그 겨울 숲을 닮아가고 있음을 느꼈다.

언어의 절제. 예컨대 화려한 수사, 이야기의 사족 등을 과감히 생략한 채 되도록이면 언어의 절제를 지향하고 있는 자신을 발견하곤 놀라움을 느끼곤 했기에.

계층 간 갈등과 대립, 누림과 소외, 상실의 아픔과 고독. 방황과 정체. 현대인들 모두가 공통으로 안고 있는 이러한 문제들이 여전히 내 안에 단단히 똬리를 튼 채 나를 장악하고 있음은 축복인 것일까, 저주일까.

애초 불씨를 지피긴 힘들어도 어언 내 안에 다시 활활 창작의 불꽃이 타오름을 느낌은 희열이 아닐 수 없다. 이 맹렬한 불길이 부디 작품에의 미학과 완성도로 이어져, 되도록 많은 독자들의 뜨거운 공감의 장이 함께 하길 소망하는 마음 간절하다.

세 번째 창작집이 나오기까지 뜨거운 성원 아끼지 않은 가족들과, 개미출판 그리고 미흡함 투성이인 졸작의 해설을 맡아 영롱한 한 줄 구슬로 질서 정연히 엮어준 박덕규 선생님께 머리 숙여 감사드린다. 또한 늘 도와주시는 성모님께도 한아름 감사의 꽃다발을 바친다.

2018년 6월 수리산 기슭에서

김현숙

차례

산우

아파트가 바로 산 아래 위치해 있다는 것이 억지로라도 그가 산행을 시작한 이유의 전부였다. 점차 허물어져만 가는 평범한 일상에의 의지를 다지며 어렵게 산행을 시작한 지 얼마 되지 않은 초가을 무렵, 그는 산에서 그녀들을 처음 만났다. 산길 초입 오솔길에 두어 송이 코스모스가 하늘하늘 텅빈 마음을 하릴없이 휘저어 오는 해맑은 가을 아침이었다.

아침을 든 노모가 약을 먹은 후 잠시 눈을 붙이는 사이, 산행을 위한 간편한 옷차림을 하고 꼬리를 흔들며 좋아하는 토토의 목줄과 녀석의 오물 수거를 위한 비닐까지 챙겨 넣고 그는 집을 나섰다. 토토. 창가의 토토. 일본 작가 구로야나기 테츠코의 '창가의 토토'를 읽은 후 주인공 토토의 천진하고 장난기 넘치는 사랑스러움에 반해 애견의 이름을 토토라고 지었다. 제 어미와 함께 캐나다에서 공부하고 있는 딸아이, 유리도 매우 좋아하는 작품 속의 토토이기에 토토라는 이름에 더욱 애착이 갔는 지도 모를 일이었다.

평일이라 산은 한산했다. 수도권에 위치해 있고 나무 많고 산세 수려하여 주말이면 사람이 꽤나 많이 모여드는 산이었다. 아내의 뜻에 따라 딸의 유학 자금을 위해 강남의 아파트를 팔고 신도시인 이곳으로 옮겨올 때만 해도 직장과의 거리며 교통 문제, 그리고 모든 게 낯설고 낯설어 도무지 쉽게 정이 가질 않던 곳이었다. 그러나 뜻하지 않게 퇴직을 하고 보니 공기 좋고 산이 가까워 백수에게 이 보다 더 좋은 동네는 없다는 생각이 들었다.

산행이 건강에 좋은 이유 중 하나는 몸의 단련뿐 아니라 생각의 단련과 마음수련을 동시에 가능케 한다는 것이다. 산을 오르면 오직 살아남기 위해 정신없이 지나쳐 온 길들을 찬찬히 되짚어 보며 차분한 성찰과 자가진단의 시간을 가질 수 있어 좋았다. 지나온 시간이 켜켜이 쌓인 두터운 더께를 뚫고 회오의 바람을 불러 일으키며 솟구쳐 오르면 문득 그는 산으로 오르는 발길을 멈추고 아득히 내려다 보이는 골짜기를 향해 가쁜 숨을 몰아쉬며 생각에 잠기곤 했다. 지나간 모든 일은 좋은 일이건 나쁜 일이건 모두가 다 까마아득한 하나의 소실점으로 남았을 뿐이라는 결론에 도달하고 마는 것은 몹시도 허허롭고도 쓸쓸한 일이었다.

그 여자들을 만난 날은 평일이라 토토에게 미처 목줄도 매지 않은 채 한껏 자유로움을 즐기도록 방치해 놓은 채 홀로 산길로 들어섰다. 앞장 서 신나게 달려가는 토토의 모습이 그의 입가에 잔잔한 웃음을 일게 했다. 저만치서 두 여자가 산길을 따라 유유히 걷고 있었다. 튀지 않는 수수한 차림이었으나 산행이 몸에 밴 듯한 곧은 자세하며 전혀 서두르지 않는 유연한 걸음걸음이 무언가 범상치 않은 느낌을 주는 모습들이었다. 그의 기준으로 보자면 해발 고작 500여미터에 불과한 동네산일 뿐인데 차림새는 마치 백두 대간 종주를 하듯 온갖 장비에 울긋불긋 요란스런 등산복을 하곤 그에 더해 눈만 빠끔히 내놓고 얼굴 전체를 뒤덮는 전면 마스크를 착용한 여자들을 보면 마치 히잡을 뒤집어 쓴 이슬람 여인을 보듯 그는 섬뜩한 느낌을 받곤 했다. 하긴 그런 차림을 한 사람일수록 초보 등산객임이 틀림없다는 것이 또한 그의 지론이기도 했다. 익숙해진다는 것은 불필요한 것을 절하고 극히 간편화되어감을 의미할 수도 있다는 것이 평소 그의 생각이기 때문이었다.

그는 차림새가 뭔가 어지럽지 않고 단아한 두 여자의 모습을 쫓아 부지런히 걸음을 옮겨갔다. 일순 그녀들의 뒷모습뿐 아니라 앞모습도 확인하고 싶은 욕구가 일어남은 알 수 없는 일이었다.

그러나 그의 미묘한 마음을 미처 확인도 하기 전 일은 정작 엉뚱한 곳에서 터지고 말았다. 토토가 먼저 그녀들과 인사를 트려 반가이 달려간 때문이었다. 멍멍!! 토토가 휘익, 그녀들의 틈을 가르며 쏜살같이 앞으로 내닫는 순간, "아악, 놀래라아~ 뭐니? 저 강아진 왜 끈을 안 묶은 거야? 벌금인 줄 모르나~기절할 뻔했네~" 머리를 뒤로 묶은 분홍색 야구모의 여자가 앞서 달아나는 토토를 향해 날카

롭게 소리치며 뒤따르는 그에게 힐난의 눈길을 보내왔다. "아, 죄송합니다. 산길 초입이라 미처……." 여자들을 향해 정중히 사과한 후 그는 목줄을 손에 들고 황급히 토토의 뒤를 따랐다. "토토!!" 장난스레 되돌아온 토토를 붙잡아 목줄을 맨 후 그는 여자들을 떠올리며 천천히 산길을 올라갔다. 개를 무척 싫어하는 여자……두 여자 중 적어도 분홍색 야구모의 여자는 분명히 그렇다는 결론에 이르자 마음 한켠이 하릴없이 서늘해 왔다. 개를 싫어하다니……개가 왜 싫은 것일까. 그로서는 쉽게 이해되질 않는 부분이었다. 사람보다 더 살갑고 의리있고 묵묵한 존재이거늘……애견이란 그에겐 그런 존재였다. 그러나 사람의 취향이란 다 다르니 저렇듯 질색하는 반응도 있을 수 있겠지……그러나 그는 여자의 반응이 못내 마음에 걸렸다. 이유는 알 수 없었다.

산을 오르며 바라본 하늘이 너무도 맑아 마음이 시려왔다. 오후엔 노모를 위한 산책이 가능할 날씨였다. 해수증으로 점차 기운이 쇠잔해져 거동조차 불편해진 노모는 하루 종일 접이식 침대에 누워 모든 것을 해결하려 했다. 주로 그곳에서 자다 깨다 하며 TV를 보거나 세 끼의 식사를 하곤 했다. 젊은 시절 풋밤처럼 싱그럽고 단정하던 모습은 흔적 없고 이제 텅 빈 껍질로만 남겨진 듯한 노모의 모습은 그의 마음을 어지럽힌다. 맏아들인 그에게 쏟은 젊은 엄마의 애틋한 사랑. 그는 그것을 잊지 못했다. 조기 유학 간 딸아이와 아내를 따라 이민 간 막냇동생이 자리잡고 있는 캐나다로 훌쩍 떠나지 못한 것도 그런 까닭이었다.

산허리 중간쯤의 약수터에 이르자 토토가 꼬리를 흔들며 쉬어가길 원하는 몸짓을 한다. 시에서 내린 오염도 측정 검사를 통과한 약수라니 한 모금 마시고 쉬어갈 만도 했다. 그는 배낭에서 페트병을 꺼내어 한껏 인내심을 갖고 바위 틈 사이로 감질나리만큼 쫄쫄 흘러내리는 물을 받아낸다. 겨우 500ml짜리 페트병에 물을 다 채우기에도 한 시간이 족히 걸릴 듯한 속도이나 그는 잘 참아내며 계속 물을 받는다. 이제 그에게 남은 것은 오직 시간뿐. 그렇게나 앞만 보며 쉼 없이 달려왔으나 그토록 빠른 속도와 시간이 그에게 남겨준 것은 단지 시간뿐이다. 이젠 젖은 가랑잎처럼 버려졌다는 느낌과 한 웅큼의 허망함, 그리고 나이 들어간다는 설명할 수 없는 슬픔. 그것이 전부였다.

산길 초입에서 만난 여자들이 차츰 가까이 다가와 그는 좀 긴장한다. 두 여자의 느낌은 요즘 흔히 말하는 이른바 차거운 도시풍의 여자라는 차도녀의 부류라고까진 할 순 없었으나 차분하고 정적인 느낌의 단발 커트 쪽과는 달리 꽁지머리의 분홍 야구모는 상당히 좀 까칠한 느낌이다. 곧장 샘터 쪽으로 다가올 듯하다간 주춤주춤 멈춰서는 모습이 아직도 토토와 그를 경계하는 듯한 느낌이라 그는 페트병에 물이 다 채워지기도 전에 서둘러 병마개를 닫으며 약수터를 벗어나려 서두른다. 순간 다시 또 의외의 일이 벌어졌다. 목줄을 매단 채 쪼르르 그녀들 쪽으로 달려간 토토로인해 분홍 야구모가 어머머~저리가라니깐!, 토토를 향해 다시금 소릴 내지른 때문이었다. "엘라, 그러지 마. 귀엽잖아. 이리 오련, 쮸쮸……." 그나마 단발머리 여자가 토토의 머리를 쓰다듬으며 그렇게 말해 다행이었다. "아, 잠시 물을 받느라고……죄송합니다. 토토, 이리 와." 그는 급히 다가가 토토의 목줄을 잡아끌며 그녀들을 향해 재차 사과했다. "괜찮습니다. 토토라 했나요? 이름도 귀엽네요."

단발머리 여자는 토토를 향해 살포시 웃어 보이며 그에게 목례를 보내왔다. 40대 중반인 듯한, 레이어드 스타일의 단발 커트가 작고 여윈 얼굴과 썩 잘 어울리는 지적인 모습의 여자였다. 자칫 차가운 느낌을 줄 법도 한, 그러나 따스하고 맑은 눈빛이 그 모든 것을 압도하여 전체적으로 포근한 느낌을 주는 얼굴이었다. 분홍 모자 쪽은 그가 판단한 대로 어딘가 좀 깔깔한 느낌이 전해오는 인상이었다. 그러나 전에 살던 서울의 도심에선 흔히 볼 수 없는 무언가 좀 호젓하고 정적인 분위기가 느껴지는 여자들이라고 그는 계속 그녀들에 대한 생각을 이어가며 산을 올랐다.

이런저런 일로 산행을 못한 며칠 사이 가을색이 완연히 짙어졌다. 캐나다의 아내에게서 노모는 잠시 동생집에 맡기고 그곳에 한번 다녀가라는 전화를 받은 후 토토와 함께 집을 나섰다. 그새 제법 빨갛게 물든 나뭇잎들이 시야를 가려오고 먼 산이 헤어 브릿지를 한 듯 곱게 물들어가고 있는 계절이었다. 산길을 오르며 바라본 정상에 검은 구름이 걸쳐 있어 그는 어젯밤 뉴스에서 들은 일기 예보를 믿고 우산과 비옷을 챙겨 넣은 것을 잘했다는 생각을 했다. 흐린 날씨 탓인지 등산객은 별로 눈에 띄질 않았다. 하긴 이 동네 산은 나무가 많고 수려함에 비해 사람이 붐비지 않아서 좋았다. 더구나 평일엔 고적한 느낌이 날 정도로 조용하여 마음 가라앉히기엔 그만이었다. 토토를 앞세우고 여러 생각에 잠겨 그는 묵묵히 산을 올랐다.

하늘이 점점 어두워지더니 급기야 그의 어깨 위로 똑 똑 빗방울이 듣기 시작했다. 아직은 배낭에서 비옷을 꺼낼 상황은 아니라고 판단하며 그는 좀 더 걸음을 빨리해 내처 산길을 올라갔다. 후드득, 어느결에 한 잎 두 잎 물든 나뭇잎 사이로 떨어지는 빗방울이 제법 굵어져 갔다. 배낭을 열어 우비를 꺼내야만 할까 어쩔까 망설이는 그의 시야에 저만치 중턱 단풍 숲 사이로 청색 차일이 바라보였다. 이따금 지나치며 보아온, 간단한 음료며 안주, 막걸리, 간식 등을 파는 산막이었다. 잠시 쉬어가자는 생각에 목에 매었던 등산용 면 스카프를 풀어 머리와 어깨의 빗물을 털어내며 산막 안으로 들어섰다.

차일 밑엔 두 사람의 여자가 앉아 뜨거운 김이 오르는 종이컵을 손에 들고 커피를 마시고 있었다. 그녀들을 향해 토토가 먼저 컹컹 인사를 건네었다. "어머, 토토 왔니~" 갈색 두건을 두른 단발머리 여자가 토토를 향해 활짝 반색을 하며 아는 체를 해왔다. 그러나 분홍 야구모의 여자는 얼굴을 살짝 찌푸린 채 빨간 플라스틱 의자에 앉힌 몸을 돌려 토토와 그를 외면했다. 분홍 야구모의 그런 모습이 기분을 좀 상하게 해 토토를 향해 반갑게 인사해온 단발머리 여자에게만 꾸벅 목례를 보낸 후 그는 토토의 목줄을 차일 한 쪽 기둥에 단단히 붙들어 매었다.

어디에 있건 그들을 포함한 풍경에 묘한 운치를 더해 전체의 분위기에 무언가를 보태는 듯한 그런 타잎의 여자들이라고 산막 의자에 몸을 앉히며 뜬금없이 그는 그런 생각을 했다. 사실 그런 분위기를 지닌 사람들이란 그리 쉽지가 않다. 그들만의 독특한 실루엣과 뭔지 모를 아련한 아우라를 지닌 그런 존재랄까. 투명한 비닐 막을 통해 산의 능선을 감싸고 뿌옇게 피어 오르는 비안개를 바라보는 여자들의 모습이 초라한 산막의 느낌을 일시에 바꿔버렸음을 그는 알았다. 내심 흔들리는 마음 탓일까. 급조된 베니어판 매대에 놓인 막걸리병을 끌어다가 노란 양재기에 따르는 자신의 손길이 가볍게 떨리고 있음을 그는 느꼈다. 더없이 털털해 보이는 주인 남자의 이미지에 걸맞게 안주조차 참으로 소박하기만 했다. 널따란 좌판 위에 먹기 좋게 썰어진 오이와 수북히 쌓인 멸치, 그리고 찌그러진 양푼에 담긴 푸짐한 고추장, 그것이 전부였으나 뭔가 정감을 불러 일으키고 등산객의 걸음을 멈추게 하는 곳이라고, 이곳을 지날 때마다 그는 그렇게 생각했으나 막상 자리를 잡고 앉아 술잔을 마주하긴 처음이었다.

가늘게 뿌리던 빗발이 점차 굵어만 가는지 비닐 막을 두드리는 빗소리가 제법 커져만 갔다. "어쩌니, 레아. 아무래도 오늘 산행은 못할 것 같다." 분홍 야구모의 여자가 체념 어린 낯빛으로 단발 커트를 바라보며 말했다. 분홍 캡 탓인지 커피잔을 손에 든 실루엣이 전체적으로 가녀린 느낌이면서도 무언가 단호해 보이는 타잎이었다. "못하면 말지, 뭐. 잠시 쉬었다 비 그치면 내려가자." 레아라고 불리운 단발 커트 여자가 허심한 반응으로 응수했다. 비는 계속 후드득후드득 차일 천장을 두드리며 흘러내렸다. "우산을 깜빡했네. 어제 일기

예볼 듣긴 했는데 그냥 흘려들었지. 어쩌나…….” “나도 아침에 우산을 챙길까 하다간 날이 맑기에 설마했어.” 두 여자의 음성이 빗물을 타고 고즈넉이 귓가에 감겨들어 막걸리를 들이키는 그의 기분 또한 무언가 그윽함에 잠기는 느낌이었다. 당장이라도 자신의 배낭에서 큼직한 2단 우산을 꺼내어 여자들에게 주며 그냥 가져도 좋다고 말하고 싶은 것을 간신히 참아낸다. 그의 마음을 아는 듯 토토가 컹컹 짖어댔다.

“말티즈 맞죠? 되게 영리하고 사랑스러워요.” 애견에 일가견이 있는 듯 레아라는 여자가 짐짓 토토를 바라보며 그에게 말을 건네왔다. “아, 맞습니다. 정확히 맞추셨네요.” 말없이 술잔을 기울이던 그가 여자들을 향해 슬몃 웃어 보였다. “까맣고 귀여운 눈, 하얗고 복슬복슬한 털을 보면 금방 알 수가 있어요. 저도 키워 봤거든요. 아프기 전…….”

단발 커트의 여자가 말을 잇다간 짐짓 입을 다물며 침묵에 빠진다. 자신도 모르게 말이 튀어나온 듯 낭패의 빛 스친 얼굴이 잠시 어두워짐을 그는 놓치지 않았다. “말티즈, 이놈은 영리하긴 해도 때론 넘 예민해서 키우기 힘듭니다.” 그는 시선을 짐짓 토토에게로 던지며 무심한 낯빛으로 술잔을 기울였다. 그러나 내심은 레아라는 여자가 어딘가 몸이 아프다는 생각을 내내 떨쳐버릴 수가 없었다. 괜한 호의가 우러났다. “저어, 우산이 없으시면 제 걸 빌려 드리죠. 저는 우의도 가져왔거든요. 나중에 우연히 산에서 만나면 돌려주셔도 되고 아님 그냥 가지셔도 됩니다.” 점차 파리해져 가는 단발 커트의 낯빛을 바라보며 그가 엷은 웃음을 띠며 말했다. “아, 그러실래요? 실은 비 땜에 걱정하고 있었어요. 감사합니다. 꼭 돌려드릴게요.” 내내 새치름한 모습이던 분홍 야구모가 들꽃 같이 자잘한 웃음을 흩뿌리며 그를 향해 말했다. 그는 배낭에서 큼직한 우산을 꺼내어 여자들에게 건넨 후 자신은 조그맣게 말려있던 흰색 우의를 꺼내어 손에 들었다. 여자들은 안심한 듯 조금은 주춤해진 빗속을 뚫고 거듭 고마움을 표하며 그의 시야를 벗어나 산길을 내려갔다. 까닭없이 텅 비어오는 그의 마음에 희뿌연 안개비가 피어올랐다.

여자들을 다시 만난 건 그렇게 가을이 깊어 가고 어느새 낙엽이 푹푹 쌓여가는 늦가을 오후였다. 쌀쌀해진 날씨에 노모의 해수증이 더욱 심해져 오전에 모시고 병원을 다녀온 날이었다. 무언가 울적한 기분에 토토를 데리고 생각에 잠겨 천천히 산길로 접어들었다. 앞서 가던 토토가 반갑게 짖어대며 산길로 내달았고 이어서 귀에 익은 음성이 숲을 뚫고 날아와 그의 가슴에 와 박혔다. 그는 걸음을 빨리하여 산길이 휘어진 단풍 숲 저쪽 반가운 목소리의 주인공을 찾았다. “오, 토토 안녕! 그간 잘 지냈니?” 예의 단발머리, 레아가 먼저 토토를 향해 정겨운 인사를 건네왔다. 토토를 반기던 두 여자가 저만치서 환한 웃음을 보내며 인사를 해왔다. “모처럼 산엘 왔는데 다시 뵈었네요. 지난 번엔 정말 감사했어요.” 예전과는 달리 챙 없는 비니모자를 눌러 쓴 분홍 야구모가 밝은 웃음을 보이며 말했다. “뭘요…….” 그가 멋쩍은 웃음으로 응수했다.

그는 더욱 야위고 핼쑥해진 레아의 단발머리가 그새 짧은 커트로 바뀌었음을 알았다. "건강은 좋으십니까. 한동안 못 뵈었습니다." "네에……." 반가움 담긴 그의 말에 레아가 살풋 웃음을 보이며 고개를 숙였다. 한동안 그들은 말없이 산길을 걸어갔다. 토토와 함께 그가 조금 앞서 걸었고 여자들이 좀 사이를 두고 그의 뒤를 따랐다. 숲이 꼬부라지는 곳에서 엘라의 음성이 들려왔다. "레아, 힘들면 그만 가자. 퇴원한 지 며칠 안됐는데 너무 무리 아닐까." "괜찮아. 좀 더 걷고 싶어. 그보다……내 병실에서 기도하던 날, 진짜 장미향이 났던 거 맞아?" 속삭이듯 레아가 음성을 낮추며 엘라를 향해 물었다. "그렇다니까. 교우들도 너무 놀라 어쩔 줄을 몰랐어. 모두 주위를 두리번거리며 코를 킁킁 거렸지. 첨엔 누가 향수를 뿌리고 온 줄 알았어. 장미 향수. 근데 아무도 향수 근처에도 안 갔다는 거야. 하긴 누가 아픈 사람 면회 오며 향수를 바르겠니. 거기 그럴 사람 아무도 없지. 로사리오 기도를 하다 보면 이따끔 그런 일이 있대. 기도의 기적이랄까, 그렇게밖엔 해석할 수가 없어." 엘라가 조용한 음성으로 말했다.

산길이 오르막으로 치닫는 곳에 이르자 여자들이 주춤 걸음을 멈추며 쉬어가길 원하는 몸짓을 해보였다. 지치도록 빨갛게 물든 산등성이 저쪽으로 눈에 익은 산막이 바라보였다. 그가 여자들을 돌아보며 말했다. "좀 쉬었다 갈까요?" "그러죠. 오늘은 좀 쉬엄쉬엄 가야겠네요." 엘라가 가볍게 레아의 팔을 부축하며 그의 뒤를 따랐다. 산막은 변함이 없었다. 오후라 그런지 수북한 멸치, 오이더미가 나지막이 줄었을 뿐, 독특한 실내 풍경은 그대로였다. 그는 막걸리를 원했고 여자들은 커피를 원했다. 각자의 잔을 들고 먼 산을 바라보며 한동안 말이 없었다. 그는 최근 입원했다가 퇴원했다는 레아의 건강에 대해 줄곧 생각하고 있었으나 그걸 쉽게 입 밖에 내어 아는 체 할 수도 없는 입장이라 그저 침묵할 뿐이었다. " 아 참, 우산 돌려드립니다. 매우 요긴하게 잘 썼어요." 엘라가 배낭에서 그의 우산을 꺼내어 그에게 돌려주며 말했다. "어쩜, 너 그걸 가져 왔니. 형제님을 이렇게 다시 만날 줄 알았던 거야?" 레아가 눈을 반짝이며 엘라를 향해 놀라움을 표했다. "산에 올 때면 늘 배낭에 넣어 다녔어. 혹시 만날까 하고……." 생긋 웃어 보이는 엘라의 모습이 까칠하던 처음관 달리 더없이 부드럽고 온화해 보여 그는 내심 놀라움을 느낀다. 연이어 엘라가 그를 향해 상냥히 물었다.

"형제님이라 불러도 될까요? 형제님에게선 어딘지 성당 분위기가 느껴져요. 왠지 교우 같은……참 이상해요, 처음부터……혹시 성당 다니신 적 있나요?" 허를 찌르듯 날아오는 그녀의 말에 그도 어쩔 수 없이 실토할 수밖에 없음을 느낀다. "와, 정확히 보셨습니다. 대학 시절 알바를 했는데 그 집 주인이 가톨릭 신자였어요. 저를 뽑는 조건이 성당엘 나가야 한다는 거였지요. 한창 용돈이 궁하던 때라 도리없이 일요일이면 무작장 그들을 따라 미사엘 참여하곤 했어요." "그럼 영세도 받으셨나요?" "사실 영세를 받은 것은 그 후 군대 다녀와서였어요. 제가 군대 간 사이 묘하게도 저희 어머니께서 먼저 신자가 되어 있었는데 아들이 무사히 군복무 마치고 복귀한 것이 다

성모님 덕이라며 저를 끌고 억지로 성당엘 다니곤 하셨는데 끝내 영세는 받지 못했어요. 결혼 후엔 아내가 교회를 다녀 어머니와 아내의 갈등으로 좀 힘들었어요."

그의 뇌리에 새삼 아내와 노모와의 일들이, 그 험난했던 과정이 떠올라 그는 가슴이 뻐근해 왔다. 캠퍼스 커플이었던 아내는 지나치게 똑똑하고 자아가 강한 게 흠이었다. 그 점이 강점이라 끌렸으나 실제 결혼생활에선 너무도 큰 걸림돌이었다. 교회엘 다니던 아내는 가톨릭 신자인 노모와 사사건건 충돌하고 부딪치고 대립하여 하루도 맘 편할 날이 없었다. 아니 시모를 모시는 일 자체가 아내에겐 크나큰 암초였을지 모른다. 그에 대한 사랑이 없었다면 벌써 헤어졌을 것임을 그는 안다. 대기업 홍보실에 근무하던 아내가 돌연 사표를 내고 딸아이의 유학을 핑계로 캐나다로 떠나버린 이유도 알만했다. 어쨌든 그는 노모의 곁을 지켜야만 했고 그때까진 직장을 버릴 명분도 이유도 없었다. 딸아이 유리의 유학 자금을 대려면 직장에 더욱 열심히 매달리는 수밖에 없었다.

"그럼 어머니께선 아직도 성당 다니시나요?" 엘라가 다시금 고개를 갸웃하며 그를 향해 물었다. 맑고 까맣게 빛나는 눈망울이 무언가 회피할 수 없는 힘을 느끼게 했다. "불과 일 년 전까지만 해도 미사를 나가셨는데 요즘은……몸이 불편하시어……." 자신이 느끼기에도 뭔가 좀 켕기는 듯한 말투로 그가 얼버무렸다. 주일마다 애타게 성당엘 가고 싶어하는 노모를 극구 만류하며 불퉁거린 자신의 죄를 잘 알기 때문이었다. 휠체어로 혹은 차로 성당까지 힘들게 모셔야 하는 일은 여간해선 쉽지가 않다. 더구나 미사 시간 내내 앉았다 섰다, 들락날락하면서 거동 불편한 노모를 부축하고 지켜봐야 하는 일은 고역이었다. 때문에 언제부터인가 노모는 아들을 대동하고 성당 가는 일을 포기하였으나 어쩌다 아련히 들려오는 미사의 차임벨 소리를 들을 때면 노모의 얼굴엔 말할 수 없는 슬픔과 그리움 같은 것이 묻어났다. 엘라가 다시 물었다. "어머님 세례명 여쭤봐도 될까요?" "……마리아입니다." "아, 마리아……마리아 자매님! 저의 친정 어머니 세례명과 똑같네요. 혹시 봉성체라고 아세요? 몸이 불편한 교우들을 위해 신부님께서 직접 가정 방문을 하시어 성체를 영하게 하는 의식인데요 원하시면 봉성체도 가능합니다. 괜찮으심 마리아 자매님 뵈러 언젠가 저희가 한번 댁을 방문해도 될지요……." 엘라는 생각보다 집요한 데가 있는 여자였다. 그는 순간 좀 귀찮다는 생각이 들어 슬몃 얼굴이 굳어짐을 어쩔 수 없었다. "아니, 당장 그렇게 하자는 건 아니고요. 부담을 드렸담 죄송해요. 담에라도 저희 도움이 필요하심 도와드리고 싶어서 그랬던 거예요."

엷은 미소만 보일 뿐 내내 말이 없던 레아도 한마디 거들며 웃음을 터뜨렸다. "엘라, 이 친구 세례명이 실은 천사 '가브리엘라'인데 애칭으로 줄여서 그냥 엘라라 불러요. 우리 동네 레지오 단장이라 나름의 소명감 땜에 그래요. 양해 바랍니다." 그도 가톨릭 선교 봉사 단체인 레지오 마리애(Legio Mariae)쯤은 알고 있었다. 노모도 한때는 레지오 단원으로 어려운 이웃을 도우며 열심히 봉사한 적이 있었기에.

그날 이후 산에서 몇 번인가를 더 만난 어느 오후, 그와 여자들은 산막을 나와 정상을 뒤에 두고 그대로 산을 내려왔다. 몇 잔을 연거푸 들이킨 막걸리 탓에 거나해진 까닭도 있었으나 갈잎처럼 물기 없는 레아의 창백한 낯빛이 산행을 계속하기엔 못내 석연찮은 느낌을 주었기 때문이었다. 그날 하산을 하며 그들은 유독 많은 이야길 나누었다. 그가 먼저 공기업 임원으로 명예 퇴직하고 딸아이의 조기 유학을 위해 아내까지 캐나다로 보내게 된 기러기 아빠임을 밝히자 여자들도 별다른 경계없이 자신들의 이야기를 흔연히 털어놓았다. 엘라는 미대 디자인학과를 졸업하고 광고 업계에서 일하다가 결혼과 함께 재택 근무로 전환한 일남일녀의 어머니이며 프리랜서 디자이너였고, 레아는 남녘 P시에서 국어 교사를 하다 결혼하여 이곳으로 왔으며 지금은 작은 학원을 운영하며 중학생인 아들과 둘이 살고 있다고 했다. 레아는 남편과 몇 년 전 사별했다는 것도 후일 엘라로부터 전해들은 이야기였다. 또한 그의 짐작대로 레아는 심각한 병을 앓고 있으며 얼마 전 병원에 입원하여 수술을 했다고 말했다. 그런데 그 과정에서 그녀들은 매우 놀라운 일을 겪었음을 그에게 고백하였다.

구역의 교우들이 레아의 문병을 가 그녀의 쾌유를 위해 마음을 다해 로사리오 기도를 올리고 있을 때였다. 기도가 거의 끝나갈 무렵, 병실 어디에선가 아련한 장미향 같은 것이 풍겨 나옴을 느꼈다. 말할 수 없이 향기로운 꽃내음이었다. 순간 누군가가 속삭이듯 나직이 말했다. "으응, 향기! 장미향이 나잖아!" "아, 맞아. 장미향……정말 그러네." 모두 아연하여 주위를 둘러보았다. 환향(幻香)이었을까. 아무도 그 출처를 알 수는 없었다. 다만……다만 어디에선가 가녀린 장미향이 피어나고 있음을 느낄 수 있을 뿐이었다. 로사리오. 성모님을 상징하는 눈부신 장미 화환. 로사리오 기도가 하늘에 닿으면 장미향이 피어오른다는 신앙의 신비. 교우들은 너무 놀라 어느 누구도 말을 못했다. 다만 그것이 마음을 다한 기도의 은총, 향기임을 깨달을 수 있을 뿐이었다. 여자들의 이야기는 그것이 전부였으나 그러나 그 이야기는 그의 마음에 잔잔한 파문을 안겨주었다. 과학적인 분석, 사실 여부, 진위를 떠나 단지 그저 무언가가 참 아름답다는 느낌과 함께 설명 못할 감동 같은 것이 밀려옴은 이상한 일이었다. 그의 노모와 여자들이 같은 교우라는 점이 그들 사이의 거리를 훌쩍 당겨주었던 것일까. 두 여자의 설명할 수 없는 따스함과 온유함에 자신도 모르게 그는 그녀들에게로 가까이 이끌려감을 막을 수가 없었다.

날은 점차 추워졌고 가을도 겨울도 아닌 11월이 오고 있었다. 그 사이 그들의 만남은 좀 더 빈번해졌다. 산우(山友). 말 그대로 딱히 약속을 하지 않아도 산에서 자주 마주쳤고, 만나면 함께 산을 오르며 이런저런 세상 살아가는 이야기를 나누고, 산막에서 서로 먹을 것을 나누며 함께 시간을 보내는 그런 산우(山友)로서의 우정이 깊어만 갔다. 때로 주일이면 성당엘 가고 싶어 하는 그의 노모를 위해 엘라와 레아, 두 여자는 차를 몰고 와 노모를 부축하여 미사 참례를 돕곤 했다. 본격적인 겨울로 접어들어 노모가 많이 쇠잔했을 무렵엔 차량 봉사로 본당 신부님과 수녀님을 대동하여 집으로 봉성체까지 모셔오는 정성을 보여 그를 감동케 했다. 참 괜찮은 여자들이란 생각이 그의 마음에 더해갔다. 노모가 시름시름 자리에서 일어나질 못한 겨울철엔 때때로 그의 집을 방문하여 기도와 음식, 그리고 따스한 정과 웃음으로 그와 노모를 행복하게 해주었다. "내 며느리보다 백번 낫다!" 노모는 몇 번이고 그 말을 되풀이하며 두 여자가 오기만을 손꼽아 기다렸다. 그러나 노모는 미처 겨울을 다 넘기지 못하고 홀로 곁을 지키는 그를 남겨둔 채 홀연히 눈을 감았다. 캐나다의 손녀를 찾으며 헛소리를 한 지 사흘째 되던, 눈이 펑펑 쏟아지던 날 아침이었다.

뼛속 깊이 스며오는 슬픔과 외로움에 어쩔 줄 모르는 그에게 전화가 걸려왔다. 그녀들이었다. 무언가 이상한 예감에 문병 차 들리려 한 전화였다. 며칠 전 신부님을 모시고 와 노모로 하여금 병자 성사를 받게 한 이후 그녀들은 거의 매일 전화를 걸어와 노모의 안부를 묻곤 했다. 노모는 곧 영안실로 옮겨졌고 그다음의 모든 장례 절차는 평소 노모의 뜻에 따라 가톨릭식으로 치뤄졌다. 계속 줄을 잇는 남성, 여성 레지오단과 교우들의 연도, 연도, 연도의 행렬, 그리고 숙연한 입관 예절과 엄숙한 장례 미사. 자식으로서 거의 할 일이 없으리만큼 모든 것이 완벽하게 진행되고 마무리 되는 정갈하고도 조용한 의식에 그는 놀라고 감동했다. 엘라와 레아, 그 두 여자의 헌신과 봉사, 도움이 없었다면 결코 가능한 일이 아니었다. 단순한 산우

(山友)이상의 그 무엇 없이는 설명이 안 되는 일이었다. 장례 절차 내내 그는 뜨거운 눈물을 흘리며 여자들의 우정에 감사했다. 무엇보다 가톨릭의 엄숙한 예식이 맘에 들었다. 그리고 언젠간 꼭 그 빚을 갚겠다고 그는 다짐했다.

노모를 산에 묻고 돌아온 그에게 날아온 것은 캐나다에서 온 아내의 편지였다. 이메일이 아닌 육필의 편지, 테두리가 일록달록한 항공 봉투는 이상스레 그의 가슴에 아직도 무언가 설렘과 떨림을 안겨준다. 그러나 아내의 이름을 보는 순간 그는 그만 맥이 빠지고 말았다. 그녀가 사는 퀘백시에 눈이 너무 많이 와서 공항이며 도로며 모든 기능이 마비되어 노모의 장례식에 도저히 참석할 수 없었다는 사연과 며느리로서 나름의 회한과 애도, 그리고 그에 대한 사랑과 위로의 마음을 한 자 한 자 정성 들여 지면에 담아낸 애틋한 편지였다. 그러나 그의 마음엔 전혀 감동이 일질 않았다. 평소 노모를 향한 근원을 알 수 없는 아내의 냉담과 그에 더한 다른 무엇이 끼어든 탓일까. 언제부턴가 그의 마음엔 점차 아내가 아닌 다른 대상이 자리하고 있음을 어쩔 수가 없었다. 그건 이성이나 의지대로 되는 게 아니었다.

겨울이면 적설량이 엄청나 그야말로 이국적인 설경이 죽이는 도시라고 아내가 아무리 유혹을 해와도 그의 마음엔 전혀 움직임이 일질 않았다. 노모를 잃은 후유증은 생각보다 훨씬 컸다. 한정된 공간에서 서로를 지켜보고 위무하던 존재가 한순간 곁에서 완전히 사라져버림은 견디기 힘든 고적이었다. 아득히 밀려오는 슬픔과 허탈에 평온했던 그의 일상은 점차 함몰되어만 갔다.

폭설은 며칠째 계속되고 있었다. 매일 다니던 산행도 포기한 채 토토와 함께 집에서만 머문 지 거의 열흘이 되어갔다. 노모가 없는 그의 아파트엔 이제 그녀들, 엘라도 레아도 발길조차 하질 않고 남편과 함께 해외여행을 떠난다며 엘라가 한 차례 안부 전화를 걸어왔을 뿐 노모의 장례식 후 그녀들과도 한동안의 적조가 이어졌다. 어느 저녁 그는 문득 견딜 수 없이 산우(山友)들이 그리워졌다. 무작정 밖으로 뛰쳐나가 꽁꽁 얼어붙은 신도시의 중심가를 혼자 거닐었다. 추위와 빙판으로 인적이 끊긴 학원가 골목을 접어드는 순간 불현듯 눈에 익은 간판이 들어왔다.

〈참샘논술학원〉 레아가 운영하는 학원이었다. 너무 오래 그녀를 못 보았다는 느낌에 와락 반가움이 밀려왔다. 오래 참고 또 참아왔다는 느낌에 제어할 길 없이 발길이 그곳으로 향함을 어쩔 수가 없었다. 건물 앞을 서성이며 하릴없는 마음으로 그녀에게 전화를 걸었다. 깜짝 놀라는 빛이 역력했으나 차분하고 투명한 음성은 여일했고 중심 상가를 어슬렁거리던 중 학원 간판이 눈에 띄어 전화를 했다는 그의 말에 비누 방울 같은 웃음을 터뜨리며 그녀는 흔쾌히 내려오겠노라 응했다. 차거운 거리에서 레아를 기다리는 그의 가슴이 급물살 치듯 세차게 뛰놀았다. 뿌연 물보라 사이로 레아가 상큼상큼 다가와 손을 내밀었다. 그새 더욱 야윈 얼굴을 털모자와 머플러로 둘둘 감싼 모습이 짠한 안스러움을 안겨주어 자신도 모르게 그는 레아의 어깨를 감싸 안았다. 찔끔 어깨를 움츠리다 말고 그러나 레아는 그의 손길을 그대로 둔 채 소녀처럼 살풋 웃어보였다. "원장 선생님이 꼭 학생 같아서 학부형들이 혼란스럽겠어요." "절대 그런 일 없어요. 얼마나 엄하게 하는데요, 다들 무섭대요." "수강생은 좀 있습니까." "운영비가 빠질 만큼은요. 요즘은 방학이라 제법 성수기죠. 그런 의미에서 오늘은 제가 밥 삽니다."

두 사람은 처마에 걸린 등불이 따뜻해 보이는 조용한 이자까야풍의 일식집 창가에 마주 앉았다. "이 집은 첨입니다." 그가 먼저 입을 열었다. "저도요, 누군가와 꼬옥 한번 들르고 싶은 집이었는데 오늘 왔네요." "그 누군가가 저였음 좋겠는데요……." "아하……." 분위기 탓이었을까. 느닷없이 비약한 듯한 그의 반응에 레아는 묵인도, 부인도 아닌 말없는 웃음을 보일 뿐이었다.

따끈한 사케와 꼬치 안주를 앞에 두고 그들은 가볍게 잔을 마주쳤다. 곧 눈이 쏟아질 듯한 잿빛 하늘이 이자까야의 작은 창을 가득 메워왔다. 그들은 엘라의 여행에 관해 얘기했고 다시금 산행을 재기하려면 아무래도 내년 봄이라야만 할 것 같다는 이야기를 나누었다. "그동안 건강 잘 챙기십시오. 봄에 다시 산행을 하려면 몸을 잘 추스르셔야 합니다." 그의 말에 창백한 레아의 낯빛에 잠시 어둠이 드리웠다. 그리곤 천천히 머리를 저으며 말했다. "누구든 좋은 일, 행복한 일만 바라고 살 순 없어요. 자신이 행복한 만큼 다른 누군가가 다친다면요. 우리 모두 좋은 일에만 집착하는 욕심장이가 되어선 안돼요. 그러나……오는 봄만은 꼬옥……봄에 칼바위 절벽의 진달래는 꼭 보고 싶어요. 정말 장관이거든요. 하얀 규암 바위를 뒤덮은 선홍빛 진달래를 상상해 보셔요. 그 진경을 보노라면 많은 걸 참고 살아온 사람의 피멍 든 가슴 같아요. 근데요……." 일순 레아의 낯빛이 어두워졌다. 무슨 말을 하려다간 그만 입을 다물어 버리는 모습이 내내 그의 마음을 아리게 했다. 얼마 전 그는 엘라를 통해 그녀가 유방암 수술을 받은 후 회복 중임을 알았고 그로인해 엄청난 충격을 받은 까닭이었다.

"저는 그간 캐나다를 한번 다녀와야 할 것 같습니다. 집사람이 한번 다녀가라 해서요." "하긴 이제 어머님도 안 계신데 혼자 여기 사실 이유가 있나요? 가족은 어쨌든 함께 살아야만 해요." "혼자 여기서 살아갈 이유라……글쎄요……아, 제 경우엔 분명히 있습니다. 있지요. 여기, 이렇게 정든 산우(山友)들이 있기 때문이죠. 나이 들어가며 친구처럼 소중한 존재가 어딨습니까. 명확한 이유입니다." "아니, 그렇지 않아요. 가족이 친구보다 훨씬 더 소중한 존재라고 생각해요. 어서 가족에게로 가셔요. '퀘백'시라 했죠? 크리스티나, 제 여동생도 거기 살아요. 겨울이면 눈이 펑펑 내리고 설경이 무척 아름다운 도시래요." 꿈 꾸듯 얘기하는 레아의 눈가에 반짝 물기가 어리다간 사라졌다.

밤은 점차 깊어갔고 창밖은 어느새 굵은 눈발이 날리고 있었다. "어머, 또 눈이 오네요." "아, 그러네요." 두 사람은 한동안 말없이 날리는 눈송이만 바라보았다. 그가 먼저 침묵을 깨며 낮은 음성으로 웅얼거렸다. "이왕 오는 눈, 마냥 펑펑 쏟아져 내려 길이 콱 막혀버

렸음 좋겠습니다. 이대로 꼼짝할 수 없게요…….” “아하…….” 그의 웅얼거림에도 레아는 다만 특유의 웃음을 보이며 창밖으로 조용히 시선을 돌릴 뿐이었다. 그는 정말 꼼짝도 하기 싫은 기분이었다. 레아와 함께 그렇게 마주 앉아 곧 얼음덩이로 변한다 해도 여한이 없을 듯한 마음이었다. 그가 눈발 어지러운 창을 배경으로 레아의 눈을 바라보며 말했다.

“캐나다 다녀온 후 제 거취에 대한 중대한 결정을 내릴까 합니다. 레아와도 관련되는 일입니다. 제 결단이 상대에게 어떻게 받아들여질지……하지만 어쨌거나 앞으로 저는 제 마음 가는 대로 살고 싶고, 그것에 따라, 또한 그것을 지키며 그렇게 살고 싶습니다. 그때까지 건강 잘 지키시고 편히 계셔야 합니다. 아셨죠. 자아, 우리 약속해요~!!”

그가 말하는 중대한 결정이란……?? 레아는 말없이 그의 시선을 피하며 도리질을 했다. 그러나 그는 레아의 손을 억지로 끌어당겨 자신의 손 안에 꼬옥 쥔 다음 두 사람의 새끼손가락을 걸어 힘껏 흔들어 보였다. 무슨 말을 하는 걸까. 언감생심, 그는 지금 무슨 일을 꿈꾸고 있는가. 망연한 얼굴인 레아의 눈에 흐린 물기가 차올라 왔다. 그에게서 손을 빼내며 레아는 자리에서 훌쩍 몸을 일으켰다.

“레아, 조금만……우리 조금만 더 함께 있어요.” 그가 다시 레아의 손을 잡으며 마주 앉히려 했으나 그녀는 단호히 몸을 일으키며 자리를 빠져나갔다. 밖은 온통 눈세상. 폭설. 다시 또 폭설이 내리고 있었다.

"퀘백에만 눈이 많이 오고 설경 죽이는 건 아니잖아요. 이것 봐요, 우리 사는 여기도 죽여요, 죽여. 아, 기막힌 설경입니다." 그가 두 팔을 벌리며 환호하더니 덥썩 레아를 자신의 품안에 끌어안았다. 말없이 걷던 레아는 순간 완전히 그의 가슴팍에 파묻히고 말았다. 눈은 한없이 쏟아져 내렸고 그들은 꼬옥 껴안은 채 그대로 눈사람이 되어 갔다.

"아들 지훈이가……." 그녀의 아파트가 보이는 곳에서 레아는 급히 머리와 어깨에 얹힌 눈을 털어내며 그로부터 홀연히 멀어져 갔다. 그러나 그는 꼼짝도 않은 채 그 자리에 서서 홀로 눈사람이 되었다. "잠깐, 레아 잠깐만!! 여길 좀 봐요~" 순간 그는 머리 위로 두 팔을 활짝 들어 올려 그녀에게 하트 모양을 만들어 보였다. 마악 아파트 입구를 들어서던 그녀가 희미하게 웃으며 그를 향해 힘없이 손을 흔들었다.

겨울에 캐나다로 떠났던 그는 봄이 되어서야 돌아왔다. 그러나 뜻밖에도 그를 기다리고 있는 것은 엄청난 비보, 레아의 죽음이었다. 그렇게 헤어진 폭설의 밤이 그녀와의 마지막 밤이었다. 그 사실을 그때 알았더라면……봄도 오기 전 그렇게 훌훌이 가버릴 줄 알았었다면……칼바위, 하얀 벼랑을 뒤덮은 붉은 진달래 덤불에 술을 뿌리며 그는 소리없이 오열했다. 곁에 있던 엘라와 크리스티나도 흐느낌을 멈추지 못했다. "화장하여 납골당에 안치한 후, 언니의 원대로 유골 한 줌은 이곳에 뿌렸어요. 꼭 이 산, 이곳이어야만 한다고……봄이면 산우들과 그렇게 조우해야만 한다고 내내 우겼거든요." "레아는 형제님을 기다리고 있었어요. 많이……봄이면 다시 산을 오르며 칼바위 진달래를 함께 구경하고 싶다고……그때까지만이라도 살았음 하고 애타게 바라곤 했어요."

캐나다에서 온 레아의 여동생 크리스티나가 울먹이는 음성으로 언니의 유언을 전했고, 엘라도 흐느낌 속에서 아스라한 눈길을 들어 절벽을 바라보며 그렇게 웅얼거렸다. "벼랑을 타고 빨갛게 피어난 참꽃 덤불이 마치 자신의 마음 같다고 레아는 늘 그렇게 얘기하곤 했어요." 울먹임 섞인 엘라의 말이 귓전을 때려와 음복을 하듯 그는 거푸 소주잔을 비워내었다.

캐나다에서 만난 아내는 너무도 변해 있었다. 그는 아내에게 한국에 사랑하는 여인이 생겼음을 고백했다. 그녀와 함께 살고 싶다고……. 그러나 아내의 반응은 너무도 의외였다. 그럴 수 있음을 충분히 예상했고 정작 그렇다 해도 자신은 아직 그를 사랑하고 있으며 스스로의 방임과 불찰에서 비롯된 일이기에 그를 이해하며 기다리겠노라고 했다. 건강하고 예쁘게 성장한 딸아이 유리의 존재도 그의 발목을 잡는 족쇄가 아닐 수 없었다. 그러나 그는 레아가 그리워 다시 한국으로 돌아왔다. 그냥 그리웠을 뿐이다. 가까이서 함께 산행하며 함께 웃고 함께 즐거워하고 그렇게 함께 어울려 살고 싶었을 뿐이었다.

"오는 부활절에 영세를 받고 싶습니다. 엘라, 절 좀 도와 주십시오." 칼바위를 뒤로 하고 산을 내려오며 그가 말했다. 엘라는 두 눈

가득 눈물을 글썽이며 그를 향해 고개를 끄떡였다. "레아가 형제님께 바란 게 바로 그것이었어요. 전해드릴 게 있어요, 후일 영세식 때……." 목이 잠긴 엘라의 음성이 내내 여운을 남기었다.

그 봄 내내 그는 레아와 함께 하듯 그녀가 드나들던 성당을 다니며 영세를 위한 교리 교육을 받았다. 그리고 다가온 부활절. 그는 이윽고 영세를 받았다. 세례명은 '레오'. '레아'의 남성형 성인명이었다. 생일이 같은 여러 명의 성인들이 있었으나 그는 굳이 '레오'를 고집했다. 영적으로나마 레아와 얽혀 영구히 그녀의 동반자가 되고 싶은 열망에서였다. 영세식 날 엘라와 크리스티나는 화사한 꽃다발과 함께 레아가 그에게 남긴 고운 빛깔의 묵주를 선물로 안겨주었다. "레아가 아끼던 묵주예요. 꼬옥 형제님께 드리라 했어요. 늘 간직하며 그녀를 기억하시길 빕니다." 두 여자가 곁에 있어 그는 레아를 잃은 슬픔이 많이 완화됨을 느꼈다. 엘라에게, 또한 크리스티나에게 그도 무언가 선물을 남기고 싶었으나 받아들여질지는 의문이었다.

5월, 그가 다시 캐나다로 떠나는 날이었다. 엘라와 크리스티나가 조촐한 환송회를 열어주었다. "모든 걸 정리하고 떠나는 게 아닙니다. 제 아파트도 그대로 두고 갑니다. 전 이제 이 동네 쉽게 떠날 수 없어요. 산우들이 있기 때문이죠. 가을이면 엘라와 레아, 우리가 처음 만났던 추억이, 그리고 눈 오는 겨울이면……또 봄이면 칼바위의 진달래를 보러 그렇게 그렇게 다시 올 겁니다." 그의 음성은 젖어만 갔다.

공항까지 전송나온 엘라와 크리스티나에게 그는 각각 선물 한 가지씩을 남겨주었다. 엘라에게는 그간 동생집에 맡겨두었던 사랑스러운 토토를, 그리고 크리스티나에겐 그녀가 곧 퀘백에 데려가 유학시킬 레아의 아들, 지훈의 대부가 되어줄 것을 약속하였다. 두 여자는 모두 감동한 빛이었으나 토토를 받아 안는 엘라의 낯빛이 잠시 좀 긴장됨을 발견하곤 그는 웃음을 터뜨리지 않을 수 없었다. "좋아요, 개는 질색이지만 토토만은 예윕니다. 우리의 추억을 위하여……!" 엘라는 결국 토토를 맡아주기로 결정했다.

슬픔을 가누며, 그러나 조금은 흔연한 마음으로 그는 캐나다를 향해 떠나갔다. 산우들이 있는 한 다시 곧 돌아올 그 땅을 뒤로 하고…….

목가牧歌

경기도와 강원도의 경계를 긋는 백운계곡 정상에서 경인은 잠시 차를 멈추었다. 좌판 가득 늘어놓은 갖가지 과일, 곡물 등이 진풍경을 벌이고 정상에서 내려다 보이는 운무에 싸인 겹겹의 산세가 감탄하리만큼 빼어난 풍광을 이루는 곳이다. 사계절 언제 봐도 절경이나 한창 가을이 무르익는 시월의 한가운데, 사방 어디를 둘러보아도 곧 숨이 멎을 듯 요염한 산빛이 타오르듯 빠알갛게 마음을 홀린다.

잠시 쉬어갈까 어쩔까, 핸들을 잡은 채 잠시 망설이던 경인은 그냥 내처 달리기로 맘을 바꾼다. 강원도로 접어드는 계곡의 내리막길을 막힘없이 달려가는 기분은 늘 상쾌하고 짜릿하다. 이제 곧 20여 분이면 농장에 가닿는다는 생각에 지체할 마음을 접곤 계속 달려간다.

근 30여 년 몸담아온 교직에서 명퇴를 한 지지난해 봄, 긴 시간의 모색과 발품 끝에 어렵게 장만한 농장이었다. 경인 자신은 소위 전원생활 같은 걸 결코 좋아하는 부류가 아니었으나 그녀보다 먼저 일에서 손을 뗀 남편, 정현의 성화로 오랜 갈등 끝에 선택한 결과였다. 둘째 아들의 전세금을 뽑아 농장을 매입했고 대신 아들이 본가에 들어와 사는 조건이었다. 다행이 며늘아이가 심성이 착하고 고와 순순히 응해준 탓에 일은 잘 풀렸으나 문제는 육아였다. 퇴임 후 경인은 모처럼 자기만의 시간을 갖고 하고 싶던 일을 실컷 하리라 생각했으나 그 계획은 빗나갔다. 맞벌이 부부인 아들 내외와 함께 살게 됨으로써 육아 문제는 자연히 그녀의 몫으로 떨어졌다. 하긴 가까이 사는 큰아들의 아이들도 교직을 겸해 짬짬이 다 키워줬으니 설혹 서로 떨어져 살았다 해도 결국은 마찬가지였을 것이다. 경인의 성정은 그렇듯 모질지 못하고 무르기만 한 것이 탈이었다.

소위 워킹맘인 며느리를 대신하여 주중엔 손녀를 봐주고 주말엔 정현이 혼자 살고 있는 농장을 방문해야 하는 고단한 삶이었으나 이른 새벽 서울의 아파트를 떠나 홀로 차를 몰고 달리는 순간만은 누구에게도 방해받지 않는 오롯한 자신만의 시간이라고 경인은 생각했다. 정현은 작은 텃밭 가꾸고 난을 키우며 조용히 살아가는 전원생활을 그토록 염원해 왔으나 시시때때 잠입해 오는 마치 죽을 듯한 적막과 외로움이 가장 큰 애로임을 토로했다. 그 점을 미처 헤아리질 못한 것이 그의 불찰이라면 불찰이었다. 후둑후둑, 처연히 비 내리는 날이나, 달빛 요요한 가을밤이면 그는 유독 잠을 못 이루며 외로움을 호소해 오곤 했다. 그럴 땐 마음 한켠이 짠해 와 하릴없이 경인은 세 살짜리 손녀를 유아용 카시트에 태우곤 무작정 차를 몰아 농장으로 달려갔다. 그렇다고 그들이 금슬 유별난 닭살 커플이라 할 수 있을까. 그건 아니었다, 분명히.

젊은 시절 일등 항해사, 마도로스였던 정현은 호남형의 훤한 얼굴에 풍채 있고 사람이 좋아 누가 보아도 한눈에 호감을 사는 그런 타입이었다. 그러나 바로 그의 그러한 점 때문에 경인의 마음고생은 실로 자심했다. 일단 한 번 외항선을 타고 떠나면 까마득한 이별이기 일쑤였고 머나 먼 이국의 이 도시, 저 도시 낯선 항구에 닿을 때마다 해파리 떼가 몰려들 듯 그의 곁엔 여자들이 들끓었다. 항상 피동적 바람이었다. 그는 단 한 번도 능동적인 바람을 피운 적이 없노라 고백했다. 음주가무 끝의 만취 상태에서 어쩌다 맺어진 하룻밤의 인연, 그리고 그 인연이 인연을 낳고 다시 또 새로운 인연으로 이어지고……때로 정현은 요악스런 여자들의 페이스에 휘말려 요지부동의 곤경에 빠지기도 했다. 경인은 무엇보다 정현의 그러한 우유부단함이 가장 혐오스러웠다. 경인은 남자가 바람을 피워도 본인의 의지에 따라 행했다간 본인의 의지로 확실히 매듭지을 수 있는 강력한 '의지' 쪽에 더 점수를 주는 편이었다. 아니, 사실 그건 정답이 아닐지 모른다. 남편이 피우는 바람의 성향을 분석하여 어느 쪽에 더 나은 점수를 주느냐 하는 문제는 애초에 말이 안 되는 것이다. 돌부처도 돌아눕듯 그건 당해보지 않은 사람은 모른다. 예리한 창에 심장이 찔려 숨도 한 번 못 쉬고 죽어 넘어간 아픔이 없고서는 절대 알 수 없는 일이다.

경인은 읍내 마켓에 들러 정현이 부탁한 일용품과 농기구, 식품 등을 구입한 후 농장을 향해 차를 몰았다. 길씨네 마당을 가로질러 아담한 농가 마당으로 들어서니 어느새 노란빛으로 물든 잔디밭이 차창 가득 다가든다. 싸르르한 한기와 아늑한 안도가 혼합된 듯한 평화로운 정경이었다.

마당 한켠 터밭에서 한아름 자란 배추를 꽁꽁 묶고 있던 정현이 하던 일을 멈추며 경인을 향해 싱긋 웃어 보였다. 완전 무장해제의 약간은 멋쩍은 듯한 해맑은 미소. 아, 바로 저 무공해의 미소 땜에 지금껏 그와 함께 살아온 것은 아닐까. 철없는 20대 초반 그를 처음 만난 그때도 경인은 바로 그의 저 살인 미소에 끌리고 말았었다.

친구들과 호숫가에 놀러 가 보트놀이를 하기로 했는데 파트너를 정하는 룰이 재밌고도 기발했다. 남자들이 먼저 보트에 앉아 노를 저으며 기다리면 여자들이 자신의 마음에 드는 남자의 보트에 오르기로 하는 장난기 다분한 놀이였다. 다섯 명의 남자가 호숫가 보트에 올라 앉아 긴장된 모습으로 여자들의 선택을 기다리고 있었다. 그중 더러는 자신이 맘에 드는 여자를 향해 매우 적극적인 사인을 보내며 유인을 시도하는 남자도 있었으나 경인은 오직 한 남자만이 눈에 들어왔을 뿐이었다. 멋쩍은 듯 눈을 내리 깔고는 특유의 불그레 홍조 띤 미소로 말없이 노를 저어가는 남자. 그가 정현이었다.

내 눈을 내가 찌른 거지. 정현으로인해 마음고생을 할 때마다 경인은 늘 그렇게 얘기하며 스스로의 맘을 다독였다. 사람이 독하지 못해 하는 일마다 돈 잃고 빈손 털기 일쑤였으나 속이 좋아 누구에게나 싫은 소릴 듣는 법 없고 호의를 품게 함이 정현의 강점이었다. 게다가 참한 여자 이상으로 살림이며 음식 솜씨 탁월하여 허름한 농장을 그새 얼음 알쪽같이 깔끔하고 청결하게 가꿔놓았음은 실로 감탄치 않을 수 없는 일. 마냥 미워할 수만은 없는 남자였다.

경인은 농장에 짐을 부리자마자 이웃 간 유대를 위해 옆집 길씨네 부부와 터밭 너머 민박집 주인 내외를 초대할 생각에 분주히 몸을 움직인다. 간단한 몇 가지의 안줏거리를 마련하여 소주라도 한 잔씩 나눠야만 할 것 같았다. 처음 이사왔을 땐 텃세 하듯 마음의 문을 닫아 걸고는 말도 잘 트려하질 않아 참으로 곤혹스러웠다. 농장의 터가 워낙 센 걸 모르고 샀느냐, 이 집에서 별로 오래 견딘 사람 없다는 등의 야릇한 말만 던질 뿐 좀체 곁을 주지 않았고 길씨 아줌마는 거의 벙어리가 된 듯 인사말조차 못 들은 척 외면하여 당혹감을 주곤 했다. 호젓한 산골 동네에서 옆집이 폐가인 채 텅 비어 있느니 사람 냄새나고 시끌벅적한 걸 좋아할 만도 하련만 이상스레 반목과 경직으로만 일관함이 기이했다.

마을에 정착하기 위해선 우선 마을 사람들을 알아야만 했고 그들과 교류함이 필수임을 경인은 깨달았다. 이사 후 얼마쯤 안정이 되자, 경인과 정현은 암퇘지 한 마리를 잡고 막걸리와 소주를 양껏 준비하여 노인정에서 한바탕 동네 잔치를 벌였다. 신고식을 톡톡히 치른 것이다.

또한 옆집 길씨 내외와 민박집 노부부는 따로 또 집으로 초대하여 각별한 대접으로 인사를 텄다. 길씨네와 민박집 부부도 비록 나이 차이가 있긴 했으나 서로 별 왕래 없이 뜨악하게 지내는 이웃임을 알았다. 밤 깊도록 술을 마시며 서로 마음이 오가자 그제야 겨우 애초에 반목한 이유를 털어놓았다. 조용하던 자신의 앞마당으로 새로 이사온 옆집 승용차가 소음 공해를 일으키며 들락거리고 얼마 지나지 않아 버린 듯이 농장을 방치한 채 거들떠 보지 않아 마당엔 잡풀만 무성히 자랄 것이 불 보듯 뻔했기 때문이었다. 예컨대 도시 사람들의 얄팍한 성정을 수없이 겪어온 끝에 내린 결론이었다. 도시인, 그들은 거들먹거리며 돈자랑이나 하고 다닐 뿐, 결코 산골 마을에 애정을 갖고 정착하여 뿌리내릴 사람들이 아니라는 것, 그리고 산골 사람들을 턱없이 무시하고 얕보는 경향이 다분하다는 걸 마을 사람들은 이미 몸으로 체득하여 알고 있었다. 쉽게 상종할 사람들이 아니라고 판단했기에 아예 무시하기로 마음먹었노라 실토했다.

터가 쎈 것이 맘에 걸리지라? 워매, 근디 머시 꺽정이요? 터가 쎈디면 그 쎈 터를 이기고 살아불면 되는 것이제잉. 아, 긍께 뭐시냐, 선상님했담서요? 그란디 말이 나왔을 게 허는 말인디, 선상님이라고 다 존 사램들은 아닙디다잉. 밤이 이슥하도록 담소를 나누고 집으로 돌아가며 민박집 여주인은 도무지 저의를 알 수 없는 아리송한 말을 남겼고, 길씨 아줌마는, 경인과 정현을 향해 언니, 오파아, 하며 허물없는 친밀감을 표해 당혹스러울 정도였다. 어쨌거나 꾸밈없고 재미난 이웃들이었다. 그 후 그들은 먹을 것을 나누고 노동력도 나누며 서로 돕고 살아가는 격의 없는 이웃이 되었다. 그러기까지엔 경인의 인간적 소탈함과 정현의 근면, 그리고 그들의 사람을 대하는 진정성이 큰 몫을 한 것임은 말할 나위가 없었다.

경인조차도 예상외로 농장 생활을 잘 이끌어가는 정현이 예전과는 많이 달라 보였다. 몇십 년을 함께 살아온 사람이었으나 그에게 그런 새로운 면이 있다는 걸 깨닫고는 어느만큼은 정현을 재평가할 필요도 있음을 느꼈다. 다만 외로움을 오직 술로 다스리려 하는 버릇만은 쉽게 납득할 수가 없을 뿐.

이른 저녁 부리나케 몇 가지의 요리를 만들어 경인은 옆집 길씨 부부를 불렀다. 민박집 노부부는 단풍철 주말이라 가까운 부대에서 휴가 나온 사병들과 그 가족들이 방마다 가득 차 불참이었다. 술이 한 잔씩 돌자, 길씨 아저씨가 긴 한숨을 내쉬며 자신의 깊은 속내를 털어놓았다. 자식이라고 달랑 아들 하난데 어디 처박혀 뭘하며 사는지 당췌 알길이 읎어요. 산에서 나무를 해다 팔며 어렵게 대학까지 보냈는데 취직도 못하고 빈둥거려 뭬라 좀 야단을 좀 쳤드니만 그 길로 집 나가 감감무소식이어요. 불콰해진 얼굴에 눈물까지 글썽이며 신음처럼 자신의 아픔을 토해냈다. 저는 딱 아홉 살 되던 해 즈이 아부지가 산에 가서 나무를 해오라고 제 키보다 더 큰 지게를 메어주더라구요. 증말 눈물 겨웠쥬. 가고 싶은 핵교는 안 보내주고…… 그때부터 시작된 지게질이 안즉까지 계속되는 거예요. 훌쩍, 소주를 단숨에 들이키는 길씨의 눈시울이 불그레 물들어 갔다. 근데 제 아들놈은 대학교까정 보냈으믄 나뭇꾼 애비로서 할 짓 다 한 거 아녑니까. 그런데……그놈이 애비가 야단 좀 쳤다고 몇 년간 제 눈앞에 일절 모습을 드러내질 않는 겁니다. 미칠 노릇이지요. 화병이 도져 죽을 것만 같어요.

길씨의 고백이 너무도 짠하고 안스러워 경인은 한마디 거들지 않을 수 없었다. 부모님께 보여줄 뭔가를 이루면 꼭 돌아올 거예요. 아들은 철이 들면 아버지를 가장 못 잊어 하잖아요. 표현은 못 해도 속 깊은 게 딸보단 아들인 것 같아요. 경인이 하는 위로의 말에, 언니가 몰러서 그래요. 그놈은 자식놈이라 할 수도 없어요, 증말. 에잇, 죽일 놈. 어디 가서 뭘하고 처박혀 죽었는지 살았는지……길씨 아줌마가 살짝 혀 꼬부라진 소리를 내며 거친 말을 토해냈다. 에미가 저 꼴이니, 자식놈이 집구석이라고 정 붙일 데가 있겄냐구. 애비가 무서워도 에미가 다독여 집안으로 들여야 하는 벱인데……길씨도 점차 격앙되어 가며 음성을 높였다. 그래서 아니 그게 다 내 탓이야, 내 탓이냐고? 아니 내가 뭘 잘 못 했다구 그래에? 에잇, 지랄 같다아, 증말. 길씨 아줌마도 더욱 거친 숨을 몰아쉬며 대거리 했고 분위기는 험악 일로로 치달았다. 정현은 많이 취해 중재할 개재가 못 되었고 술자리는 엉망이 되었다. 자식 일로 속상한 게 살아가며 우릴 가장 힘들게 하는 일이지요. 두 분 심정, 충분히 이해해요. 하지만 서로 상처 주어선 안 됩니다. 두 분, 더이상 아무런 말도 하지 마세요. 경인이 나서 가까스로 길씨 부부를 화해시켜 집으로 보내었다. 술자리 뒷처리까지 마치고 나니 몸은 녹초였으나 이웃 간 한결 가까워진 느낌에 흔연한 기분이었다.

새벽에 잠을 깨면 마을은 온통 개울의 돌 구르는 소리만 요란할 뿐, 모든 것이 고요하고 적막하다. 사계절 그 빛을 달리하는 화악산 봉우리가 고즈넉이 마을을 굽어보고, 청량한 계곡물 소리가 귀청을 때려온다. 이사온 직후엔 쉼없이 흐르는 물소리, 돌 구르는 소리에 밤새 잠을 설치곤 했다. 그러나 사람 손길 기다리는 텃밭에 주저앉아 쉴 새 없이 일을 하다 보면 밤엔 모든 잡념 잊고 곯아 떨어지기 십상이었다. 경인도 정현처럼 어쩔 수 없이 자연 속 흙과 더불어 살아가는 삶에 점차 길들여져 가고 있었다.

지난 주말까지도 마을 입구에 차일을 치고 토마토를 팔던 화가의 어머니가 보이질 않는다. 고랭지산이라 추석을 전후한 시기가 수확기의 절정인 이 고장의 토마토는 유독 맛이 있었다. 농촌에서 흔히 보는 지극히 순박한 촌노의 모습을 한 화가의 어머니는, 언제나 차일 밑 평상에 앉아 점심으로 집에서 싸 온 도시락을 먹으며 잠시도 자릴 비우지 않고 열심히 토마토를 팔았다. 무명 화가인 아들이 그림을 그리는 틈틈이 땀 흘려 재배한 토마토를 그의 노모가 동네 앞에 자릴 잡곤 내다 파는 것이다. 농장으로 이사온 직후 개울가에 세워진 독일풍의 이층집이 유난히 눈길을 끌었었다. 이 산골의 저 멋진 집엔 누가 살고 있을까. 경인의 궁금증은 그러나 곧 민박집 여주인의 설명에 의해 속시원히 풀렸다. 개울가 대형 비닐 하우스 토마토 농장이 노인의 소유인데 화가인 그의 아들이 아내와 함께 토마토를 재배하며, 또한 그림을 그리며 살아가고 있다고 했다. 노모를 모시고 토마토를 재배하며 살아가는 이름 없는 산골 화가. 경인은 그를 보기도 전에 왠지 마음 한구석 짠한 울림이 전해옴을 느꼈다.

어느 산책길, 개울가 이층집을 지나다 수레 가득 토마토를 싣고 비닐 하우스를 나오는 화가와 마주쳤다. 목에 건 때절은 수건으로 연신 땀을 닦아내는 남자의 모습은 텁수룩한 수염을 그대로 둔 영락없는 산골 나뭇꾼의 모습이었다. 그러나 경인은 그가 화가임을 직감했다. 새까맣게 그을린 얼굴, 전혀 다듬지 않은 모습이었으나 그의 눈빛, 표정 어딘가에서 강한 예지력이나 감성 같은 것을 읽어낸 때문이었다. 그와 눈이 마주치자, 도리없이 경인 쪽에서 먼저 인사를 건넸다. 안녕하세요, 민박집 옆 빨간 지붕, 저 집으로 이사온 사람이에요. 저어, 근데 토마토 지금 살 수 있나요. 첫 대면에 다소 멋쩍어진 경인은 난데없이 수레에 수북이 쌓인 싱싱한 토마토에 눈길을 주며 그렇게 물었다. 아, 이건 아직 아니고요, 이따 저희 어머니께서 저쪽 길가 평상에 내다 파실 겁니다. 하우스에서 지금 마악 따온 건데 우선 이거라도 맛 좀 보시겠어요. 부드러운 미소와 함께 그가 한 아름의 토마토를 바구니에 담아 경인에게 건네었다. 아니, 이렇게 많이. 한두 개만 주세요. 괜찮습니다. 아니, 많이 가져가셔요. 바로 그 장면이 개울가 이층집 화가와의 첫 만남이었다.

가끔씩은 노모 대신 화가인 아들이 직접 평상에 나와 앉아 토마토를 팔 때도 있었다. 그럴 때면 경인은 농장에서 서울을 향해 마악 출발하려던 차를 세우곤 으레 서울 두 아들 집의 몫까지 한 자루의 토마토를 사곤 했다.

초가을 어느 날 화가가 차일 밑 평상에 앉아 토마토를 팔고 있었다. 읍내에 몇 가지 생필품을 사러 갔던 경인은 토마토를 사기 위해 화가의 평상 앞에 차를 세웠다. 오늘은 어머니께서 안 보이시네요. 몸살기가 있어 좀 쉬고 계십니다. 언제까지 토마토가 나오나요. 이제 곧 끝물이에요. 그래도 시월 말까진 팔 수 있을 것 같네요. 경인과 화가는 늘 그런 식의 범상한 대화를 주고 받는다. 그가 토마토를 큼직한 자루에 담는 사이 경인은 길가에 피어난 몇 그루의 코스모스에 눈길을 준다. 시리도록 맑은 하늘, 소슬한 바람결, 잡풀 사이로 하늘거리는 코스모스의 가녀린 자태가 싸한 기운으로 가슴을 파고 든다. 경인은 길가에 무성히 자라난 잡풀을 바라보며 화가에게 물었다. 이 풀 이름이 뭐예요. 아, 그거요, '메누리미씨개' 라고 합니다. '메누리미씨개'……외국에서 들어온 종잔가요. 아뇨, 메누리들이 하 미운 시어미들이 만들어 낸 이름 같아요. 아하, '며느리 밑씻개!' 그게 바로 이거였군요. 어쩐지 잎이 까칠하고 가시가 많다 했더니……경인이 가시 돋친 풀 잎사귀를 만지며 실소했다. 화가는 이 고장 사람임이 분명했다. 며느리를 메누리로, 마치 외국어를 하듯 발음하는 것이 그걸 증명하고 있었다. 남자가 부언했다. 그래도 저희 어머니는 메누릴 끔찍하게 아끼는 편입니다. 가을볕에 얼굴 탄다고 토마토 파는 곳에 메누릴 아예 안 내보내거든요. 아내를 얘기하는 화가의 미소가 가을 햇살처럼 투명하고 눈부시게 느껴졌다. 농장에서 서울로 돌아오는 경인의 가슴에도 알 수 없는 평화가 차올랐다.

콸콸 흐르는 물소리가 귀청을 때리며 마음을 맑게 하는 느낌이 좋아 경인은 계곡을 따라 내처 길을 간다. 어젯밤 옆집 길씨 내외의 아들을 향한 취중 하소가 떠올라 묵직한 돌이 얹힌 듯 마음이 무거워짐을 느낀다. 경인은 부디 그들의 아들이 맘을 고쳐먹고 하루빨리 부모의 품으로 돌아오기만을 바랄 뿐이다. 정현이 이곳에 자리잡은 후 자신의 두 아들이 식솔, 혹은 친구들을 이끌고 뻔질나게 농장을 드나들며 왁자그르르한 모임을 가진 것만도 부지기수. 그때마다 담도 없이 이웃한 길씨네가 얼마나 부러웠을까에 생각이 미치자 경인은 새삼 가슴이 철렁해왔다. 그렇다고 경인이 아이들을 키운 세월 또한 맘고생 없고 만만찮은 것은 결코 아니었으나 남들은 그걸 알리 없었다. 늘 바다를 떠돌던 정현의 부재 속에 교직에 얽매어 아들둘을 키워낸다는 건 쉬운 일이 아니었다. 돌이켜 보면 한 시도 휴식이 없었던 고되고 신산한 세월이었다. 더구나 명퇴 후 겨우 한숨 돌리려는 순간 워킹맘인 며느리를 대신하여 다시금 손녀를 돌보는 육아의 책임을 맡게 되었으니 휴식이란 더욱 요원한 일이 되고 말았다. 하긴 절대 손녀를 봐줄 수는 없노라 발뺌할 수도 있는 일이었으나 경인의 성정으론 그것이 허락되질 않았다. 오랜 교직 생활로 상당한 액수의 연금이 나오고 시간도 남아 돌 때쯤 새삼 손녀의 육아에 발목을 잡힌 격이었으나 워낙 자식의 일이라면 앞뒤 재지 않고 올인하는 무른 성격이라 어쩔 수가 없었다. 경인은 그런 여자였다.

계곡 건너편 야트막한 산자락의 하얀 집 주인인 휜털 씨가 송아지만한 개를 데리고 마당을 서성이는 모습이 보인다. 하얀 목재 울타리에 매달린 〈집을 팝니다〉 라고 쓰여진 팻말이 단연 눈길을 잡아끈다. 경인이 이사왔을 때부터 익히 보아온 글귀였다. 농장으로 이사온 이래 늘 다니는 산책 코스에서 단연 눈에 띄는 예쁜 집이 바로 길가 언덕 위의 그 하얀 집이었다. 야트막한 담장 너머론 사계절 깔끔히 잘 가꾼 정원이 들여다 보이고 이따금씩 빨간 부삽을 들고 마당가에 쪼그리고 앉아 골똘한 모습으로 꽃밭을 손질하는 여인의 모습이 인상적이었다. 자그마한 체구에 예의 바르고 깎듯한 모습이 꼭 일본 여인 같은 느낌을 주는 자태였다. 그에 비해 늘 송아지만한 애견을 이끌고 다소 거드름을 피우는 그녀의 남편은 하얀 머리, 하얀 의상, 하얀 집 등 주로 흰색만을 고집하는 편집증적 성향으로 마을 사람들로부터 어느새 '흰털'이라는 별명으로 불리우게 된 특이한 취향의 남자였다. 새 집을 지어 입주한 이래 벌써 몇 년째 〈집을 팝니다〉 라고 울타리에 팻말을 붙여놓은 것도 마을에 대한 일종의 시위로 언제라도 자신은 미련없이 그곳을 떠날 수 있다는, 곧 자신은 마을 사람들과는 뭔가 좀 다른 부류라는 심리적 거리 두기일 뿐이라고 사람들은 그렇게 수군거렸으나 정작 흰털 씨 본인만은 그 사실조차 모르는 듯 오직 허세로만 일관할 뿐이었다.

경인이 하얀 집 울타리를 지나며 가벼이 목례를 보내자 마악 대문을 나서려던 흰털 씨가 반색을 하며 아는 체를 한다. 산책 중이세요? 와우, 근데 나날이 젊어지십니다. 과장된 몸짓으로 손을 내밀어 악수를 청하며 그가 말했다. 어딜 가시는 길인가 봐요. 아, 저 읍내에 볼 일이 좀 있어서요……. 무심코 묻는 경인의 질문에 조금은 당황한 낯빛으로 그가 얼버무렸다. 그러나 경인은 이미 마을 사람들로부터 전해 들어 최근 그의 일과를 대충은 알고 있었다. 농장과 길을 사이에 둔 화훼 단지에서 그가 일당 10만 원씩을 받고 꽃을 꺾어서 묶고 정리하고 차에 싣고 하는 아르바이트 작업에 참여하고 있음을 알기에 말없이 그의 시선을 피해 경인은 가던 길을 재촉했다. 무엇에든 진솔하지 못하고 체면에 급급하며 남 참견 좋아하고 뒷담화를 일삼아 이웃 간 불화를 조성하는 그의 성향은 마을 주민 사이에도 이미 알려질 대로 알려져 있는 터였으나 어쩐 일로 정현만은 막무가내로 그를 감싸고 돌았다. 오지랖 넓고 정이 많다 보니 그렇다고 늘 그의 편을 들어주었다. 형님 잘 계시죠. 이따 저녁에 한잔 꺾으로 갑니다. 경인의 반응은 듣지도 않은 채 마을 쪽으로 걸음을 옮겨가며 그가 큰 소리로 외쳤다. 술 좋아하고 사람 좋아하는 정현과는 어느새 형님, 아우하며 힘든 일손을 돕고 막역하게 지내는 사이라 벌써 여러 차례 서로의 집을 오가며 왕래를 튼 사이긴 했으나 특이한 점은 주로 그가 정현에게로 오는 횟수가 압도적으로 많았고 어쩌다 간혹 그의 집에서 자릴 할 때에도 절대 그의 부인만은 술자리에 합석시키질 않는다는 점이었다. 하얀 집 여주인의 음식 솜씨는 참으로 정갈하고 빼어나 어떤 요리나 안주도 맛깔스레 잘 만들어 내는 재주가 있었고 예의 범절이며 매너도 나무랄 데가 없는 여자였다. 저렇듯 단정한 여인이 어찌하여 저런 허릅숭이 남자와 살아갈까, 경인은 그 점이 가장 큰 의문이었으나 사람이란 원래 자신의 부족한 부분을 채우려 반대 성향의 대상에게 왕왕 더 매혹당하고 속고 하는 것이 세상 이치이기도 하니까 할 말은 없었다.

흰털 씨는 반면 정현과 술을 먹는 자리엔 꼭 경인을 합석토록 고

집을 피우는 경향이 있었다. 술에 취하면 경인을 향해 하루빨리 서울 생활 정리하고 자신이 하얀 집 팔려 멀리 이사하기 전에 어서 농장으로 내려오라 성화였다. 정현과 흰털, 몇 차례 그들의 술자리를 거들다 보니 경인은 마침내 흰털 씨의 이중성, 그 음흉한 비의를 알아 내기에 이르렀다.

지난여름 농장에서 1차의 술자리를 끝내고 2차로 읍내 노래방을 간 날 밤이었다. 정말 내키질 않아 끝내 만류하였으나 역부족이었고 두 남자만 보내기엔 너무 먼 거리여서 자칫 과음으로 이어지면 귀가가 힘들 듯하여 경인은 만취한 두 남자를 태워 읍내로 차를 몰았다.

노래방을 찾아 신명나게 노래하는 두 남자의 선곡을 도와 시작 버튼을 눌러주는 도우미 역을 맡았을 뿐, 경인은 전혀 노래 부를 기분이 아니었다. 정현이 구수한 음성으로 흘러간 트로트를 불렀고 흰털 씨가 일어나 쿵짝쿵짝 춤을 추었다. 흥이 점차 무르익는 순간 혼자 일어나 춤을 추던 흰털 씨가 갑자기 경인의 손을 확 잡아 끌더니 자신의 품에 와락 끌어안았다. 놀란 경인이 그의 몸을 힘껏 밀어내며 다시 자리에 앉았고 사태는 겨우 진정되었다. 생각해보면 지옥처럼 끔찍한 밤이었다. 지독히도 덥던 열대야의 밤, 술에 대취한 인사불성의 두 남자를 이끌고 간신히 농장으로 돌아오던 그 밤을 떠올리면 경인은 아직도 온몸이 오그라들 듯 경기가 몰려온다. 그러나 그날 밤 경인은 중요한 사실 하나를 깨달았다.

흰털 씨가 어찌하여 자신의 부인을 절대 술자리에 합석시키질 않는지, 적어도 그 까닭을 알 것 같았다. 자신의 취기가 몰고 올 몇 가지 습벽과 징후가 심히 두려웠던 것이다. 그 후로도 그와 유사한 일은 번번이 일어났고 어느 날 그의 주벽이 드디어 광기로 폭발한 대형 사고가 발생했다.

정현이 농장 테라스에 투명 PVC 지붕을 만들고 그 위에 차광막을 설치하는 날이었다. 흰털 씨로 말하자면 전원을 위한, 전원에 의한, 전원의 삶에 딱 들어맞는 전원생활에 필요한 온갖 기술을 다 갖춘 기능인이기에 농장의 모든 시설, 모든 기물에 그의 손이 안 간 곳은 없었다. 야외 식탁 하나를 만들 때도 나무를 짜 대패질을 하고 페인트를 칠하는 공정의 전 과정을 거의 완벽히 혼자 해내는 재주를 가진 존재이기에 정현이 일을 벌일 때면 으레 그의 손을 빌리곤 함이 당연한 일이었다. 또한 그럴 때마다 수고비라 할 일당과 술대접을 넉넉히 베풀었음은 물론이었다. 그런데 그날은 일이 좀 묘하게 돌아가 흰털 씨는 뭔가 다른 일로 시종 작업을 미루었고 한번 맘 먹으면 기어이 속전속결로 일을 끝내야만 직성이 풀리는 정현이 참다 못해 마을 젊은이들을 불러 차광막 설치 작업을 그들에게 맡긴 것이 화근이었다.

작업이 거의 마무리 단계에 이르자 새참 겸 안주를 곁들여 정현은 마을 젊은이들에게 술을 한 잔씩 권하게 되었고 그중 더러는 커피를 원하는 사람도 있어 야외용 가스 버너에 스텐 주전자를 올려 찻물을 끓이고 있을 때였다. 야 이 쌔꺄, 네놈이 돈 있음 얼마나 있다고 이딴 돈지랄을 하고 자빠졌냐, 이 쌔꺄. 마당 입구에서부터 난데없는 괴성이 들려왔다. 순간 모든 이의 시선은 그쪽으로 향하였고 헐크 같은 몸짓을 한 흰털 씨가 허어헉 숨을 몰아쉬며 마당 한가운데로 뛰어들었다. 연이어 와장창, 그의 손을 벗어난 스텐 주전자가 너럭바위 위로 떨어져 내리며 마당을 나뒹굴었다. 가까이 있던 몇 사람이 화상을 입을 정도로 더운 물이 튀며 비명이 잇달았다. 에이, 씨팔! 나랑 한 약속 어기고 이딴 것들 데려다 일을 시켜, 좆같다, 씨팔, 좆 좆!……흰털 씨의 악다구니는 그러고도 한참을 더 계속되었고 마을 젊은이 중 가장 덩치 크고 힘센 사람의 만류로 그는 겨우 자신의 집으로 돌아갔다. 사건의 전모는 그것이 전부였다.

그 후 근 열흘간 근신하며 나름 반성의 시간을 가진 흰털 씨는 정현을 찾아와 형님, 죽을 죄를 졌습니다. 하며 정현 앞에 무릎을 꿇고 용서를 빌었다. 하지만 그때까지 미처 화가 풀리지 않은 정현은 아무런 대꾸 없이 그를 돌려보냈다. 그리고 또 열흘이 지나갔다. 흰털 씨는 또다시 정현을 찾아와 무릎 꿇고 읍소하였고 사람 좋은 정현은 도리없이 그의 사과를 받아들였다. 그날의 일은 술꾼들 사이 취중 실수로 불문에 부쳤고 두 남자의 관계는 점차 회복되어 갔다. 정현은 그 모든 것이 고적한 산골 생활의 소외와 외로움 때문이라고 정의하며 흰털 씨를 용서하였으나 경인은 끝내 그날의 충격에서 벗어날 수가 없었다.

아들을 찾아 C시로 나간 길씨는 며칠이 되어도 돌아오질 않았다. 한마을에 사는 아들의 동창이 전해준, 아들이 C시의 대형 마트에서 일한다는 정보에 따라 정처없이 C시로 나가 마트란 마트는 다 뒤지고 다녔으나 허사였다. 여친과의 동거 끝에 최근 갓난아이까지 낳았으나 분유값이 없어 동창 친구에게 돈을 빌리려 왔었다는 아들의 소식에 길씨 부부의 가슴은 미어져 내렸다. 어린 것이 어린 것을 낳아 객지에서 어린 것의 분유값이 없어 헤매 돈다니……그러면서도 부모인 자신들에겐 결코 도움을 청하지 않는 무섭도록 차갑고 야멸찬 아들의 심사에 심장이 갈가리 찢겨나가는 듯한 통증이 밀려왔다. 가출 전 홧김에 매를 대고 좀 심하게 다루긴 했으나 그토록 맘이 돌아 천륜까지 끊고 혼자 떠돌 줄은 미처 몰랐음이 불찰이었다. C시에서 만났다면 그저 아무 말 없이 덥석 끌어안고는 차에 태워 집으로 데려올 생각이었다. 그러나 아들 또한 이미 어린 것의 애비가 되어 있다니……생각할수록 가슴이 무너지는 애달픈 상황이었다.

가을 내내 일손 놓고 아들을 찾아 헤맸으나 아무런 소득 없이 돌아온 길씨는 탈진한 듯 지치고도 얼이 나간 모습이었다. 함께 술 한잔 하자는 정현 내외의 청도 거절한 채 두문불출 일체 문밖 출입을 삼가는 양이 뭔가 예사롭질 않아 보였다.

길씨가 집으로 돌아온 날, 그날 밤은 유난히도 달이 밝았다. 농장 마당 구석구석을 훤히 비추는 요요한 달빛이 마루 깊숙이까지 스며들어 도저히 그냥은 잠을 이룰 수 없다는 정현의 말에 경인은 마당 한켠 너럭바위에 조촐한 술상을 마련했다. 그러나 그녀의 시선은 사람이 살지 않는 듯 캄캄하기만 한 길씨네의 어두운 창으로 계속 날아감을 어쩔 수가 없었다. 불 밝던 창에 어둠 가득 찼네……이탈리아 가곡, 벨리니의 '불 꺼진 창'을 흥얼거리는 경인의 가슴에 쓸쓸함이 가득 차올랐다. 화악산 정상, 카페 같은 느낌의 현대식 건물을 임대하여 계곡에 한창 피서객이 몰리는 여름과 단풍철이면 콩국수, 감자전, 도토리묵 등 간단한 음식을 팔며 농사일 외에도 부부가 함께 부업을 하곤 하던 길씨 내외의 모습은 얼마나 활기차고 보기 좋았던가. 여자는 직접 기른 서리태를 갈아 맛있는 콩국수를 만들었고 남자는 산에서 주어온 나무를 깎아 온갖 형상의 목각을 다듬었다. 길씨는 손으로 하는 것이면 무엇이든 다 잘 만드는 예인 기질을 타고났다. 정현과 경인은 즐겨 그곳으로 발길하여 정겨운 담소와 함께 잃었던 입맛을 되찾곤 했다. 길씨의 칩거는 정현에겐 치명적인 일이었다. 농사일에서부터 집을 가꾸는 일, 잔디를 깎고 관리하는 일까지 그의 도움 없이 행해진 일이란 거의 없었다. 그뿐인가. 산양처럼 날쌔고 민첩한 그는 산에서 나는 온갖 약초와 고로쇠액, 자신이 직접 기른 콩이며 잣이며 곡물이며, 또한 몸에 좋다는 각종 약재를 구해다가 정현과 나누어 먹곤 했기에 그의 부재란 정현에겐 농장의 삶 전체를 무망하게 만드는 그 무엇이었다. 예컨대 사람 사는 훈훈함이 사라지고 절해고도에 홀로 남은 듯한 적막감이 몰려왔다.

너럭바위 달빛 아래 정현과 마주 앉아 말없이 소주잔을 기울이는 경인의 귀에 무언가 기이한 음향이 잡혀왔다. 얼핏 들으면 짐승의 울음 같기도 하고 계곡의 흐름을 따라 들려오는 돌 구르는 소리 같기도 한 야릇한 소음이었다. 으으으 허억……흐으윽……그러다 어느 한순간 쨍, 유리병 같은 것이 돌에 부딪쳐 깨어져 나가는 듯한 탁음이 밤의 계곡을 울려왔다. 정현 부부는 자신도 모르게 벌떡 몸을 일으켜 마당가로 다가가 계곡 쪽을 내려다 보았다. 어두운 개울가 바위틈에 웅크리고 앉은 한 남자가 온몸을 뒤틀며 울고 있었다. 어어억 흑흑……애와 간과 장이 다 녹아내리는 듯한 처절한 울음이었다. 강단진 체구, 장발의 기름한 뒷모습, 길씨임이 분명했다. 집 나간 아들은 아비의 저 통절한 울음을 알고 있을까. 정현 부부는 그날 밤을 거의 뜬눈으로 지새웠다. 다음 날 아침, 정현은 아무도 모르게 개울가로 내려가 묵묵히 바위틈의 깨어진 소줏병 조각을 치우고 돌아왔다. 가을이 다 가도록 이웃에 전혀 얼굴을 보이질 않던 길씨는 어느 날 급기야 C시의 병원으로 실려갔다. 극심한 맘고생이 낳은 뇌졸중으로 몸 한쪽에 마비 현상이 온 것이라 했다. 한 달여의 입원 기간 동안 정현 부부는 자주 그를 문병했다. 그러나 그의 증세는 쉽게 호전되질 않았고 퇴원 후 마침내 정현은 길씨를 용하다는 서울의 한 병원으로 데려갔다. 다행히도 그곳에서의 집중 치료 덕분인지 길씨는 점차 재활의 기미를 보였고 어눌했던 말을 되찾아 갔고 또한 스스로 몸을 움직여 거동하는 정도로까지 회복되었다. 그러나 예전의 그 빠르고 기민하던 길씨로 돌아오기엔 아직은 모든 것이 요원하게만 느껴졌다.

11월의 마지막 일요일. 경인은 아침 설거지를 마친 후 농장 인근 군부대 안의 작은 성당으로 차를 몰았다. 가슴을 가득 메워오는 근원 모를 우울감과 슬픔에 오랜 세월 냉담해 오던 맘을 풀고 모처럼 미사에 참례하려는 그녀 나름으로는 대단한 결행이었다. 젊은 장병들로 가득 찬 성당엔 터질 듯 우렁찬 성가가 울려 퍼지고 있었다. 그러나 고요하고 잔잔한 성가 대신 흥겹고 힘차게 들려오는 성가가 외려 경인의 마음에 더욱 묘한 슬픔을 불러일으킴은 이상한 일이었다. 경인은 하얀 레이스 무늬 미사보를 머리에 쓰고 성당 앞자리 고상 앞에 두 손을 모으고 꿇어앉았다. 자신의 아들보다 훨씬 어린 나이의 장병들이 춥고 지친 모습으로 들어와 꾸벅거리며 조는 모습들이 보였다. 미사 후 배급되는 몇 개의 초코파이를 위해 군화 신고 먼 길을 걸어 왔을 그들. 깜빡깜빡 졸다간 쾅쾅 울리는 성가대 반주 소리에 번쩍 눈을 뜨며 큰소리로 성가를 따라 부르는 양이 마치 자신들이 처한 현실의 고통과 어려움을 잊으려는 안간힘의 몸부림, 절규만 같아 경인은 가슴이 아릿해왔다. 이른 추위에 코가 빨개져서 들어오는 장병들의 모습에 다음 주엔 따끈한 커피라도 좀 내려와야겠다고 그녀는 생각했다.

마음의 향을 피워 올리듯 정성을 다해 올리는 기도는 사랑이다. 그것은 사랑하는 사람을 위해 단 한 순간이라도 기도해본 사람이라면 누구든 납득할 수 있는 일. 경인도 두 아들의 입시를 전후하여 죽어라 기도에만 매달린 시기가 있었다. 절실한 바람이 있었기에 가능한 일이었다. 인력으론 어쩔 수 없는 절대자의 힘. 그것을 빌리고 싶은 간절한 소망이 있을 때였다. 그러나 그들이 각기 대학에 들어간 후로 경인은 기도의 마음을 점차 잃어만 갔다. 그리고 그 후론 절대 가족을 위해서도 기도해본 기억이 없었다.

그럼 오늘은 무엇을 위해 성당에 온 것일까. 가장 먼저 경인의 뇌리에 떠오르는 사람은 정현이었다. 교직에서 명퇴한 경인이 일찍 사업을 접고 백수가 된 정현과 한집에서 지내던 시기는 연옥과도 같은 고통의 나날이었다. 젊은 시절 자신을 힘들게 한 일들이 새록새록 되살아나 얼굴을 마주하기도 쉽지 않았다. 그런 기미를 정현이 모를 리 없었다. 그때부터 정현은 도피라도 하듯 전원생활을 꿈꾸며 땅을 보러 다녔고, 수구초심인 양 자신의 본향이며 군 시절을 보낸 강원도 화천 가까이에 정착하길 희망했다. 실현 가능성이 희박해 보이던 정현의 뜻이 믿기 어려울 만큼 순조로이 진행되어 실행에 옮기기까지엔 누구보다 경인의 지원이 컸음은 물론이었다. 그러나 따지고 보면 그것은 정현과 일정한 거리를 두고 싶었던 경인의 속내가 바탕되지 않고는 힘든 일이었다. 완벽한 망각이란 있을 수 없는 일. 경인은 끝내 정현을 온전히 용서치는 못했던 것이다. 그를 위해 기도하는 경인의 눈가에 이슬이 맺혔다.

그녀는 계속 기도했다. 길씨의 아들이 속히 돌아와 부모와 화해하기를, 또한 길씨의 병이 빨리 쾌유되어 옛 모습을 되찾기를…… 그리고 인근 부대 사병들과 그 가족들의 외박에 늘 분주한 민박집 부부와 늘 뭔가 불안정하고 허위에 싸인 듯한 흰털 씨, 또한 토마토 농장의 착한 화가를 위하여 그들의 안녕과 평화를 위하여 기도했다.

경인은 어느새 자신 또한 전원을 위한, 전원에 의한, 전원의 여자가 되어가고 있음을 깨달았다. 동시에 그러한 전원에서의 삶을 잘 영위해온 정현과 그의 이웃을 위한 기도의 마음을 일깨워준 그 전원에 감사했다.

호수회의 두 번째 여행

호수회의 두 번째 여행은 중국의 수도 북경으로 결정이 났다. 갖은 우여곡절 끝에 강행한 첫 제주 여행 이래 근 3년 만의 일이었다. 너무도 말 많고 탈 많은 모임이라 어디 한 번 떠나기가 여간 힘든 일이 아니라고, 총무인 용길은 머리를 절레절레 흔들며 질색을 해보였다. 그도 그럴 것이, 어린 시절 큰 저수지가 있던 한마을 초등학교 동창 모임인 호수회 멤버 6명은 그들의 부인들까지 합쳐도 고작 12명이 전원이었으나 워낙 각각의 처지와 형편이 다르고 나름의 의견 또한 천차만별이라 총무인 용길이 몇 차례나 울화통을 터뜨린 끝에야 겨우 떠나게 된 여행이었다. 그래도 끝내 불참하는 회원이 생겼고 뒷말이 새어 나와 다혈질인 용길을 펄펄 뛰게 만들었다.

"돈도 안 되는 총무 노릇하며 욕만 직싸게 먹고 이게 뭔 짝이다냐.

앞으로 이딴 총무 또 한다믄 나가 사람 자식이 아니여. 에려서부텀 동네 저수지에서 깨벗고 함께 멱감으며 나뒹군 불알친구덜이 아니었다믄 벌써 다 작살을 내고 말았을 것이다아~"

본처와의 사별 후 재혼한 젊은 새댁을 동행하고 공항에 나타난 용길은 길길이 뛰며 자신의 가슴팍을 주먹으로 팡팡 내리쳤다. 곁에 섰던 새댁이 아무도 모르게 살짝 그의 팔을 꼬집으며 말렸으나 막무가내였다. 이번 여행의 일행은 첫 여행 때와는 달리 미장원을 하는 창수 부부가 빠졌고 농장 경영의 왕제비 문섭은 아내 없이 또 혼자 참여하였고, 건축 노가다인 기호와 그의 부인, 구청 환경미화원에서 인천공항으로 직장을 옮겼다는 일만과 일만댁, 그리고 부동산업자인 총무 용길과 새댁, 대기업 임원 출신의 인호와 전직 교사 지애, 그렇게 합해 모두 9명이 전원이었다.

"아, 창수 고놈이 참말로 사람 복장 다 터쳐불드랑 게. 전화로 내게다 뭔 소릴 헌 줄 아냐, 가갸? '야, 다른 여행사 여그저그 알아보니께 거기보담 싼 디도 많던디 왜 하필 거기로 혔냐, 글고 좋은 계절 다 나두고 하필이면 이 엄동설한에 만리장성을 간다는 것이냐, 얼어 죽기 딱 맞겄다. 소가 웃을 일이여' 고렇게 말허드라고. 싸가지 읎는 놈, 팔팔 뛰다가 죽을 노릇 아니냐 참말로!!" 아니 지가 더위에 병으로 쓰러진 담부텀 더운 디 가면 절대 안된다고 난리 치는 통에 부러 추운 디로 잡았는디 이제와서 고게 뭔 소리냐고오. 에라이, 싹퉁상이 읎는 눔~!" 창수의 얘길 전하며 용길은 좌충우돌 찌럭소란 그의 별명에 걸맞게 영 분을 못 참고는 목소릴 돋우며 씩씩거렸다.

"어이 총무, 워쨌거나 뭐시냐, 우리 여행사 가이드부텀 만난 담에 차차 또 애길 허드라고오~" 성질 급한 기호가 끝내 못 참고 불퉁거리자 그제야 용길은 화를 가라앉히며 총무 본연의 자세로 돌아갔다. "아까 가이드가 전화로 엘(L) 카운트라고 헌 것 겉은디……." "엠(M)이라 허지 않았냐?" "가만 생각해 봉께 에이(A)라고 헌 것도 같고, 에고 영 헷갈리네잉……." 이른 아침, 그들은 인천공항 출국장에서 여행사의 지정 데스크를 찾아 짐을 끌고 우왕좌왕, A카운터에서 M카운터까지 로비를 완전히 일주한 다음에야 A카운터 창가 쪽에서 가까스로 담당 가이드를 만나 항공권을 건네받을 수 있었다. 지애가 어제 여행사 인터넷 사이트에 들어가 알아본 바로는 분명히 A카운터 창가 쪽이었으나 용길이 아침에 가이드로부터 직접 전화를 받았다는 데야 할 말이 없었다. 공항 여건과 사정에 따라 때론 여행사의 카운터가 바뀌는 경우도 없으란 법은 없으니까.

여행사에 여권을 제출한 후 지애는 하릴없이 일행을 따라 공항 로비를 이리저리 끌려다니며 가만히 한숨을 내쉬었다. 이른바 빠릿빠릿한 집단과는 한참이나 거리가 먼, 느리고 어리뜩하기만 한 사람들과의 여행이 앞으로 과연 어찌 전개될 것인가. 4박 5일을 그들과 함께 할 시간이 너무도 한량없고 아득하게만 다가와 그녀는 막막하기만 했다. 지애는 용길의 처 새댁이 가이드로부터 받아온 여권과 항공권의 이름을 일일이 판별하여 일행에게 나눠 주는 일을 도맡았다.

짐을 부치기 위해 수하물 접수대에 줄지어 열을 섰을 때였다. 중간

열에 서 있던 기호 부부가 허둥지둥 들고 있던 짐을 뒤적이며 사색이 되었다. "폴짝 뛸 일이란께. 방금 손에 들고 있던 비양기 표를 어따 두고는 정신을 못 차리는 것이여, 참말로 폭폭해 죽겄구만." "워쩐대, 귀신이 곡할 노릇이랑께. 방금 이짝 손에 꽉 들고 있었는디……." 여행 가방의 사이드 백 속에 황급히 손을 넣다 뺐다, 기호댁이 빨갛게 달아 오른 얼굴로 어쩔 줄을 몰라했다. "잠깐, 잠깐만 기다리십시오. 제가 찾아 보지요." 인호가 띠 칸막이로 구불구불 열을 지어 놓은 가이드 라인을 따라 허리를 굽힌 채 황급히 기호댁의 잃어버린 항공권을 찾아 헤맸다. 그를 따라 일행 또한 모두 합심하여 한동안 분실된 기호댁의 항공권을 찾아 헤맸으나 허사였다. "여권 가지고 항공사 사무실에 가면 재발급도 가능하니 너무 염려 마십시오." 인호는 일단 그렇게 기호댁을 안심시킨 후 다시 항공권을 찾아 나선다.

기가 막힌 지애는 조용히 기호댁에게 다가가 묻는다. "혹시 들고 있는 종이백 속에 있는 거 아닐까요. 다시 한번 찬찬히 찾아보시죠." 그제서야 기호댁은 종이백 속의 컵라면을 하나하나 집어내며 부산히 손을 들락거린다. "오매, 썩을!! 여그 있네유. 워쩌서 아깐 눈에 안 띄었을 꼬오 기호댁이 붉게 상기된 얼굴로 항공권을 손에 들고 멋쩍게 웃어 보인다." "징허다, 징혀어 참말로 징하당께~. 아까부텀 종이봉지 속을 활깍 까집어 보랬드니 절대 거긴 읎담서 폴짝 뛰드라고오. 정신은 대체 어따 저당 잽히고는 그놈의 끌난 컵라면인가 뭐신가만 신줏단지 모시드키 허느냐 이 말이여. 에잇, 정신 나간 예편네. 이런 일이 워디 한두 번이간디, 에잇……참말로 못산당께."
기호의 푸념은 항공기 탑승 직전까지 이어졌다. 일행의 모든 행동에 지친 나머지 지애는 탑승을 하자마자 비행기 좌석에 풀썩 몸을 던지고는 눈을 감았다.

북경 도착은 서울과 근 한 시간의 시차로 아직 오전이었다. 일행을 통털어 가장 젊은 나이의 새댁이 있어 그나마 다행이라고 지애는 생각했다. 연변에서 살다온 까닭에 중국어에 능한 것도 이번 여행엔 큰 도움이었다. 공항에서 만난 가이드는 중국 교포 2세라는 젊은 남자였다. 차돌처럼 야무지고 작은 체구의 남자였으나 전체적인 분위기는 그나마 좀 소박하고 인간적인 면이 있어 맘이 놓였다.

만만디……호수회 멤버들의 행동과 움직임은 중국의 근원적 성향이라 할 만만디에 딱 들어 맞았다. 제아무리 좋은 곳을 가도, 제아무리 좋은 것을 보아도 별다른 감흥 없고 느긋하기가 경악할 지경이었다. "다 그렇고 그런 것이제. 뭐, 황제가 살던 궁궐이라고 뭐 별것 있간디~" "대저 공원이란 게 다 그렇고 그렇지, 뭐시냐 천단공원이라고 혔냐, 그것이 뭐 별것이겄어~." 매사가 다 그렇게 시큰둥한 반응에다 도무지 서두르는 법이라곤 없었다.

일만은 슬프고 숭고한 사랑을 주제로 한 화려한 대형 가무쇼를 관람하고 나오며, "사랑인지 뭐시깽인지 홍수 났다고 물만 펑펑 쏟아져 내리고……그 물값만 해도 엄청나겄다야." 하며 툴툴거렸고, 밤거리의 오색찬란한 야경을 향해서도, "뭔 크리스마스 츄리를 1월 말인디 안직까지 해놓고 있다냐. 전……전기세만 혀도 엄청나겄다야." 하고 말해 좌중을 맥없이 웃기곤 했다.

특히 일만댁은 네 명의 손주를 키우느라 한쪽 다리의 관절이 상해 뒤뚱뒤뚱 느린 걸음으로 매번 일행의 대열에 한참이나 뒤지곤 했으나 정작 본인은 너무도 천연스런 모습으로 느긋이 대열의 꽁무니를 좇아다녀 놀라울 정도였다. "아, 놀러와서 급할 게 뭬 있어. 쉬엄쉬엄 다니매 뭣인들 보면 보는 것이고 아님 말고 그라는 것이제, 당췌 애면글면 헐 게 읎는 것이여~" 더욱 감탄할 일은 그런 아내의 뒤쳐짐에도 이렇다 저렇다 전혀 말없이 일만은 그저 묵묵히 아내의 얼룩덜룩한 꽃무늬 가방을 줄곧 어깨에 매고 다닐 뿐이었다. 그러나 그는 허름한 옷차림에 검게 탄 피부, 덥수룩한 수염으로인해 북경 거리 곳곳에서 뜻하지 않은 불심 검문에 걸리는 수난을 겪곤 했다. 사람 많고 혼잡한 천안문 광장을 지날 때라든가 난데없이 거리 한 가운데서 관광객을 상대로 무작위 검문이 있을 때면 일행 대부분은 그저 의례적 절차를 거쳐 무사 통과하는 중 유독 일만만은 검문 대상에 걸려 몸수색과 가방까지 열어 보이는 수모를 겪는 것이다. 그럴 때마다 "내가 무……무신 도……도둑놈 같이 생긴 게비다아~" 하며 껄껄 웃어 일행을 실소케 했다. "도둑놈은 무신……아, 젊었을 적엔 당신, 거시기 거 대통령처럼 생겼었잖유. 훤한 이마하며 눈은 딥다 크고 똥그래갖꼬는……." 남편을 향한 일만댁의 뜬금없는 역성에 폭소가 터진다. "야아, 때깽이는 좋겄다아~마누라 눈에 안직도 콩까플이 안 베껴졌응께~" 익살스런 문섭의 말에 웃음은 더욱 증폭되기 마련이었다.

여행을 떠나기 전 일만네의 극렬한 부부싸움으로 친구들 사이에 한동안 위기설까지 들먹여진 커플이었기에 더더욱 웃음을 자아냈는지도 모른다. 어린 시절, 들녘을 쏘다니며 곡식 쪼아 먹는 도요새 쫓기를 도맡아 해온 까닭에 도요새의 방언인 '때깽이'로 불리며 일만은 늘 또래 친구들에게 놀림감이 되곤 했다. 더구나 급하면 말까지 더듬는 터라 아이들은 곧잘 '때……때……때깽이!' 하며 그의 말을 흉내내며 그를 쫓아 다녔다. 빈한한 가세가 더욱 기울어 급기야 빚에 몰리자 야반도주를 하듯 서울로 올라와 안 해본 일이 없을 만큼 고생하느라 교육을 제때 못 받은 것이 일만의 한이었다. 그 때문인지 그는 한없이 유순하다가도 어느 순간 불같이 화를 내며 엉뚱한 고집으로 일행을 놀라게 할 때가 있었으나, 툭툭 내뱉는 어눌하고 순박한 말이 좌중을 곧잘 폭소로 이끌곤 하는 존재였다. 본인은 정작 정색을 하고 하는 말인데 듣는 이는 배꼽을 잡게 만드는 그런 유형의 인물이었다.

왕제비란 별명이 붙은 문섭은 어딜 가나 노랫소리만 들려오면 몸이 가만 있질 못하는 것이 특징이었다. 그건 가히 병적 증세라 할 만했다. 도무지 통제가 안 되는 수준이었다. 천단공원과 천안문을 둘러본 후 북경 시내의 제법 격을 갖춘 음식점에서 점심을 먹을 때였다. 음식과 함께 중국 전통 복장을 한 무희들이 나와 춤추고 노래하는 이색적 분위기의 식당이었다. 실내 한켠 무대로부터 마침 조용필의 '단발머리'가 흘러나왔다. 우르르 밀려온 한국 관광객들을 위해 귀에 익은 한국 가요를 들려준 것이다. 순간 둥근 원형 테이블에 둘러앉아 밥을 먹던 문섭이 벌떡 일어나더니 흔들바위처럼 흐늘흐늘 몸을 흔들며 춤을 추기 시작했다. 휘청휘청……건들건들……가히 '흔들바위'란 별명에 걸맞게 그는 마치 뼈 없는 연체동물처럼 흐느적거리며 춤을 추었다. 묵묵히 밥을 먹던 일만이 얼굴을 번쩍 들고 눈을 껌뻑이며 말했다. "저……저놈 봐라. 완……완전히 미쳤다야. 시도 때도 읎이 저렇콤 몸을 흔들어 대니 남……남 부끄러워 밥이 넘어가겄냐. 지발 좀 그만혀라~" "아, 냅둬유우. 남이사 밥상 머리에서 춤을 추건 말건……신경 끄고 어여 먹던 밥이나 먹어유." 커다란 타파통에 직접 담궈온 김치를 일행에 고루 나눠주며 남편을 향해 대거리하는 일만댁의 불퉁거림에 좌중엔 다시 와르르 폭소가 번졌다.

"음악만 나오면 난 꼭 미칠 것만 같어야. 밥을 굶어도 춤은 춰야 직성이 풀린당께." 문섭이 못내 아쉬운 얼굴로 다시 테이블로 돌아오며 말했다. "문섭이 너 춤추며 여자깨나 꼬셨쟈~그간 대체 몇 명이나 잡아먹었냐?" 놀리는 듯한 기호의 말에 문섭이 정색을 하고 답한다. "그려도 진지하게 연애한 여자는 단 한 명 뿐였다야. 아내가 눈치를 채서 떼느라고 혼났어. 그 여자, 허구헌 날 딥다 전화를 혀쌌는디 참말로 괴로워 죽겠드라고~" 딤섬 한 점을 집어 입으로 가져가며 문섭이 넉살을 떨었다. "근디 너그들 순탄히 여자 떼는 법 좀 갈쳐줄까이? 여자란 말여, 순식간에 확 떼어버림 절대 안되여. 상처를 줘서 오뉴월에 한을 품게 되는 경우가 생기잖여. 비법이 있당께.

전화가 걸려오믄 첨엔 한 주에 한 번쓱 받고, 그담부텀은 두 주에 한 번, 그러다가 한 달에 한 번, 글고는 차츰차츰 사이가 더 뜨게끔 서서히 멀어져 블면 그쪽에서도 쬐깐씩 눈치를 채고는 자기도 마음의 준비럴 하게 된다 이 말이여~"

무슨 대단한 비법이라도 되는 양 진지하게 얘기하는 문섭을 향해 총무 용길이 어이없다는 듯 퉁바리를 준다. "야 이눔아 난 또 별것이라고~아, 그 정도는 초딩이들도 다 아는 상식이여. 에구 한심헌 눔!! 그렇게 빠삭혀서 그려서 그 여자가 뭐시냐 니네 농장 다 불살라 버리고 너 죽인다고 위협한 것이냐~너 그때 까딱혔다간 야밤에 자다가 알몸으로 불 타 죽을 뻔했잖여~앞으론 너 참말로 여자 조심혀야 헌다아!" 눈을 부라리며 충고하는 용길의 말에 문섭이 발칵 하는 어조로 대든다. "작것~사돈이 넘 말 허고 자빠졌네. 너나 조심혀. 부동산 한다믄서 얼굴 좀 반반한 여자가 방 구하러 오믄 오는 족족 연애나 걸어 갖고 설랑 그 뭐시냐, 그란께 작업의 고수가 돼 갖고는 결국엔 이렇게 참헌 제수씨 만나 새 장가꺼정 간 게 아니냐 이 말이여~말이야 바른 말이지, 내 말이 틀렸냐~"

가식이라고는 눈꼽만 치도 없는 그들의 언쟁에 일행은 연신 웃음을 터뜨린다. 어이없는 그들의 언행에 앞으로 얼마를 더 웃어야만 할 것인가. 지애는 아직도 자신의 입가에 남아있는 실없는 웃음기를 삼키며 인호를 일견했다. 소년처럼 천진하고 장난기 어린 표정. 전에 없이 얼굴 가득 환한 웃음이 피어난 인호의 모습이 놀랍기만 하다. 웃는 것도 많이 웃어본 사람이 잘 웃는 것. 인호는 좀체 폭소를 터뜨리며 크게 웃는 모습을 보기 힘든 사람이다. 평소 TV로 개그 프로 같은 것을 볼 때면 별것 아닌 것에도 까르르 웃음보를 터뜨리는 지애완 달리 전혀 웃음기 없는 얼굴로 말없이 채널을 돌려버리곤 하는 인호이기에 지애의 놀라움은 더욱 컸다. 배꼽 드러낸 알몸으로 마을 저수지에서 함께 멱을 감고 때깽이를 쫓아 들녘을 헤매며 말총 매미채로 산야를 누비던 그들 유년 시절 추억의 공유가 저토록 사람을 무장해제토록 하는 것일까. 지애는 파안대소하는 인호의 모습에 실소했다.

북경의 명동이라 할 왕부정 거리를 어슬렁거리며 먹거리를 돌아본 후 발 마사지 샵으로 가는 도중이었다. 용길은 달리는 차 안에서 유난히 큰 음성으로 흥분을 감추질 못했다. "여그까정 와서 겨우 발 마사지만 혀서 쓰겄냐. 중국 돈 얼마썩 더 내갖꼬설랑 거 뭐시냐 온몸 마사지까지 허는 것이 워떠겄냐고오. 내가 다 알아서 헐팅게 그저 나만 따라오드라고오." 불쾌해진 얼굴로 용길이 말하자, "중국 와서 호강덜이 터지는구먼. 긍께 뭣시냐, 남자덜은 여자가 혀주고 여자덜은 남자가 혀주는 것이냐, 워처께 되는 것이냐." 뚱한 얼굴로 앉아 있던 일만이 뜬금없이 그렇게 물어 다시금 폭소가 터졌다. 가이드도 덩달아 웃으며 말했다. "제가 설명 드리죠. 남자분들은 예쁜 아가씨들이 마사지 해드리고 여성분들은 젊은 오빠들이 해드리는 게 맞습니다." 순간 여자들의 낯빛에 살짝 당혹감이 스침을 지애는 놓치지 않았다. "저어, 가이드님, 여자들도 예쁜 아가씨들이 해주면 안될까요. 그리고 우린 발 마사지로 충분한대요." 지애가 좌중의 여자들을 돌아보며 제안하듯 말하자 여자들은 모두 동의한다는 뜻을 표했다. 그러자 가이드가 정색을 하며 말했다. "이미 다 예약 된 상태라 지금 사람을 바꾸긴 어렵습니다. 그럼 이렇게 하죠. 여성분들은 발 마사지만 받기로 하면 어떨까요. 남자 마사지사들이 힘이 쎄서 더 씨언하다고들 합니다." 연변 억양 섞인 가이드의 간곡한 말에 여자들도 고개를 끄덕이며 동의했고 더 이상은 아무도 이의가 없었다.

마사지 샵에 도착하여 남녀로 구분된 넓은 방으로 들어서니 비스듬한 각도로 세팅된 여러 개의 침대 끝에 각각 발 올림대와 대야가 놓여 있고, 곱상한 젊은 청년들이 우르르 방으로 들어왔다. 연이어 각각 침대 하나씩을 맡아 좌정, 따뜻한 물에 여자들의 발을 담그며 마사지를 시작했다. "수고하십니다." 슬몃 멋쩍어진 지애가 자신을 담당한 청년에게 인사말을 건넸다. "네, 감사합니다." 수줍게 웃어 보이는 청년의 모습에 그 나이다운 풋풋함이 있어 지애는 안도한다. 아직은 자본주의에 깊이 물들지 않은 중국 교포 특유의 순박함이 느껴지긴 했으나 지애의 마음은 마냥 편할 수는 없다. 한창 나이에 주로 나이 든 한국인 관광객을 상대로 발 마사지를 하며 생계를 꾸려가는 젊은이의 마음엔 무엇이 자라나고 있을까. 청년이 가끔 발가락 사이에 힘을 줄 때마다 짐짓 통증을 참아내며 지애의 마음엔 점차 알 수 없는 안스러움이 싹 터온다. 눈을 감고 누워 느긋한 상태로 마사지를 즐기는 아늑한 기분과는 또 다른 상반된 감정이었다.

“씨언하셨습니까. 다 끝났습니다.” 마사지가 끝나자 청년이 가벼운 미소로 종료를 알리며 지애에게 인사말을 했다. “네에, 아주 좋았어요. 감사합니다.” 입실 전 가이드의 조언대로 지애는 얼른 지갑에서 만 원짜리 한 장을 꺼내어 청년에게 내밀었다. “수고하셨어요. 일행을 대표해 드립니다.” 중국 돈 위안화와 한화의 환율이 대강 180:1(?) 정도라니 여자 넷의 팁으로선 적당한 액수일까. 청년은 고개를 숙여 감사의 뜻을 보이며 방을 물러갔다. 마사지를 마친 여자들 얼굴엔 저마다 밝은 기운이 감돌았다. 로비에서 다시 만난 일행은 종전의 지친 느낌과는 달리 모두 환하고 밝게 피어난 모습들이다. 특히나 용길은 저녁을 먹으러 가기 위해 차에 오른 순간까지도 미처 흥분을 떨쳐내지 못하곤 큰 소리로 떠들었다.

“첨에 걸린 처자가 참말로 예뻤는디 말여, 농담 쪼깐 했드만 그대로 휙, 나가버리더라고오. 그 처자 들어오자마자 니들 중 유독 내게다 눈을 맞춘 후 지 발로 나헌티 걸어온 것 니들 다 봤쟈?”

“차……착각은 자유랑께. 내가 볼 땐 기……기냥 들어온 순서대로 한겨. 징헌 놈, 그라믄 잠자코 허는 대로 내비둘 일이제 뭐라 무리헌 요구를 해갖꼬설랑 순진한 처자를 화내게 혀서 내보낸 것이야 말여. 좌우간 용길이 저놈은 당췌 못 말리는 놈이여.” 장난기 가득한 용길의 말에 혀를 차듯 일만이 쏘아부쳤다.

“저이가 참한 처자에게 무어라 했는데, 나가버린 거입니까?” 용길의 처가 바싹 다가들며 관심을 표했다. “아, 이왕할 꺼 좀 더 가차이 다가와서 허라고 혔을 뿐여.” 용길이 너털웃음을 웃으며 얼버무렸다. "에잇, 이놈아, 긍께 니가 가차이 오라고만 혔냐, 뭐시냐, 쪼깐 버……범위를 넓혀서 위에꺼정 주……주물러도 된다고 혔잖여~" 일만의 부언 설명에 남자들은 폭소를 터뜨렸고 여자들은 심한 당혹감을 드러내었다. 그런 중에도 새댁은 표나게 샐쭉한 얼굴로 남편을 향해 눈을 흘겨보이며 말했다. "저이, 진짜 못 말리는 거……저도 훤히 다 알고 있습다아." 살짝 투정기 섞인 모습이 새댁다워 여자들의 입가에도 저마다 고소가 어렸다.

호수회의 술 파티는 매일 밤 예외 없이 벌어졌다. 장소는 주로 총무인 용길의 방이었다. 회비로 밑반찬이며 뭐며 온갖 것들을 챙겨와 회동의 장소로 총무네가 적합한 이유도 있었으나, 가장 젊고 순발력 있는 새댁이 유연한 몸놀림으로 술자리 서빙을 담당하여 모든 면에서 편의성이 있는 때문이기도 했다. 아니 보다 정확히 말한다면 일행 중 그래도 용길이 그의 아내에게 가장 말빨 서고 권위가 있는 까닭인지도 모른다. 적어도 새댁은 용길의 모든 것을 이해하고 순응하는 모습으로 보여졌다. 여행의 하루 일정을 끝내고 일행이 모여서 하는 일은 뻔한 것. 한국에서 공수해온 팩 소주와 서울에서 가져온 온갖 안주를 즐비하게 늘어놓고는 음주와 담소를 즐기며 왁자한 시간을 보내는 것이 정해진 순서였다.

그럴 때면 낮 시간과는 달리 가장 환하고 빛나 보이는 사람은 일만댁이었다. 짙은 루즈와 뽀얗게 화장한 얼굴, 화려한 무늬의 티셔츠를 입은 양이 마치 그럴싸한 연회에라도 나온 듯 한껏 고조된 모습을 보여 보는 이의 미소를 자아냈다. 멸치를 고추장에 찍어 김에 둘둘 말아 이 사람 저 사람 입에 쑥쑥 넣어주며, "난 이 모임 악착같이 따라댕길 테니께, 남자들찌리 댕길 생각은 당췌 말드라고오~" 하는 모습이 때론 사람을 질리게 하는 면도 없진 않았으나 밤이면 지극히 여성스러운 모습으로 변하는 일만댁을 바라보는 일은 다소는 놀라운 느낌이기도 했다.

지애는 연일 계속되는 술 파티에 서서히 지치고 질려갔다. 해도 너무한다는 생각과 인호의 건강에 대한 알량한 염려까지 겹쳐 슬슬 화가 치솟기 시작했다. 화가 병을 부른 것일까. 급기야 감기에 몸살기까지 겹쳐 꾀병처럼 술자리에 불참할 핑계가 생겨난 것이다. 샤워를 마친 후 침대 속으로 냉큼 몸을 말아 넣으며 지애는 짜증 섞인 음성으로 말했다.

"감기가 심해서 오늘 밤은 안 갈래요. 혼자 다녀와요, 난 좀 쉴게요. 술은 제발 그만 하고~!

지애의 냉랭한 말에 예상대로 인호는 낯빛이 확 굳어지며 화를 냈다.

"오늘 밤이 마지막이잖아. 그냥 가서 앉아 있다 오기만이라도 해."

"몸이 쑤시고 아픈데 어떻게 그냥 앉아 있어요. 그건 고문이에요. 당신 친구들 술 마시는 거 지켜보는 거 고역이에요, 정말."

"말하는 거 하곤……그래 고작 4일 밤 갖고 고역이다, 뭐다 그렇게 별나게 굴어야만 해?"

"그래요, 난 별나요. 그래도 그간 많이 참았다고요, 참을 만큼은!"

인호가 뭐라 하든 지애는 이불은 머리 끝까지 뒤집어 쓰며 꼼짝도 않을 태세를 보였다. 속으론, '당신 친구들 정말이지 지겨워, 지겨워. 끔찍스러워~!' 하는 말을 혼자 계속 짓씹으며 침대 속으로 몸을 웅크렸다. 4박 5일 일정 중 겨우 하룻밤의 면제일 뿐임에도 지애는 지독한 감기에 외려 감사하는 마음으로 이불을 뒤집어 쓴 채 끙끙 앓았다. 인호는 그런 지애의 모습에 잔뜩 못마땅한 낯빛을 한 채 쾅, 방문을 닫으며 남은 안주와 팩 소주 등을 챙겨 들고는 총무의 방으로 건너갔다. 인호의 그러한 모습에 지애는 지겹도록 끈끈한 호수회의 우정에 까마아득한 괴리감과 함께 그 어떤 싸늘한 단절감 같은 것이 끼어듦을 막을 수가 없었다. 며칠을 함께 여행한다 해도 그들과 완전히는 동화될 수 없는 무엇. 바로 그 무엇 때문에 지애는 여행 중 문득문득 혼자 외로움에 빠지곤 했다.

감기몸살로 인한 차라리 아늑하고 달콤한 통증. 그러나 이제 내일이면 출국이다. 일정의 마지막 밤이었고 여행 중 유일하게 혼자인 시간이었다. 어이없는 웃음과 폭소 폭소, 음주와 과식, 어지러운 대화의 난무……그런 것에 넌더리를 내듯 지애는 그들을 떠올리며 부르르 몸을 떨었다.

다음 날 아침, 출국을 위해 베이징 공항에서 만난 일행은 모두 말이 없었다. 아니, 평소엔 주로 지애 쪽에서 먼저 상냥한 인사를 건네며 말을 트곤 하였으나 지애가 감기로 몸을 잔뜩 움츠리며 말이 없자 아무도 쉽게 말을 걸어 오지 않는다는 게 정확한 표현일 것이다. 온몸의 통증으로 만사가 귀찮아진 지애는 일행에 겨우 눈인사만을 건넨 후 공항 로비에 널브러져 앉아 있었다. 아침으로 컵라면을 먹자며 모두 총무 방에 호출을 당할 때조차도 지애는 끝내 가질 않았다. 감기와 소화불량이 겹쳐 도저히 아침 먹을 기분이 아니었으나 인호는 그런 지애의 태도에 더욱 골이 나 그녀에게 한마디 말조차도 건네질 않았다. 속이 좋질 않더라도 컵라면 국물이라도 조금 먹어둘 걸 그랬나. 아침에 일어나니 몸이 천근만근 물먹은 솜 같아 도저히 자리에서 일어날 수가 없었다. 컵라면이고 뭐고 도무지 귀찮기만 했던 것이다. 그러나 시간이 지날수록 슬슬 공복감이 느껴지며 얼큰한 컵라면 국물이 눈앞에 아른거렸다. 탑승은 아직 멀었고 기내 식사를 기다리기엔 요원하기만 한 상황이었다.

축 처진 모습으로 로비에 앉아있는 지애를 향해 저만치 서 있던 일만이 주춤주춤 다가왔다. "뭐……뭣 좀 드셔야 혀요. 빈 속에 약 드시믄 안되니께……이……이거라도 쪼깐 드셔봐유."

주머니 속에 꼭 쥐고 있던 노오란 오렌지 한 알과 약봉지를 불쑥 지애에게 내밀며 일만이 멋쩍은 웃음을 보였다. "이 감기약 어……어제 한의원 들렀을 적에 산 것인디……오……오렌지부텀 까먹고 나서 함 드……드셔 봐유. 언릉 기운을 차리셔야지, 인……인호가 통 기운이 없잔유. 엇저녁부텀 갸가 술도 많이 안 마시고 기분이 영 안 좋던디……우덜도 당췌 기분이 안 난당께유. 젤로 쌩쌩하던 양반이 아픈께 분위기 완전 꽝이어유."

선량함 가득한 눈을 껌벅이며 일만이 지애에게 약을 권했다. 멀찍이 떨어져 있던 일만댁이 말없이 물을 가져다 주었다. 오렌지 껍질을 벗기는 지애의 가슴에 뭉클한 감동이 일었다. 몸이 조금 아프다고 일행에 완전히 곁을 주지 않으며 까칠하게 굴었던 자신의 얄팍한 성정이 맘에 걸려 고개를 숙인 채 천천히 오렌지 껍질을 벗겨 입에 넣었다. 달콤쌉쌀한 오렌지 맛을 되새기며 일만이 준 약을 챙겨 먹었다. 그녀의 주변을 맴돌며 감시하듯 약 먹는 걸 지켜보던 일만이 지애의 곁으로 다가왔다.

"이……인호 쟈 너……너무 미워하지 말아유. 참 좋은 친구여요. 불알친구덜이 죄다 풍신 나갖곤 치……친구 체신꺼정 몽땅 깎아 먹는 것두 다 아니께유. 그려도 우덜은 기……기냥 이렇콤 생긴대로 살고 생긴대로 말하고……요로콤밖엔 헐 줄을 모르니께요. 이해허셔요, 거시기……배……배울만큼 배운 사람덜이 이……이해를 허셔야쥬……."

더듬거리는 일만의 말을 들으며 지애는 얼굴이 확 달아올랐다. 뭔가가 심히 찔리고 아려와 아무런 말도 할 수 없었다, 순간 인호가 왜 이 친구들을 그토록 끔찍이 아끼고 좋아하는지 그 이유를 알 것 같았다. 한 치 가식도 없는 그들의 무한한 천진성과 순수한 우정. 내겐 과연 이러한 친구가 단 한 명이라도 있는 걸까. 지애는 이제껏 전혀 느껴 오지 못했던 새로운 자각이 문득 머릴 처드는 자신을 발견했다.

공항 로비 드넓은 창을 통해 멍하니 활주로를 내려다보던 일만이 산더미 같은 수하물을 항공기 탑재 차량으로 이동시키는 인부들의 작업을 지켜보다 말고 혼자 중얼거렸다.

"저 사람덜 무지게 힘들어유. 인천공항에서 제가 하는 일이 바로 저 일이라 잘 알지유. 비……비행장의 거센 바람, 땡볕은 증말 사람 잡는 거랑께유. 무거운 짐짝 옮기다 보믄 겨울에도 몸이 땀……땀투성이고 증말 사람 헐 짓이 못되지유. 그려도 먹고 살라니게 워……워쩌겄어유."

아, 그래서 일만의 얼굴이 햇볕과 바람에 저리 까맣게 그을렸구나……! 지애는 그런 사정도 미처 헤아리지 못했던 자신을 탓하며 불현듯 자신이 공항에서 나눠주던 일만의 여권 사진을 기억해냈다. 일만댁 말대로 대통령처럼 잘생긴 얼굴이었다.

"더 늙으믄 저 짓도 인자 더는 못 혀요. 그려도 기운이 있을 때 허는 것이제."

"그만큼 열심히 일하셨는데 이젠 좀 여행 다니며 편히 쉬셔요. 장성한 아드님도 있고……참, 샛별이는 잘 있죠. 많이 컸겠네요."

지난번 제주도 여행에서 공항에 마중 나온 일만의 예쁜 손녀, 샛별이를 기억해내며 지애가 물었다.

"샛별이가 내년이면 벌써 핵교엘 들어가유. 갸아 오래비 우진이가 우리집 장손인디 아주 의젓하고 잘생겼지유. 작년에 집사램이 동네에 쬐깐한 칼국숫집을 하나 냈는디 국숫집 이름을 '우진이네 칼국수'라 했단께유."

일만이 더없이 흔연스런 얼굴로 손주 자랑을 하며 함박웃음을 지어 보였다. 세상에서 가장 행복한 할아버지의 모습이었다.

"'우진이네 칼국수' 이름 참 좋네요. 뭔가 잘될 것 같은 이름이에요. 나중에 꼭 한번 가볼게요. 우진이 할머니가 손수 만든 칼국수 꼭 먹고 싶어요."

지애가 환히 피어난 모습으로 하는 말에, "오늘 당장 가지유, 뭐. 공항에서 가까운디, 뭐시냐, 호……호수회 에……에프터를 거그서 허는 걸로 하지유. 다른 건 몰라두 집사램 김치맛 하나만은 끝내준다고 사램덜이 난리여유."

일만이 신이 나서 목소릴 높였고 지애의 눈빛에도 돌연 생기가 돌았다.

"이제 겨우 살만해진 거야. 또 무슨 바람 일으킬 일이라도 생겼나……."

일만과 지애가 나누는 대화가 무언가 고조되어 감을 바라보던 인호가 그제야 그들에게로 다가오며 아는 체를 했다.

"당신은 몰라도 돼요. 그럴 일이 있거든요~!"

"허어, 중국 생약이 효과가 있긴 있는 게비다~"

시침을 떼며 인호를 향해 던지는 지애의 말에 일만이 크게 웃으며 사람 좋은 미소를 지어 보였다.

호수회의 두 번째 여행은 결국 칼국수 잔치로 이어졌다. 인천공항에 도착한 그들은 모두 무거운 짐을 끌고 좁디 좁은 우진이네 칼국숫집으로 몰려갔다. 앞치마를 두른 늠름하고 잘생긴 일만의 아들과 일만댁, 두 사람이 직접 끓여준 칼국수는 기막히게 맛있어서 그 날로 당장 호수회의 단골집으로 지정되었다. 샛별이와 우진이의 할머니 일만댁은 여행의 피로도 간곳없이 분주하게 몸을 움직여 특별 안주로 만두와 닭도리탕까지 마련하여 일행의 미각을 즐겁게 해주었고 여행의 끝은 행복했다.

호수회의 세 번째 여행은 어디로 갈 것인가. 그건 아직 미지수였으나 지애는 그때도 아마 자신이 합류하게 될 것인지 어쩐지 아직은 알 수가 없는 마음이었다. 아직은, 아직은……결코 모르는 일이라고……지애는 내심 가만히 그렇게 결론을 내리고 있었다.

호수회의 세 번째 여행

남편, 인호의 초등학교 동창 모임인 호수회의 세 번째 여행이 시작되는 당일 새벽. 익숙한 곳을 벗어나 어디론가 떠나야만 한다는 긴장감에 전날 밤 늦도록 잠을 설친 지애는 찌를 듯한 전화벨 소리에 놀라 화르륵 잠을 깨었다. 거실 탁자 위 인호의 핸드폰으로부터 요란한 수신음이 울리고 있었다. 아흑, 이 새벽에 대체 누구야. 치솟는 짜증에 지애는 몸서리를 치며 침대 이부자리 속에서 몸을 비틀었다. 인호가 잠결에 화들짝 몸을 일으켜 전화를 받으러 뛰어나갔다.

아~일만이. 아니 벌써 왔다고? 내가 8시 반까지 오라고 했잖아. 난 아직 자고 있는 중인데……. 인호의 조금은 당황한, 그러나 놀랍도록 참을성 있고 차분한 음성이 지애의 뒤틀린 심사를 더욱 부추겼다. 친절한 인호 씨. 아고 지겨워. 도대체 시간 개념도 없는 사람들!!

대체 몇 시로 약속했는데 이 모양이냐고오. 정말 못살아아아. 전날 밤 자정을 넘어 겨우 2~3시경에야 잠이 든 지애로선 근 3시간도 미처 못 잔 탓에 비몽사몽 극도록 신경이 예민해 있었다.

첨 오는 길이라 시간 계산을 잘못했대. 약속 늦을까봐 집에서 새벽 5시에 나왔다네. 지금 지하철역에서 기다린대서 어디 들어가 따끈한 국밥이라도 먹고 있으라 했어. 우리도 빨리 준비해서 나가자고. 성급히 샤워실로 들어가며 인호가 허둥거렸다. 난 안 갈래. 정말 해도 해도 너무하잖아. 지금이 몇 신데 두 시간씩이나 일찍 오냐고오. 지애로선 정말이지 어처구니가 없을 뿐이었다. 제아무리 시간 계산을 잘못했다 해도 무려 두 시간씩이나 일찍 와서 꼭두새벽 그렇듯 서슴없이 친구의 집에 전화를 걸다니……그녀로선 무례의 극치란 생각밖엔 들질 않았다. 경우가 없다 해도 너무나 없는 경우였다. 화가 머리 끝까지 난 그녀는 그들과 함께 여행을 떠나고 싶은 생각이 한 치도 없이 사라져버렸다. 난 안 갈래요. 감기에 몸살 기운도 있고 가서 앓느니 그냥 집에 있을래요. 늦가을의 으스스한 날씨를 핑계로 그녀는 이부자리에 누운 채 꼼짝도 않고 인호를 향해 그렇게 단언했다. 두어 차롄가 여행을 함께하고 만남을 가졌으나 그때마다 그들을 향해 느낀 감정은 더없이 인간적이고 순박하여 함께하는 순간순간엔 그래도 뭔가 짠한 마음을 불러일으키는 점 없진 않았으나 매번 또 새로이 맞딱뜨리며 황당한 일을 겪을 때면 솔직히 좀 대하기 참 쉽진 않은 사람들이라고 지애는 내심 혼자 혀를 찼다.

그러지 말고 가자아. 내 입장도 좀 생각해 줘. 예의 벌컥 화를 내곤 하는 여느 때완 달리 호소하듯 간절히 뇌이는 인호의 말에 지애는 순간 맘이 약해져 그만 화를 풀기로 급히 생각을 바꾸었다. 그들은 서둘러 떠날 채비를 마친 후 차를 몰고 일만과의 약속 장소를 향해 달려갔다.

어어, 이……인호 여……여기여~~11월 새벽의 추위 속에서 두터운 점퍼에 몸을 감싼 일만이 버스 정류장 부근 대로변에서 휘휘 손을 내저으며 차를 세웠다. 그 뒷편으론 가뜩이나 동그란 체구의 일만댁이 몸을 잔뜩 오그린 채 종종걸음을 치며 차를 향해 다가오는 모습이 보였다. 인호가 모는 승용차 앞자리에 앉아 눈을 감고 졸고 있던 지애는 차문을 열고 간신히 웃으며 그들을 향해 인사했다. 날씨도 추운데 뭐하러 이렇게 두 시간씩이나 일찍 나오셨어요. 뒷좌석에 앉은 일만 내외를 향해 약간은 볼멘소리로 지애가 말했다. 여……여그까정 걸리는 시간을 조……종잡을 수 읎어서유. 처……첨 오는 길인께유. 심한 말더듬에 투박하기 짝이 없는 일만의 대답에 지애는 한숨을 내쉬며 그만 입을 다물고 말았다. 아무리 초행길이라 해도 적어도 지하철 노선을 점검하고 시간 계산을 하여 출발하는 극히 일반적이고 상식적인 일 따위, 그는 그런 일조차도 기대해선 안될 사람인가. 하긴 정확하고 치밀한 계산이나 머리보단 늘 몸으로, 우직한 성정과 감으로만 살아온 그에겐 기실 그것조차 기대함이 무리한 요구인지도 모른다.

평일 아침이라 차는 서해안 고속도로를 막힘없이 달려갔다. 확 트인 시야에 깃털처럼 희끗희끗한 것이 차창을 향해 날아왔다. 눈, 눈발이었다. 올해의 첫눈. 순천만을 향해 달려가는 길에 만난 첫눈이었다. 그러나 어찌보면 제법 뜻깊다 할 그 첫눈을 함께 맞는 팀이 평소 전혀 생각지 못한 좀 낯설고 코드가 안 맞는 존재라 지애는 그만 맥이 빠지는 기분이었다. 감동적인 순간에 적어도 그 느낌을 함께 하며 동일한 기쁨을 공유할 수 있는 대상이란 그리 흔치 않다. 그러나 승용차 뒷좌석에서 앉아 코를 박고 잠이 든 두 사람은 아무래도 좀 이질적인 부류라는 생각에 지애는 순간 알 수 없는 아쉬움과 단절감을 느끼며 가슴이 서늘해왔다.

일만아, 눈 온다. 순간 귀를 의심하리만큼 다정한 음성이 차 안을 울려왔다. 일만아, 눈 와. 첫눈 내리는 감동을 일깨우는 더없이 정겨운 인호의 음성이었다. 정겹다는 말 외엔 그 어떤 표현도 적합칠 않은 인호의 음성에 지애는 경악했다. 평소 더없이 과묵하고 무뚝뚝한 남편이기에 더더욱 그러했다. 지애는 어처구니가 없는 심정이었다. 약속 시간을 두 시간이나 앞당겨 새벽잠을 여지없이 박살 낸 아둔하고 한심한 친구의 태도에 대해 화는커녕 조금치의 힐난도 묻어있질 않은 포근한 음성이었다. 그 점이 지애의 심사를 더욱 꼬이게 하여 첫눈이고 뭐고 그녀는 다시금 짜증이 솟구칠 뿐이었다. 잠에서 깬 일만이 잠꼬대를 하듯 거친 음성으로 반응했다. 이……이……인자 눈 올 때도 되얐어. 늘 그렇듯 너무도 덤덤하고 시큰둥한 일만의 반응에 지애는 실소했다. 어린 시절 들녘을 헤매며 저수지에서 함께 멱 감고 자란 불알친구란 저런 것일까. 학력도, 직업도, 환경도, 성향도 다 다른 호수회 여섯 친구들의 그 이해할 수 없는 끈적한 유대감이 지애에겐 놀라움을 너머 경이일 뿐이었다.

그들의 잊지 못할 놀이터였던 마을 한가운데의 큰 저수지를 추억하고 기리기 위해 모임 이름조차 저수지회였으나 지애만은 굳이 그 모임을 우정 호수회로 바꿔 불렀다. 뭔가 좀 칙칙하고 촌스러운 어감이라 맘에 안 든다는 게 그 이유였다. 다혈질에 남자답고 화끈한 성품의 건축 노가다인 기호, 고향 인근 소도시에서 미장원을 운영하는 부인을 두고 그녀를 지키며 무위도식하는 창수, 농원은 접고 주로 인테리어 일을 하며 노래와 춤에 빠져 사는 문섭, 인천공항 청소부인 일만, 오래 몸담았던 부동산업을 정리하고 아들에게 신발가게를 차려주곤 그것을 관리하며 살아가는 호수회의 종신 총무 용길, 그리고 공기업 임원으로 퇴직한 후 중소기업 고문으로 일하고 있는 인호. 이상이 호수회 멤버의 전원이었다. 서울에서 태어나고 자란, 중고등계 전직 교사였던 지애는 전혀 다듬어지지 않은 그들의 원색적 언행이 때론 너무도 거칠고 투박하여 종종 당혹감을 감추기 힘들었다.

호수회 여섯 친구들 가운데 가장 먼저 세상을 뜬 친구는 건축일을 하던 기호였다. 그가 죽은 것은 지난해 가을이었다. 자신의 병은 자신이 가장 잘 안다고 호언장담하며 건강검진조차 받아본 적 없는 대단한 애주가 기호가 그렇듯 허망히 갈 줄은 아무도 몰랐다.

때문에 어느 날 돌연 위암에 걸리자 그는 평소 건강검진조차 받은 적이 없어 의료보험의 혜택을 전혀 받을 수가 없었다. 따라서 엄청난 치료비로 힘들어 하던 차, 마침 서울 S병원 암 치료 개발을 위한 임상실험 대상자로 지원, 급기야는 그곳에서 무료 치료를 받기에 이르렀다. 죽어도 건강검진 따위의 절차는 귀찮고 불필요한 일이라고 여길 만큼 고집이 황소였던 그는 결국 스스로 화를 자초한 것일까. 임상실험은 별 효과도 없이 입원에 입원을 거듭한 결과 그의 병세는 점차 악화되어만 갔고 끝내는 다섯 명의 고향 친구들을 남긴 채 홀로 훌쩍 세상을 떠나고 말았다.

익산에 살아 중도에 합류하기로 한 창수 부부를 제외, 용길의 차와 인호의 차에 각각 나눠 탄 총 8명의 일행은 서로 핸드폰으로 연락하여 순천만 가는 도중 익산의 어느 허름한 간장게장집 앞에 차를 세웠다. 그제서야 일행은 모두 차에서 내려 서로 인사를 나누었다. 기호의 부재로 얌전하고 내성적인 기호 부인은 당연히 참석을 하지 않았고 대신 이번엔 주부 만학도로 그간 모임에 한번도 얼굴을 보인 적 없는 춤꾼 문섭의 아내가 참석하여 첫선을 보였다.

한데 어쩐 일일까. 일행이 새댁이라 부르던, 동글동글 사과처럼 볼이 발그레한 용길의 연변 아내는 보이질 않고 대신 용길의 곁엔 늘씬한 키, 긴 머리에 야구모를 눌러 쓴 생소한 모습의 여인이 보일 뿐이었다. 어인 일일까. 약간은 뜨악한 분위기 속에서 일행은 모두 식당 안으로 들어갔다. 식당 안엔 이미 창수 부부가 미리 와 일행을 기다리고 있었다. 간장게장이 세상에서 가장 맛있는 집이라는 게 총무, 용길이 그 집을 택한 이유였으나 늘 그렇듯 일행의 반응은 그저 무덤덤하기만 했다. 하긴 세상 모든 현상에 대한 호수회의 반응은 천지개벽이 일어나지 않는 한은 늘 그렇듯 덤덤한 게 상례이다. 용길이 새로 데려온 여자를 자신의 여친이라고 소개했다. 전처를 암으로 잃은 후 연변에서 돈 벌러 온 젊은 여자와 눈이 맞아 한 10년은 족히 잘산 것 같았는데 그새 또 여자가 바뀌었다. 지애는 어이가 없어 할 말을 잃었다. 그런 분위기를 간파한 여자가 먼저 흔연히 자기소개를 했다.

오늘 처음 신고식 올립니다. 용길 씨 만난 지 두 달밖엔 안됐는데 서로 맘에 들어 함께 살기로 했어요. 상 하나 차려놓고 간소하게 예도 올렸습니다. 잘 부탁드려요. 용길과 적어도 나이가 10년 이상은 차이가 날 법해 보이는 여자는 의외로 선선하고 활달한 인상이었다. 희고 깨끗한 피부였으나 짙은 눈화장 밑으로 어룽대는 알 수 없는 그늘이 숱한 사연을 겪은 듯 처연한 느낌만 빼고 나면.

어쨌든 반가워요, 새댁. 행복하게 잘살길 빕니다. 기가 막혀 멀뚱하니 앉아 있는 사람들 사이에서 지애가 가장 먼저 말문을 트며 인사했다. 새댁……. 그 말 듣긴 좀……. 나이도 제가 젤 어린데 그냥 동생처럼 이름을 불러주세요. 정은이, 오정은입니다. 여자는 전혀 거침이 없었으나 그렇다고 예의가 없거나 매너가 없다 할 그런 느낌은 아니었고 적어도 내숭과는 거리가 멀고 그닥 악의 같은 건 없어 보이는 쾌활한 성격이었다.

용길이 변명처럼 입을 떼었다. 저번 그 여자, 애초 약속대로 10년을 꼬박 살고는 연변의 가족 품으로 돌려보냈는디, 그담부터 혼자 참말로 외롭더라고오. 혀서 그동안 선을 무려 200번 정도는 봤는디. 마츰내 맘에 드는 여자가 나타난 것이여. 그날로 당장 집에 데불고 와 상 하나 차려놓고 맞절에 합환주 한 잔씩 허고는 그대로 합방해부렀제잉. 용길의 말에 모두 웃음을 터뜨렸다. 어이가 없다는 듯 정은이 덧붙였다. 아휴, 말도 마세요. 그날 이이 아파트에 가보니 글쎄 그 전날까지 다른 여자랑 살았던 흔적이 고스란히 남아 있는 거예요. 그러니깐 바로 그 전날 저랑 바톤 터치한 여잘 마악 떠나보낸 거였어요. 그간 수없이 많은 여자가 살다간 모양이에요. 정은이 용길을 향해 살짝 눈을 흘겨보이며 말했다. 허허……여자란 자고로 두어 달씩은 데불고 살아봐야 실체를 아는겨. 평생을 함께 살려면 적어도 그 정도는 살아봐야 판단이 설 거 아녀. 이 사람은 반찬도 잘 맹글고 뭐시냐 살림 솜씨도 끝내준당께. 용길이 특유의 어눌하고 투박한 음성으로 정은의 칭찬에 침이 말랐다.

남자들이 모두 용길 씰 부러워 죽겠단 표정이네요. 어쩌죠. 여자들, 우리 너무 오래 살았나봐요. 지애의 농담에 모두 웃었다. 어쨌든 저희 예쁘게 잘살을 께요. 정은이 모두에게 술을 한 잔씩 따르며 애교있게 말했다. 잔을 받은 지애가 정은에게 잔을 돌리며 말했다. 두 분 만남 축하합니다. 한 잔 하시죠. 아뇨. 저는 운전해야 하니깐 이따 마실게요. 정은이 그렇게 말하며 잔을 치웠다.

그러고 보면 용길은 늘 자신이 직접 운전대를 잡지 않는 남자였다. 저번 새댁도 그랬고 이번 여자도 그렇다. 때문에 여자를 뽑기 위한 면접에선 무엇보다 먼저 운전이 필수임을 강조한다고. 운전기사 겸 가사도우미, 그리고 생의 반려자인 아내의 역할을 능히 잘 해낼 수 있는 젊은 여자. 그것이 그가 원하는 아내의 조건이었다. 어쨌든 여복이 있달까, 여난이 있달까, 그럼에도 용길의 주위엔 늘 여자가 많았다. 시골 마을의 지주였던 부모로부터 물려받은 상당한 재산 덕에 평생 돈에 쪼들려 본적 없는 그는 원만한 성격에 풍채며 외모며 가히 요즘 말로 훈남이라 할만했다. 따라서 그의 주위엔 늘 여자들이 들끓는 편이라고, 그러나 그건 결코 복 많은 팔자가 아니라고 일만은 못을 박았다. 저……젊은 여자 바꿔가매 데……데불고 사는 것이 워……워디 쉽간디. 하……하루도 심간 편할 날이 읎을 것이여. 파……팔자도 참 험하고 고약한 팔자제잉. 더듬거리며 토해내는 일만의 음성엔 용길에 대한 연민이 가득하여 지애는 실소했다.

순천만의 날씨는 겨울치고는 포근하고 바람이 없어 여행하기엔 그만이었다. 날씨마저 험했다면 지애의 마음은 한결 더 스산하고 황량했을 것이다. 세속적인 잣대로 세상을 양분하여 말한다면, 가진 자와 못 가진 자, 누리는 자와 그렇지 않은 자로 나눌 수 있을까. 그렇다면 호수회 멤버, 그들은 적어도 많은 걸 소유하고 누리는 양지의 삶을 살아온 사람들은 아닐 것이다. 그러나 극히 소소하고도 작은 일로 파안대소하며 기꺼이 만남의 시간을 만끽하는 그들의 모습이 지애는 매번 놀랍고 신기할 따름이었다.

용길과 그의 여친, 정은이 순천에 사는 어부 친구로부터 산낙지 열두 마리를 얻어왔다. 큼직한 아이스박스에 가득 담긴 산낙지의 세찬 몸부림을 보자 지애는 식욕은커녕 울컥, 비위가 상해왔다. 뭐지. 저걸 언제 다 먹는다는 걸까. 미처 맛을 보기도 전에, 지애는 완전히 질려버리는 느낌이었다. 그러니까 호수회의 세 번째 여행은 순전히 산낙지를 먹기 위한 것임이 드러났다. 일행은 저녁 식사를 위해 예약한 음식점에 우선 여섯 마리의 산낙지를 손질해 달라고 부탁했다. 커다란 냄비에 걸쭉하게 끓여 내온 해물탕과 갖은 반찬만으로도 포식의 수준이거늘 산낙지를 또 어찌 먹는다는 걸까. 그러나 잠시 후 식탁 위에 고소한 참기름에 버무려진 꿈틀대는 산낙지 접시가 오르자 일행은 모두 캬아, 탄성을 토해내며 치열한 낙지와의 대결을 시작했다. 안간힘으로 접시에 붙어 떨어지지 않으려고 버둥거리는 산낙지의 몸부림과 한사코 그것을 떼어내 입 안에 갖다 넣으려고 접시 바닥에 젓가락을 긁어대는 호수회 멤버들의 대결. 지애도 예의 상 간신히 낙지 한 점을 떼어내 입에 넣은 후 한참을 오물거리며 그 맛을 음미했다. 특별한 맛은 느낄 수 없고 다만 충분히 씹은 다음에 삼켜야 한다는 생각만 가득할 뿐이었다. 소주. 소주가 절로 목으로 넘어갔다. 소독제 겸 소화제. 그리고 경직된 마음을 풀 수 있는 신경완화제. 예의 소주파인 일만댁이 지애의 잔에 소주를 가득 따라주었고 두 여자는 주거니 받거니 스스럼없이 술잔을 나누었다.

언닌 소주파시네요. 이렇게 뵙게 되어 반가워요. 정은이 바싹 다가오며 맥주가 찰랑대는 유리잔을 부딪쳐왔다. 언니라고 부르는 어감이 무언가 좀 생소하고 낯설어 지애는 웃었다. 일만댁이 힘들게 자신의 젓가락으로 낙지 한 점을 집어 지애의 입에 넣어주었다. 순간 당황한 낯빛의 정은이 살짝 곁눈질을 하며 지애의 반응을 살폈으나 지애는 그냥 그대로 입을 벌려 얼른 낙지를 받아 삼켰다. 그 모습을 보고 정은이 가볍게 웃음을 터뜨렸다. 언니들, 풍경 보기 좋네요. 낙지 진짜 맛있죠. 지금이 한창 제철이래요. 젓가락으로 능숙하게 접시에 붙은 낙지를 떼어내 입으로 가져가며 정은이 말했다. 능숙한 운전 솜씨며 일처리며 매사에 꽁하지 않고 막힘이 없으며 무언가 강단과 기(氣)가 느껴지는 여자라고 지애는 감탄했다.

저녁 식사 후 다들 노래방으로 몰려갔다. 여행지에서 여럿이 모여 갈 곳이라곤 으레 노래방밖엔 없단 사실에 심히 염증이 솟긴 했으나 지애는 잘 참아내며 그들과 함께 어울렸다. 지애는 음악과 노래는 좋아했으나 그리 노래방을 즐기는 편은 아니었다. 자신의 차례가 오면 그저 담담히 노래 한 곡을 부르곤 줄곧 다른 사람이 하는 양을 지켜보며 박수를 치는 것이 고작. 그러다 시간이 흐르면 자신의 그런 행위에도 슬몃 지겨움을 느껴 그만 살그머니 혼자 그곳을 도망쳐 나오고 마는 유형이었다. 정은의 춤솜씨는 진정 예사롭질 않았다. 번뜩이는 조명 아래 온몸을 비틀며 열광적인 몸짓으로 춤을 추던 정은이 자리에 앉은 지애의 손을 잡아 끌어 무대 중앙으로 이끌었다. 몸을 밀착시켜 지애의 허리를 꽉 끌어 안으며 그녀가 속삭였다. 언니이, 우리 함께 춤춰요. 아마 지금 용길 씨 눈에선 불꽃이 튈 걸요. 제가 너무 잘 놀아갖꼰 요상한 여자라고 ㅋ ㅋ……. 그 표정, 안 봐도 비디오예요. 저 춤 잘 춰요. 젊었을 때 KBS 무용단이었거덩요. 왜 가수들 나오면 뒤에서 백댄스하며 분위기 잡는 애들 있잖아요. 한때 그거 했어요. 얼결에 끌려 나온 지애는 마지 못한 듯 리듬에 맞춰 몇 발짝 몸을 움직였다.

문득 지난번 용길의 파트너, 연변 새댁이 떠올랐다. 사과처럼 발그레한 볼을 가진, 용길과 나란히 마이크를 잡고 서서 쫄깃하고 찰진 목소리로 노래하던 암팡진 느낌의 여자. 고향에 남편과 가족을 두고 한국에서 다른 남자와 살림을 차려 근 10년 만에 귀향한 그녀는 지금 연변에서 행복할까. 순간 묘한 회한과 혼란의 감정이 교차됨을 느끼며 지애는 짐짓 용길을 바라보았다. 뭔가를 탐색하는 듯한 집요한 그의 눈길이 조명 아래 해초처럼 일렁이는 정은의 실루엣을 꿰뚫고 있었다. 체인징 파트너. 자아, 이젠 용길 씨를 파트너로~! 지애는 얼른 자리를 비켜주며 용길을 정은의 앞으로 이끌었다. 치솟는 흥을 가누지 못해 말미잘처럼 몸을 떨며 흐느적거리는 문섭의 열창에 맞춰 용길과 정은이 꼬옥 부둥켜안고 블루스를 추었다.

늦은 밤 노래방에서 바닷가 모텔로 돌아온 일행은 모두 총무인 용길의 방으로 집합했다. 남은 산낙지를 마저 먹어치워야만 한다는 중론 때문이었다. 낙지는 때묻은 허연 스티로폼 박스 속에서 아직도 산 채로 꿈틀거렸고 알뜰하게도 참기름과 도마에 식칼까지 준비해 온 용길 커플의 빈틈없는 준비와, 빨갛게 볶은 닭발, 마른 오징어포,

땅콩 등 온갖 안주를 푸닥지게 쟁여온 일만댁의 활약이 돋보였다. 신문지를 펼쳐 방 안 가득 먹거리를 늘어놓아 보기만 해도 질리는데, 남은 산낙지 여섯 마리를 마저 다 먹어치워야만 하다니, 지애는 정말 어이가 없었다. 모텔 측의 양해를 구해 1층 주방에서 낙지를 손질해 오겠다며 도마와 칼을 챙겨 들고 정은과 문섭의 아내가 카운터로 내려갔고 마침내 얼마 후 말끔히 손질된 산낙지가 방으로 배달되었다. 그러나 일회용 플라스틱 접시에 담긴 토막 난 산낙지들은 몸을 꿈틀대며 접시에 완전 밀착, 젓가락으로 아무리 떼어내려 해도 쉽게 떨어지질 않았다. 보다 못한 일만댁이 일회용 장갑을 낀 억센 손아귀로 접시 위의 산낙지에 참기름을 부어 마구 버무린 후 일행의 접시에 한 웅큼씩 나눠주었다. 모두들 그 이상의 안주는 없다며 흔연한 낯빛이었으나 어쩐 일인지 지애는 완전히 식욕을 잃어 더 이상은 아무것도 목에 넘어가질 않았다. 일행에게서 느껴지는 엄청난 생명력, 그것을 마주하는 일종의 충격이랄까. 어쨌든 지애는 그들의 왕성한 식욕과 활력에 심한 어지럼증을 느꼈다. 어린 시절 늘 결핍과 허기에 시달린 트라우마가 그들을 저토록 먹거리에 집착하게 하는 것일까. 거듭되는 놀라움에 지애는 어안이 벙벙할 뿐이었다.

다음 날 아침 해남 바닷가의 모텔을 벗어나 전망대가 있는 땅끝마을 어느 해장국집에서 속을 푼 일행은 갈대숲을 보기 위해 순천만으로 향했다. 인호가 모는 차에는 어쩌다보니 멤버가 교체되어 창수와 함께 문섭 내외가 동승했다. 간밤에 노래방에서 신명을 다해 춤을 춘 문섭은 그간 쌓인 스트레스를 깨끗이 날려버렸다며 훤해진 얼굴이었고, 농원을 운영할 때 부부가 함께 배워 즐겼으나 허리 수술 후 춤을 삼간다는 문섭의 부인은 만학도답게 뭔가 자존감이 팽팽하고 오래 앓고 난 사람 특유의 조심성과 과민함이 배어 있었다. 그러나 인테리어업자인 문섭에게 전화가 걸려와 대형 아파트 리모델링 의뢰건이 접수되자 환호를 지르며 문섭과 하이파이브를 날리는 모습은 춤에 빠진 남편을 향해 얼굴을 잔뜩 찌푸리며 눈치를 줄 때와는 또 다른 의외의 소탈함을 느끼게 했다. 문섭을 따라 인테리어 기술을 배워 부부가 함께 일을 다닌다는 말에 지애는 무어라 할 말을 잃고 내심 오직 감탄에 감탄을 거듭할 뿐이었다.

늦가을의 순천만 갈대숲은 말할 수 없이 아름다웠다. 시리도록 맑은 가을 하늘을 배경으로 끝없이 펼쳐져간 갈대밭을 마주하는 순간, 지애는 떠나오던 날 아침의 빼앗긴 새벽잠도, 긴 시간 사람과 차에 부대낀 뭔가 좀 불편한 기운도 말끔히 가셔 가슴이 확 트여오는 느낌이었다. 순천의 명물이라는 꼬막 정식이고 뭐고 그냥 갈대숲으로 난 사잇길을 마냥 걷고만 싶었다. 배고파 죽겄다야. 요것이 대저 뭔 구경거리라고 밥까지 굶어가믄서 달려왔다냐. 언릉 밥이나 먹소. 젠장 우덜은 딴 건 다 참아도 배고픈 거 하나는 증말 못 참어야. 어린 시절 직싸게 배를 골아선지 시방까정도 일단 배고프면 만사가 스톱이란께. 사는 게 대저 뭐시것냐. 다 먹고 살자고 허는 짓 아녀. 배 창시가 비워불면 안즉도 징허니 서럽고 거시기 허당께. 암믄, 그려 그려. 창수가 일행을 채근하며 인파가 가득한 식당가로 발길을 이끌며 불퉁거리자 다들 한마디씩 거들며 그의 말에 기꺼이 동의했다.

창수 부부는 여자의 내조가 각별하여 눈에 띄게 사이가 좋아보이는 커플이었다. 뇌수술 후 늘 건강에만 신경 쓰며 오랜 세월 백수 생활을 해온 창수였으나 부인의 정성은 지극하기만 했다. 동네 미장원을 운영하며 늘 밝은 모습으로 남편을 배려하고 챙기는 모습은 경이로울 정도였다. 그 때문인지 창수는 세상에 걱정이라곤 없는 얼굴로 늘 주변을 웃기며 맘 편히 살아가는 유쾌한 성품이었다. 동승한 차 안에서도 그는 정은을 처음 만난 장면을 얘기하며 모두에게 폭소를 선물했다.

용길이 호수회 멤버 중 가장 먼저 정은을 소개한 친구는 창수였다. 그런데 그 자리에서 실로 웃지 못할 일이 발생했다. 저번의 그 연변 새댁을 엄연히 집에 두곤 또다시 다른 여자와 바람을 피우는 걸로 착각한 창수는 험하고 거친 태도로 정은을 향해 마구 용길의 험담을 늘어놓았다. 아, 그랑께 이놈이 무쟈게 바람둥이란 걸 알고도 사귄다 이 말인감유. 그간 내가 본 여자만 혀도 한두 명이 아녔응께. 이놈, 아주 믿을 수 없고 나쁜 놈이어요. 친구들 사이에서도 고약하기로 이름 난 놈이란께요. 하루빨리 맘 고쳐 먹고 멀리 하는 게 팔자 고치는 것인께롱. 이어지는 창수의 험담을 그러나 정은은 눈 하나 깜빡 않고 맹랑히 맞받아쳤다. 저도 그쯤은 다 알고 왔어요. 그치만 상관 없어요. 저 만나기 전의 과거는 저랑 무관해요. 문제는 앞으로의 일이죠. 이이는 이제 제 남자예요. 아무도 그걸 깰 순 없어요. 염려마셔요. 너무도 당당하고 솔직한 정은의 당찬 태도에 천하의 달변가 창수도 그만 더 이상은 할 말을 잃고 말았다던가.

그 후로도 창수는 몇 번이나 당시의 상황을 되새기며 웃음보를 터뜨렸고 그때마다 정은은 입을 삐쭉이며, 제가 그 정도 술수에 놀라 떨어질 줄 아셨어요? 사람을 잘못 봐도 크게 잘못 보신 겁니다. 샐쭉한 표정으로 그렇게 대꾸해 주위를 웃게 만들었다. 창수의 아내는 부쩍 추워진 날씨에 감기들 조심하라며 친구들 모두에게 내복 한 벌씩을 사와 선물로 나눠주었다. 지애는 참으로 끈끈한 그들의 우정에 때론 진저리를 치면서도 또한 자신에겐 없는 그 무엇을 가진 그들에게서 설명할 수 없는 상실감 같은 것을 느끼기도 했다.

만추의 순천만. 좀 더 오래 머물고 싶은 곳이었다. 그러나 지애의 그런 마음은 상관없이 꼬막 요리로 늦은 점심을 즐긴 일행은 순천만 갈대숲을 뒤로 한 채 곧바로 여수를 향해 출발했다. 본인 스스로는 전혀 운전대를 잡으려 하지 않는 용길은 늘 자기 여자를 마치 운전기사 다루듯 하며 세상 어디든 자신이 가고 싶은 곳이면 기어이 가야만 하는 고집불통의 사내였다. 때문에 난데없이 여수 오동도를 반드시 가야만 한다고 우겨 인호와 약간의 다툼이 일었다. 인호는 토요일인 다음 날 정오 필히 참석해야만 하는 지인 아들의 결혼식이 있어 서울에서 너무 먼 여수로 내려감은 무리라고 설득하였으나 용길은 막무가내였다. 여그까정 왔응께 여수가서 하룻밤 묵음서 회도 먹고 배도 타고 해야제. 아깝잖여. 정 그라믄 후딱 여수 들려서 바다락두 봐야 안쓰겄냐. 용길의 주장은 아무도 말릴 수가 없었다.

그럼 낼 볼일이 있는 저희만 먼저 올라 갈게요. 천천히들 놀다 오셔요. 정말이지 먹고 노는 일에도 지쳐 혼은 어디론가 쑥 빠져버리고 배부른 육신만 남아 허우적댐에 염증을 느낀 지애가 단호히 해결책을 제시했다. 지독한 가난, 소외, 결핍을 통해 그들이 체득한 건 허기에 대한 공포와도 같은 혐오임이 분명했다. 아무래도 지애는 그들을 그렇게밖엔 정의 내릴 수가 없었다.

아고, 고것이 뭔 소리대여. 함께 왔음 끝까정 함께해야 쓰는 것이제잉. 그라고 인호네 읎음 일만이는 누구 차를 타고 서울엘 간댜. 그랑께 여수 쪼깐 들렀다 후딱 위쪽으로 올라가더라고. 가다가 지쳐블면 창수가 사는 익산쯤에서 하룻밤 쉬었다가믄 되잖혀. 전혀 매인 곳 없는 백수에다 운전 잘하는 젊은 여친에 돈 많고 도무지 급한 일이라곤 없어 한없이 느긋한 용길의 반응에 전에 없이 인호가 버럭 성을 내며 반대의 뜻을 표했다. 야, 넌 니가 운전을 안 해서 그래. 만석으로 가득 채운 차 끌고 하루 종일 운전대 잡고 달려봐라. 가다가 좋은 곳 있음 좀 쉬어가며 술도 한 잔 하고 그래야지 이건 뭐 하루 종일 운전석에 앉아 고문당하는 거지, 이게 어디 여행이냐. 평소에도 운전대만 잡으면 이상하리만치 신경을 곤두세우고 예민해지는 인호가 그간 꽤나 피로감을 느낀 모양이었다. 누구보다 음주와 끽연을 즐기는 그이기에 줄곧 차를 몰고 달려만 온 여로에 상당히 지친 낌새였다. 그러나 인호는 잠깐 생각에 잠긴 얼굴이더니 이내 고개를 저으며 말했다. 그래 알았다. 일단 여수로 가자.

그러나 주말의 교통체증을 뚫고 여수를 향해 달려가는 지애의 마음은 못내 편할 수가 없었다. 인호의 차에는 예의 일만 내외와 그에 더해 문섭이 동승했다. 차만 타면 뒷좌석에 앉아 세상 모르게 잠에 빠져드는 일만 내외는 차치라고라도, 예고 없이 길이 꽉 막혀 차들이 엉킬 때, 안전 규칙 무시하고 무작정 끼어드는 차량이 앞지르기를 할 때 도무지 화를 참질 못하는 인호의 성격을 잘 알기에 여수까지의 행로가 지애에겐 완전 좌불안석이었다. 아니나 다를까 점차 운전에 지쳐가는 인호는 옆자리의 지애가 깜박깜박 졸 틈도 없이, 앞지르는 얌체 차량들을 향해 끊임없이 화를 내며 잠시도 차 안의 고요를 허락질 않았다. 속도를 내며 조금 앞질러 가는 차를 그대로 묵과하기, 갓길로 달려가던 차선을 급변, 염치 불구하고 끼어드는 차량을 모른 척 봐주기. 그런 일련의 행위들이 그에겐 그토록 어려운 일일까. 차량은 두 대인데 일행은 창수 부부가 합류, 모두 열 명이라 일만 내외와 문섭까지 태운 뒷자리 세 사람에게도 더없이 민망한 상황이 이어졌다.

더구나 여수에 가까워졌을 땐 어언 하루가 다 저물어가는 저녁이라 늦가을의 항구는 을씨년스럽기 짝이 없었다. 그들을 맞는 것은 오직 차가운 바닷바람과 비릿한 오존 냄새뿐, 아무것도 할 것이라곤 없는 낯설고 황량한 객지일 뿐이었다. 오동도 입구 주차장에서 차를 내려 긴 다리 위를 서성이다 바다에 떠 있는 몇 척의 배들을 바라본 후 다시 차에 오른 게 전부였다. 지애가 생각해도 너무도 어처구니없는 관광이었다. 의미가 있다면, 해남 찍고 순천. 순천 찍고 여수. 여수 찍고 익산. 그렇게 차를 몰고 여러 도시를 돌아다녔다고나 할 수 있을까. 인자 우리 익산 가서 한우나 먹기로 허자. 창수 단골집이 있는디 둘이 먹다 하나 죽어도 모른디야. 용길이 조금은 머쓱한 낯빛으로 일행을 재촉하며 차에 올랐고 도리없이 일행은 다시 상행선 고속도로를 타고 익산을 향해 달려가야만 했다.

때는 마침 금요일. 주말의 시작이라 이동 차량은 놀랍도록 늘어만 갔고 정체는 점차 더 악화되었다. 간발의 차로 서로 앞서려고 빵빵거리고 정신없이 끼어들고 부딪치고 다치고 얼키고 설키고……여행이 아니라 완전 악전고투의 서바이벌 게임이었다. 지애는 일행의 몰지각한 일정에 혀를 차며 뒤틀리는 몸을 가눈 채 신음을 삼켰다. 한우고 뭐고 다 집어치우고 서울로 직행하고픈 마음뿐이었다.

익산 IC로 빠지는 교차로가 가까워오자 비로소 목적지가 멀지 않았다는 안도의 한숨이 새어나왔다. 비로서 인호의 차에도 속도가 붙어 뻥 뚫리는 길만큼이나 속이 확 뚫리는 느낌이었다. 덜컹!! 그러나 한순간 시커먼 화물차가 시야를 가리며 인호의 차를 가로막았다. 거대한 화물차가 교차로에서 급정거하는 바람에 하마터면 뒤따르던 인호의 차와 충돌할 뻔 한 것이다. 거의 충돌 직전의 위기였다. 인호의 얼굴은 하얗게 굳어졌고 지애의 등에선 식은땀이 흘렀다. 에잇, 까짓 한우 먹으러 어디까지 가야 해? 난 이대로 곧장 서울 간다. 마침내 인호의 화가 대폭발의 조짐을 보였다. 인호야, 클날 뻔 했다야. 운전 나랑 교대허까이. 잠에서 깨어난 문섭이 그제야 놀란 음성으로 끼어들었다. 됐어, 됐다구. 나 이제 다신 니들이랑 놀러 안 간다. 이게 뭐냐, 대체. 이게 뭐냐고오. 뭐 한 끼 먹자고 하루 종일 차만 타고 돌아다니고……이게 무슨 여행이냐. 한심한 놈들!! 분을 못 삭힌 인호는 계속 험한 말을 쏟아내고 있었으나 그래도 차마 방향을 바꿔 서울로 향하지 않는 것만 해도 다행이라고 지애는 가슴을 쓸어내렸다. 화를 낼 때의 인호는 마치 최대 빠르기의 속도로 장치된 메트로놈 같았다. 인위적인 외부의 제어가 외려 더욱 큰 부작용을 낳는, 그러나 다행히도 그 속엔 스스로의 제어장치가 있어 정신없이 빠른 속도가 점차 조절되고 완화되어 어느덧 고요히 원위치로 돌아오곤 하는 자동 박자기.

그런 인호의 성향을 잘 알면서도 옆자리의 지애는 때론 도저히 참을 수가 없어 그를 더욱 폭발케 하곤 했으나 오늘만은 좀 달랐다. 적어도 그의 친구들과 함께 하는 여행이고 최소한 그들에 대한 예의는 지켜야만 한다는 생각이 들었다. 또한 다신 호수회 친구들과 여행을 안 가겠다는 인호의 결심이 설혹 진심이라 해도 지애로선 아무런 손실이 없다는 결론에 내심은 은근 쾌재를 부를 지경이었다. 그래도 그녀는 끝내 한마디 하지 않을 수가 없었다. 그만 해요, 이젠. 이런 것도 지나고 나면 다 추억일 수 있어요. 추억 같은 소리 좀 작작해. 제발 가만히나 있으라고. 듣다 못한 지애가 겨우 그렇게 한마디를 해보았으나 그건 오히려 더욱 인호의 화를 돋우는 발화제가 되었을 뿐이었다.

목적지에 먼저 도착한 용길 등으로부턴 계속 어디쯤 오고 있냐는 전화가 걸려오고 도로표지판, 가로등조차 없는 캄캄한 시골길은 달리고 달려도 끝이 없었다. 여그 지서 앞에 서 있응께 그리로 오면 되야. 핸드폰을 통한 창수와의 끈질긴 통화 끝에 간신히 찾아 들어간 캄캄한 마을 초라한 지서 앞엔 늦가을 밤 추위에 오르르 몸을 떨며 한 남자가 서서 그들을 기다리고 있었다. 증말 오다가 뭔 사고락두 난 중만 알았다. 창수였다.

한우마을. 익산 인근에선 꽤나 알려진 이름난 집이라 했으나 사실 고기 맛이 썩 뛰어난 편은 아니었다. 그리 고생고생하며 힘들게 찾아올만한 집은 아니라는 게 모두의 중론이었다. 쳉일 처먹고 다녀 배……배때지가 불러서 그런지 뭐 베……벨 맛도 아닌디. 글안혀. 일만의 솔직한 표현엔 모두 웃지 않을 수가 없었다. 그 바람에 굳어 있던 분위기는 한결 누그러졌고 인호의 얼굴에도 점차 웃음기가 살아났다. 죽어라 꾸욱 입을 다물고 있다간 어쩌다 띄엄띄엄 더듬는 말로 한마디씩 툭툭 던지는 한 치도 가식없는 정직한 발언이 가히 폭발적인 위력을 지닌 존재. 그가 일만이었다. 정은도 험한 길 운전해서 오느라 몇 번이나 사고의 순간을 넘겼다며 얼굴이 노랗게 질려 있었고 미안함에 어쩔 줄을 모르는 용길은 코를 빠뜨린 채 얼굴을 들지 못했다. 인호, 오늘 직싸게 욕봤다. 오늘 밤은 증말 코가 삐둘어지게 마셔브라잉. 대리기사 불러줄 텐께 징허게 마셔블라고오. 친구들은 다투어 인호의 잔에 술을 따랐고 이윽고 누군가의 입에서 그예 기호의 얘기가 나왔다. 다 죽어블먼 그만잉께. 힘들고 징해도 서로 욕하며 요로콤 어울릴 때가 좋은 것이제잉. 기호 그놈도 술 에지간치 좋아하드만 고렇큼 일찍 갈 줄 누가 알았것냐. 갸가 시방 저승에서 내다보믄 술 처먹고 떠드는 우덜이 을매나 부럽겄냐. 기호 다음으로 우덜 중 담엔 누구 차례가 될진 모르겄다만 죽으믄 다 그만인께 요로콤 맛난 것 실컷 먹고 즐겁게 노는 것이 젤이란 말씨. 얼큰한 모습의 창수가 상 한가운데 오목한 접시를 엎은 후 그 위에 빈 소주잔을 올렸다. 자아, 요것이 바로 기호의 잔이란께. 우리 모두 기호의 명복을 빌며 술 한 잔씩 따르는 것이다잉.

저마다 떠드는 왁자함 속에 한우마을의 밤은 점점 더 깊어만 가고 어디선가 개 짖는 소리가 들려왔다. 모처럼, 참으로 모처럼만에 느껴보는 잃어버린 정취였다. 지애는 살그머니 방을 빠져나와 댓돌 아래 마당으로 내려섰다. 만추의 하늘엔 별빛 총총하고 작은 술잔처럼 단아한 초승달이 지애를 내려다보고 있었다. 술을 유난히 즐기던 애주가 기호의 모습이 떠올랐다. 다혈질에 호방하고 괄괄한 성격이라 늘 좌중을 휘어잡으며 활력을 불어넣곤 하던 존재. 그가 떠난 빈자리가 그를 잃은 후에야 더욱 짙게 와닿음은 이상한 일이었다. 제수씨, 술 한 잔 허시지요. 호탕한 웃음으로 지애에게도 누구보다 격의 없는 모습으로 대해주던 기호였다. 착하디 착한 그의 아내는 또 얼마나 여리고 마음결 고운 여인이던가. 한 잔의 술에 취한 탓일까. 초승달에 소주를 가득 부어 하늘로 띄운다면 웬지 꼬옥 기호에게 전해질 것만 같은 기분이었다. 기호 씨, 너무 외로워하지 마세요. 당신이 그렇게도 사랑한, 그리고 당신을 못내 못 잊어 하는 호수회 친구들이 있잖아요. 지애는 초승달에 넘치듯 소주를 가득 따라 하늘에 띄어 올리며 기호의 명복을 빌었다.

산골 한우마을의 밤은 점점 더 깊어만 가고 어디선가 컹컹 개 짖는 소리가 들려왔다.

그 여자의 여섯 번째 눈물

누나, 제발 잘하고 살아요. 새벽이나 밤에 전화벨 울리면 가슴이 철컹한다니까요. 세 누나 중 이번엔 또 어떤 누나 차롄가 하고. 휴웃……

한 차례 긴 한숨을 토하며 동민은 취중진담인 양 생전 안 하던 말을 웅얼거리며 아파트 현관문을 나섰다. 짙은 술내음과 비틀거리는 몸짓이 뭔지 모를 슬픔을 안겨주어 채연은 가슴에 싸한 통증을 느끼며 말없이 그를 배웅했다. 남자답게 잘생긴 모습에 든든한 체구, 모나지 않은 좋은 성격은 그렇고 그런 매우 평범하디 평범한 채연의 친정 다섯 남매 중 단연 돋보이는 존재라 꼽을 만했다. 위로 딸만 셋을 내리 둔 채연의 어머니가 네 번째로 아들, 동민을 낳은 후 세상을 다 얻은 기쁨에 며칠 밤을 뜬눈으로 지샜다는 게 능히 납득될만한 아이였다.

채연의 세 자매인 시연, 채연, 미연. 그렇게 별 볼일 없는 세 딸 밑으로, 그러니까 집안의 첫아들로 태어난 동민은 어쩜 태어나는 순간부터 실은 엄청난 부담을 안고 태어난 것일지도 몰랐다. 주위의 크나큰 사랑과 관심, 기대는 거기 비함 한낱 덤일 뿐인 상당히 불리한 포지션을 안고 태어난 아이라고, 채연의 동생을 보는 눈엔 늘 그러한 까닭 모를 연민이 깔려있었다.

과묵하고 잔정 없는 경상도 출신 채연의 아버지는 거나하게 술에 취해 들어오는 밤이면 나란히 누워 잠든 세 딸을 바라보며 한숨 섞인 푸념을 토로하곤 했다. 쒸데 없는 가시나들만 있어갖꼬 우짜면 좋겠노. 밑 빠진 독에 물 붓기라. 잠든 딸들의 얼굴을 내려다보며 토해내는 아버지의 한숨 소리엔 짙은 외로움과 서글픔이 묻어났다. 미처 잠들지 못한 채연은 축축히 젖어드는 아버지의 음성에 이불 속으로 더욱 몸을 웅크리며 몸을 떨었다. 어쩌다 아버지의 손길이 이불 속을 파고 들며 채연의 발을 만지기라도 할 때면 짐짓 몸부림을 치며 이불 속에서 아버지의 손길을 세게 내차버리곤 했음도 다 까닭이 있는 몸짓이었다. 딸의 존재란 어찌하여 아버지에게 그토록이나 쓸데 없는 존재인 것일까. 왜 세 딸은 단지 밑 빠진 독일 수밖에 없는 것일까. 부어도 부어도 아버지의 마음, 그 텅 빈 속을 채울 수 없는 존재. 어린 채연에게 그러한 명제는 쉽게 지워지지 않는 상처였다. 아니 어쩜 평생을 따라 다니는 상흔으로 남았는지도 모를 일이었다.

맏딸답게 유순하고 활달한 성품의 시연, 좀체 말이 없고 내성적인 미연. 그 사이에서 유독 까탈스럽고 예민하여 채연을 가장 키우기 힘들었다는 어머니의 하소도 어쩜 그녀의 그러한 트라우마에서 기인된 것은 아니었을까. 조부모의 적적함을 덜어주기 위해 한동안 시골에 보내진 것도 왜 하필이면 세 딸 중 자신이어야만 했는지 채연으로선 도무지 그 까닭을 알 길이 없었다. 하지만 어쨌거나 그로인해 채연이 유년기의 한 시절을 조부모의 보살핌 아래 풍요로운 전원 속에서 맘껏 뛰놀 수 있었음은 축복이었다. 그것은 더할 수 없이 복된 시간이었음을 성장하며 채연은 점차 깨달아갔다. 취학 전 일 년을 시골에서 보낸 채연은 초등학교의 입학을 위해 비로소 서울로 올라왔다.

채연에게 서울의 집은 몹시도 낯설고 생경하기만 했다. 일 년 새 남동생이라는 존재가 태어나 어머니 품에 포근히 안겨 있는 모습은 경이롭기만 했다. 갓난아기 남동생과의 첫 대면의 순간 채연은 알 수 없는 전율이 온몸을 관통하는 듯한 감동에 눈물을 흘렸다. 동민을 향한 첫 눈물이었다. 저릿하고도 뭉클한 안쓰러움. 아기 부처처럼, 깎아놓은 밤톨처럼 잘생긴 아이에게서 순간 왜 그러한 감정을 느꼈는지는 알다가도 모를 일이었으나 어쨌든 채연은 그렇게 동민과 상면했다.

그러나 그 해 봄은 채연에게 소외와 설움의 계절이었다. 초등학교 입학 첫 달인 3월 내내 산후 몸조리로 꼼짝할 수가 없었던 어머니의 사정으로 인해 채연은 다들 학부모가 따라다니는 학교 생활을 오직 스스로 적응하지 않으면 안되었다. 입학식엔 겨우 집안 도우미 언니가 동반하여 학부모 노릇을 하였으나 날마다 그럴 수는 없는 형편이었고 시골에서 야생마처럼 단련된 심신으로 생전 처음 겪는 집단 생활에 채연은 그렇게 홀로 적응할 수밖에 없었다. 란도셀을 매고 학교에서 돌아오면 어머니는 동민을 품에 안고 혼건히 잠들어 있거나 젖을 먹이고 있었다. 그럴 때 어머니 모습이란 세상에서 가장 행복한 여인의 모습이었다.

학교 잘 다녀왔나. 공부는 재밌드나. 동무들은 많이 사귀었나아…….

건성인 양 채연을 향해 그렇게 물어오는, 엷은 미소 띤 어머니의 눈길은 그러나 시종 동민에게서 떠나질 않았다. 겨우 일곱 살에 불과한 둘째 딸이 나름의 고독과 소외 속에 새로운 집단 생활에 적응하느라 홀로 고군분투하는 일 따윈 전혀 관심도 없는 모습이었다. 동민……. 그러나 아기를 들여다보고 있으면 채연 또한 조그맣고 꼬물락거리는 존재가 더없이 경이롭고 신기하기만 했다. 채연의 일곱 살 인생은 그렇듯 홀로서기의 외로움으로 시작되었다.

채연의 동네는 당시의 부촌으로 일본식 적산 가옥이 많은 안정된 주택 단지였다. 때문에 학부모들의 치맛바람 또한 대단했다. 떼를 지어 거의 매일이다시피 학교를 드나들며 담임 교사를 보필하는 수준이라 자연히 부유층 학부모의 자녀들과 그렇지 않은 아이들의 차등이 형성되어 가는 듯한 묘한 분위기였다. 더구나 동네 가운데 교회 옆엔 당시로선 희귀한 명문 사립 유치원이 있고 부유층 아이들은 대부분 또한 그 유치원 출신이라 어찌보면 입학 전부터 이미 특권층 의식이 형성되어 있는 느낌이었다. 채연은 시골에 내려가기 전 여동생 미연과 함께 매일 유치원이 있는 그 교회의 마당에서 뛰놀았다. 교회가 바로 집에서 지척의 거리이기도 했으나 무엇보다 그곳에 가면 유치원에서 배우는 노래와 춤 그곳의 분위기, 그 모든 것을 체감할 수 있어 더없이 좋았다.

'우리들은 모여 사는 꾀꼬리고요, 우리들은 춤을 추는 나비랍니다~' 그런 따위의 노래가 들려오는 교회 마당에서 맘껏 뛰놀며 채연은 유치원 창 너머에서 진행되는 많은 것들은 습득하였다. 말하자면 수줍고 미온적인 태도로 유치원 의자에 가만히 앉았다 나오는 소극적인 부류의 원생들에 비해 채연은 수업료도 없이 유치원 과정의 많은 것을 학습한 셈이었다. 초등학교 입학 초기의 근 한 달간 주로 노래와 유희만을 배우는 시간에 채연이 단연 두각을 나타내 담임의 눈에 띌 정도로 발군의 실력을 뽐낼 수 있었던 것도 다 어깨 너머로 배운 명문 유치원 과정의 도강 덕분이라 할만했다.

김채연. 넌 어느 유치원에 다녔니? 담임 교사는 어머니가 전혀 학교에 나타나질 않는 존재감 없는 채연이 유독 춤과 노래에 뛰어남에 놀라 그렇게 물었을 정도였다. 어인 연유인지 모르나 어머니가 학교엘 전혀 나타나질 않는 아이치곤 공부 잘하고 예능에도 소질을 보여 눈에 띄는 아이라는 점이 담임 교사에겐 상당히 의아했던 것일까. 채연이 마침내 사건을 일으켜 어머니 대신 가정부 언니가 학교로 호출당하는 일을 계기로 밝혀진 내막이 그를 증명했다. 학기 초의 어느 수업 시간, 공부도 못하고 장난꾸러기인 뒷자리 머슴애가 집요하게 채연을 괴롭혔다. 양갈래로 땋아내린 채연의 머리를 채찍이듯 손으로 휘익 잡아당겨 흔들거나 연필 끝으로 채연의 뒤통수를 콕콕 찌르며 킬킬거리는 행위를 수업 내내 계속했다.

하지마, 하지말라니깐! 머리를 흔들며 채연이 온몸으로 거부의 뜻을 표했으나 머슴애는 막무가내였다. 순간 채연은 자신의 걸상에서 획 몸을 돌려 두 주먹을 꽉 쥐고는 아이를 패기 시작했다. 머슴애가 앉은 채 상체를 뒤로 빼며 피하자 아예 그애의 책상 위로 올라가 머슴애의 머리를 마구 두들겨 팼다. 전원에서 맘껏 뛰놀며 시골 아이들과 어울린 야성의 기질이 그대로 터져나온 순간이었다.

수업시간 중에 일어난 일이라 담임 교사는 혼비백산, 황급히 채연을 제지했고 방과후 채연을 조용히 불러 어머니와의 상담을 제안했다. 담임에게서 건네받은 가정통신문을 들고 와 어머니에게 전하며 채연은 그예 울음을 터뜨렸다. 어머니 없이 홀로 등교하며 쌓여 온 입학 초기부터의 서러움이 봇물처럼 터져나온 탓이었다. 그러나 몸이 약한 어머니는 산후 한 달이 채 안된 시점이라 거동이 자유롭질 않다며 이번에도 당신 대신 가정부 언니를 학교에 보냈다. 채연의 담임은 매우 단호한 어조로 학부모에게 보내는 훈령을 가정부 언니에게 전달했다. 학습발달 고루 양호하며 명랑, 쾌활한 학생이나 행동의 절제를 위한 보다 엄한 가정교육을 요한다는, 그러한 내용의 통신문이었다. 놀라움에 딸을 질책하는 어머니를 향해 채연은 엉엉 울며 대꾸했다.

엄마가 학교엘 안 와서 선생님도 날 미워하고 애들도 날 무시한단 말야. 어린 딸의 격렬한 반응에 어머니는 반신반의하는 낯빛으로, 그러나 가만히 고개를 끄덕이며 알았다는 뜻을 표했다. 선생님을 보러 가려면 우선 몸이라도 좀 씻어야제. 그리곤 목욕용품을 챙겨 들더니 잠든 동민을 채연에게 맡긴 채 좁디 좁은 일본식의 작은 욕실로 들어갔다. 연이어 물소리가 나며 어머니가 목욕하는 기척이 들려왔다. 채연은 쌔근쌔근 잠든 동민을 내려다 보았다. 여리디 여린 윤곽이나 누가 봐도 귀하게 잘생긴 아기였다.

아고나, 귀여워라. 니가 내 동생이니……. 그러나 순간 채연의 마음엔 동시에 아기를 향한 강한 미움이 치솟았다. 너 땜에 엄마가 학교도 못 오고 난 너무 외롭단 말야. 넌 하필 왜 이럴 때 태어났니? 혼자 종알거리며 아기를 내려다 보았다. 아기가 움찔 몸을 움직였다. 채연은 지레 놀라 얼른 아기를 품에 안았다. 잠에서 깨어난 아기가 작은 얼굴을 찡그리며 울음소릴 내었다. 생각보다 다루기가 힘들고 팔이 아파왔다. 아기를 안고 방안을 왔다 갔다 하며 나름 달래 보려 애를 썼으나 어인 일로 아기는 점점 더 큰 소릴 내며 울었다. 엄마, 빨리 좀 나와 봐요오. 짜증과 힘겨움에 지친 채연은 방을 벗어나 욕실로 다가가며 숨가쁘게 어머니를 불렀으나 아기는 더욱 자지러지게 울어댈 뿐이었다. 에잇, 그만 울어, 그만 울라니깐. 채연은 가느다란 두 팔로 꼬옥 안고 있던 아기를 그만 덜컹 마루 밑으로 던져버리고 말았다. 아기를 향한 한가닥 미운 마음이 폭발하듯 그런 행동을 낳은 것인지, 팔에 힘이 빠져 생긴 돌발적 상황인지 정확히는 알 수 없었으나 강보에 싸인 채 마루 밑으로 떨어진 아기는 파랗게 질려 금방이라도 숨이 넘어갈 듯 울어댔다. 놀라 바둥거리는 몸짓이 너무도 가엽고 애처로워 채연은 순간 마루에서 뛰어내려 떨어진 아기를 품에 안았다.

목욕을 마친 어머니가 헐레벌떡 욕실을 나오며 놀라 물었다. 동민이가 와 이래 우노. 얼라를 마루에서 떨쳤드나? 야꼬나, 크……큰일 났대이. 어머니는 젖은 몸으로 아기를 담싹 보듬어 안으며 사색이 다된 얼굴로 몸을 떨었다. 그러나 놀랍게도 어머니의 품에 안긴 아기는 신기하게도 순간 울음을 뚝 그쳤다. 어머니의 따스하고 아늑한 품, 그 체취에 안도한 것일까. 실은 예닐곱 살 채연 또한 어머니의 품이 그립긴 마찬가지였음을……그러나 안타깝게도 어머니는 그걸 알지 못했다. 어머니에겐 오직 동민의 존재만이 전부일 뿐이었다.

동민이 겨우 서너 살 되던 때부터 어머니는 당신 뱃속의 아이, 재민까지 포함, 다섯 아이들을 쭈욱 앞세우곤 공중목욕탕을 가곤 했는데 그 정경이 참으로 가관이었다. 만삭으로 잔뜩 부어오른 배로 동민의 손을 꼬옥 잡고 마치 왕자를 위한 시녀들처럼 각자의 목욕용품과 대야를 든 세 딸을 나란히 앞세운 긴 행렬은 예의 남의 이목을 끌기 십상이었으나 어머니는 상고로 밀어 올린 뒤통수가 깎아놓은 밤톨처럼 예쁜 아들내미와 함께하는 한 전혀 남부끄러울 것이 없다는 당당한 모습이었다. 딸들을 데리고 길을 가다 어쩌다 상고머리 머슴애라도 발견할 때면 한사코 그 애에게서 눈길을 떼지 못한 채 뒤돌아보고 또 돌아보던 예전의 그 애련한 모습은 간 곳이 없었다.

어쨌든 동민은 그렇게 세 누나의 왕자로 자라났다. 그에 대한 부모 형제, 주위의 사랑과 기대, 위상이 그러했다. 더구나 맑은 시내에서 헤엄치는 엄청난 크기의 대어를 창으로 콱 찍어 잡고 보니 물고기 배 위에 임금 王자가 새겨져 있었다는 생생한 스토리의 태몽을 갖고 태어난 까닭인지 어려서부터 점잖고 의젓하고 어질기가 뭔가 남달라 더욱 집안의 기대를 모았다. 동민의 다음으로 태어난 둘째 재민이만 해도 어머니가 그토록 염원하던 똑같은 아들이긴 했으나 첫아들 동민에 비하면 주위의 애정과 관심이 비할 바가 못되었다.

순탄히 자라 초등학교엘 들어가자 주위의 친구들과 선생님에게도 사랑과 호의를 얻어 줄곧 반장을 도맡아 해 부모님을 기쁘게 했다. 소풍날이면 늘 사업에 바쁜 아버지였으나 모든 일을 제치고 운전기사 딸린 자가용을 몰아 동민의 소풍을 따라갔다. 먼발치에서 아들의 리더쉽을 관찰하고 아이의 노는 양을 구경하고 싶은 부성애의 발로였다. 그것은 세 딸들에겐 도저히 있을 수 없는 일이라 그저 놀랍기만 했다.

초등학교만 해도 주소까지 위장하여 당시 장안에서 제일 명문으로 이름난 학교엘 넣었을 만큼 아들에 대한 아버지의 열성은 대단했다. 아들이란 아버지에게 절대 밑 빠진 독이 아닌 밑이 아주 튼실한 가보와도 같은 존재임이 분명했다. 하지만 그러한 양을 지켜보는 채연의 마음엔 항상 무언가 근원 모를 불안한 기운이 싹트곤 함을 막을 수가 없었다. 너무도 꽉 차 더할 수 없을 만큼 좋은 일이란 늘 어딘가에서 그 한 귀퉁이가 부서질지 모르는 불안을 안고 있기에…….

미상불 그토록 밑 든든한 존재를 남긴 채 어느 날 와르르, 그만 집안의 대들보가 무너져 내리는 불상사가 일어났다. 갑작스런 병환으로 병원에 입원했던 아버지가 돌연 세상을 뜨고 마는 불행이 덮쳐온 것이다. 채연이 대학 3학년이던 여름방학, 그 즈음이었다.

중학교에 갓 입학한 파르르한 까까머리의 동민이 아버지의 영정 앞에 쪼그리고 앉아 조그마한 손으로 제주잔을 돌리는 모습이 너무도 애처로워 채연은 눈물이 솟고 가슴이 미어졌다. 생활력 없고 나약한 어머니는 남편을 잃은 후 매일이다시피 자리 보전한 채 누워 상실감과 우울증세로 병원을 드나들었다. 언니 시연이 결혼한 후 사실상 집안의 맏이가 되고만 격이었으나 채연은 한사코 밖으로만 나돌며 집안의 음울할 분위기는 애써 외면했다. 동생 미연이 조용히 집에 머물며 동생들 위해 밥 짓고 반찬 등속을 마련하는 동안, 채연은 친구들과 어울려 마냥 나돌아 다니며 놀기만 할 뿐이었다.

어느 날 밤 채연이 늦도록 놀다 집에 돌아오니 어머니는 아파 누워 있고 미연이 부엌에서 밥상을 차리며 훌쩍이고 있었다. 미연은 어머니가 아파 동생들이 저녁도 못 먹고 있다며 눈물을 질금거렸다. 다시를 낸 국물에 된장을 풀어 쇠고기, 감자, 호박 등을 썰어 넣고 찌개를 끓이는 미연의 모습이 너무도 얌전하고 조신하여 채연은 감탄했다. 세쨋 딸 미연은 천상 여자였다. 언닌 집안이 이 꼴인데 대체 어딜 쏘다니다 이제 오는 거야. 그러고도 맘이 편해? 동생들은 굶건 말건 조금치도 관심 없지? 혼자서만 신나면 되는 거야?

미연은 울어서 빨개진 눈으로 채연을 쏘아보며 격분했다. 입이 열 개라도 할 말이 없는 채연은 그날 저녁도 굶은 채 슬그머니 자신의 방으로 기어들고 말았다. 젊디 젊은 하얀 소복 차림의 어머니가 아버지의 묘소 앞에서 한없이 흐느껴 울 동안에도 채연은 저 혼자 공원 묘지를 거닐며 이웃한 유택의 각양각색 사연을 담은 묘비명이며 저마다의 분위기로 묘소를 가꾼 애틋한 손길 등을 느끼며 감동하는 별난 딸이었다. 그런 딸의 모습이란 슬픔에 빠진 어머니에겐 하등 도움이 안되는 존재였다. 윤화로 한창 젊은 나이에 세상을 뜬, 아버지의 유택 바로 옆 젊은이의 묘소에 다소곳이 한 송이 꽃을 바치는 어이없는 채연의 모습을 그녀의 어머니는 눈물 어린 눈길로 오래 오래 바라보았다. 참으로 어안이 벙벙한 듯한 슬프고도 망연한 눈길이었다.

누난 지독히도 현실감 없고 몽환적이야. 동민은 종종 채연을 향해 그렇게 말하며 무언가 잔뜩 우려의 빛을 드러내곤 하는 조숙한 아이였다. 어린 나이에 아버지를 잃고 일찍 철이 든 탓이었을까. 또래에 배해 유독 의젓하고 책임감 있는 모습이 가히 집안의 기둥이라 할 만했다. 아버지 말씀대로 밑 빠진 독이 아닌 밑 튼실한 독임이 틀림없었다.

남편을 잃은 후 한동안 헤아릴 길 없는 슬픔에 잠겼던 어머니는 어느 날 홀연히 자릴 털고 일어나 다시 일상으로 돌아왔다. 그리곤 모든 것을 중학생이 된 큰아들에게 걸 듯 온갖 정성을 동민에게 쏟아 붓기 시작했다. 쪽집게 선생들을 찾아내 과목별 과외학습을 시키는가 하면 아예 집에 학원을 차려 상위권 학생 중심의 전과목 특별수업을 받도록 조치했다. 집안엔 늘 교사와 학생들이 들락거렸고 여대생인 채연 또한 그 한 몫을 맡아 학생들의 시험 감독이며 청소 등을 도와주는 도우미가 되어야만 했다. 과잉 교육열, 과잉 열성이 아닐 수 없었다.

하긴 딸들에게도 행여 아버지 없이 자라 기가 죽으랴 평소 알뜰히 모아 온 쌈지돈을 헐어 철따라 채연, 미연에게 양장점에서 옷을 맞춰주곤 하는 어머니의 성향은 아무도 말릴 수가 없었다. 아버지 사후 그의 회사 명예 이사직을 맡아 얼마간의 월급이 지급되는 상태이긴 했으나 이상하게도 어머니에겐 늘 뭔가 여윳돈이 있어 돈엔 크게 쪼들리질 않는다는 느낌을 갖게 하는 건 아무래도 어머니, 그녀만의 독특한 삶의 비법이라 할만했다.

동민은 그러나 소위 말하는 그 학교운, 시험운이 있는 아이는 아니었다. 위장 전입으로 명문 D초등학교를 졸업한 후, 중학교는 무시험 추첨 입학제라 제비뽑기를 했는데 그 결과 하필이면 집에서 가장 멀고 다니기 힘든 중학교로 배정된 걸 보면 그걸 알 수 있었다. 그뿐이 아니었다. 중학 시절 3년 내내 우등생을 놓치지 않고 반장을 도맡아 하여 주위의 기대를 한몸에 모은 동민이었으나, 명문 S고 입시에 실패, 2차 고교를 가게 된 것도 설명이 힘든 일이었다. 집에 학원을 차리다시피 그토록 열성을 피운 어머니의 공은 결국 무위로 끝났고 동민은 다시 통학이 먼 2차 고교를 다녀야만 했으니 어머니를 비롯한 가족들의 실의는 이만저만이 아니었다. 어쩜 그 후로도 계속된 동민의 연이은 입시 실패는 필시 주위의 과도한 관심과 기대로 인한 심리적 중압감이 영향을 미친 건 아닐까, 그런 생각을 하게 된 것은 그로부터 한참의 세월이 흐른 후에야 겨우 얻을 수 있는 결론이긴 했으나 당시로선 그 누구도 그런 해석을 내릴 수 없을 만큼 엄청난 좌절감에 휩싸였다.

일테면 동민은 가족 모두에게 있어 아들, 동생이기 이전에 아버지를 대신한 집안의 기둥과도 같은 대주의 존재였다. 그 점이 바로 동민에겐 너무도 과중한 심적 부담이며 무거운 짐일 뿐임을 그땐 미처 깨닫질 못하였다. 예컨대 동민이 고입시에 실패하던 날 가족 전원이 모두 식음을 전폐한 채 눈물바람으로 며칠간 바깥출입을 삼갈 정도였으니 알만 한 일이었다.

채연이 헤아리기에 자신이 동민을 위해 눈물 흘린 건 그때가 아마도 두 번째였다. 아니 아버지를 잃고 제주잔 돌리던 애처로운 모습에 혼자 눈물 삼켰던 것까지 치자면 어쩜 딱히 두 번째라 말할 수는 없을지 모른다. 그러나 암튼 그날은 정말 많이 울었다. 집에서 가까운 S고교로 찾아가 교문에 써붙인 합격자 명단을 아무리 보고 또 보아도 동민의 이름 석자가 없자 채연의 눈에서는 참을 수 없이 눈물이 흘러내렸다. 누구에게선가 세게 뺨이라도 맞은 듯 더없이 분하고 서러운 기분이었다. 그날은 이미 출가한 시연까지 달려와 세 누나가 모두 함께 울었다. 동생의 불운이나 궂은일에 그저 늘 눈물이나 보탤 뿐인, 아무런 실질적 도움이 못되는 오직 빈 독의 존재일 뿐인 누나들. 하릴없이 울다 보면 때론 스스로가 더없이 한심하단 생각이 들어 슬그머니 눈물을 거두며 망연함에 빠지는 건 바로 그런 까닭인지도 몰랐다.

거슬러 오르면 채연이 동민으로 인해 눈물을 흘린 것은 도합 여섯 번쯤으로 기억이 된다. 채연이 동민을 위해 흘린 여섯 번의 눈물. 그 첫 번째가 동민과의 첫 상면에서 흘린 알 수 없는 눈물에 이어, 두 번째가 이미 앞서 언급한 바 동민이 대망의 명문 S고교 입시에 떨어졌을 때였고, 세 번째 울음은 그로부터 3년 후 동민이 대입시에 낙방 하던 날, 그날의 일이었다. 그땐 이미 결혼하여 시골의 시댁에 머물고 있을 때였는데, 합격자 발표날 아침, 친정으로 살짝 전화를 걸어 알아본 즉 동민의 낙방 소식을 알게 되었다. 구정 즈음이라 부엌에 쪼그리고 앉아 아궁이에 불을 때는데 그만 왈칵 눈물이 쏟아졌다. 시댁에 좀체 융화가 잘 안되는 신산한 심경과 절해고도에 갇힌 듯한 외로움이 뒤섞인 처연한 눈물이었다. 어찌하여 동생의 대입시 낙방이 출가한 채연까지 그토록 슬픔과 상심에 젖게 하는지 그 까닭은 잘 알 수 없었으나 어쨌든 그날 채연은 마음이 저리고 아파 줄곧 눈물을 흘렸다.

동민은 끝내 재수까지 하였으나 다음 해도 원하는 대학에 또 떨어졌다. 그리하여 아쉽게도 결국 2차에서 가장 경쟁률이 높다는 H대 공대엘 입학했다. 하늘의 별이라도 딸 줄 알았던 동민에 대한 어머니의 실망은 대단했고 세 누나들 또한 그에 대한 기대가 다소 허물어지긴 했으나, 그 후 적어도 채연네 가족간의 H대는 미국의 명문,

하버드대에 버금가는 우수한 대학으로 격상되었음은 어쩔 수 없는 일이었다.

동민으로 인해 네 번째 눈물 흘린 것은 그가 가족들을 모아 놓고 이른 나이에 결혼을 하겠노라 제법 비장한 결의를 털어놓은 그날이었다. 동민은 대학을 들어간 직후 친구의 소개로 알게 된 여자친구와 긴 세월을 여일히 사귀어 오고 있었는데 동갑내기라 여자 측의 나이 부담도 있고 되도록이면 결혼을 빨리 하고 싶다는 뜻을 밝혔으나, 그에 대한 가족들의 반응은 다소 뜨악한 편이었다. 해군 장교로 군복무를 마친 후 이제 마악 직장 생활을 시작했고 집안의 장손이니만큼 좀 더 책임을 갖고 결혼 문제를 보다 신중히 고려했음 하는 것이 가족들의 생각이었다. 그러나 동민은 어머니와 누나들 앞에서 생전 처음 눈물까지 내비치며 자신의 뜻을 끝내 굽히려 하지 않았다.

장손이 무슨 죄입니까. 말끝마다 장손, 장손……이제 그 소리 좀 제발 그만들 하세요.

둔기로 세게 얻어맞은 듯 머리가 띵해 오는 충격적인 발언이 아닐 수 없었다. 어머니를 비롯한 세 누나들은 잠시 망연한 얼굴이 되었고 이윽고 어머니가 울컥 눈물을 보이자 그것이 신호이듯 그만 세 누나들이 일제히 눈물을 흘리기 시작했다. 이유는 딱히 설명할 수 없었으나 모두 맘이 아팠고 가슴이 아려온 때문이었다.

채연의 다섯 번째 울음은, D건설 소속의 동민이 결혼 후 열사의 먼 나라 그 뜨거운 사막의 수로공사를 위해 리비아로 떠나던 날의 공항에서였다. 출발 아침, 동민의 젊은 아내와 처가 식구들이 배웅 나와 그리 썰렁하지만은 않은 환송이라 굳이 그럴 것까진 없었으나 왠지 세 누나의 대표로 전송해야만 한다는 생각에 채연은 한아름의 꽃을 안고 서둘러 공항으로 나갔다. 몸 건강히 잘 다녀오렴. 이별의 순간 채연은 그저 담담히, 그리고 의연히 동민에게 작별 인사를 건넸을 뿐이었다. 이어서 채연과 힘차게 악수를 나눈 동민이 짐이 가득 실린 카트를 끌고 출국 게이트를 빠져나가며 스르륵, 열린 문 사이로 힘껏 손을 흔들어 보였다. 순간 동민의 미소가 우는 듯 웃고 있는 듯한 뭔가 묘한 느낌의 미소라는 생각과 함께 게이트의 문이 곧 닫히고 말았다.

'그가 견뎌야 할 뜨거운 사막에서의 나날들……이제 가면 그는 언제 오나……'

순간 채연의 눈에서 후르륵 눈물이 떨어졌다. 이런……! 너무도 황당하고 민망한 기분에 채연은 급히 눈물을 감추며 황황히 공항을 빠져나왔다.

그리곤 마지막 여섯 번째의 것이 바로 오늘 밤에 흘린 눈물이었다. 동민이 이렇듯 아무런 사전 연락 없이 불쑥 채연의 집을 들르는 일은 좀체 없는 일이라 그를 배웅하는 채연의 마음은 못내 석연찮았다. 노가다판 건설 회사의 술상무 노릇 십수 년째, 술이라면 이제 어지간히 이력이 나 동민의 주량 꽤나 만만찮음은 채연도 익히 알고 있는 사실이었다. 그러나 오늘 밤 그는 유독 몸을 제대로 못 가누며 비틀거리고 있는 것이다. 아무래도 뭔가 심상찮은 일이 있음이 틀림없었다.

자형 올 때까지 기다릴 걸 그랬나……택시 타고 가렴. 내가 잡아 줄게. 채연이 동민을 바래다주려 아파트 정문까지 따라 나서며 걱정스레 말했다. 채연의 남편 또한 한술 하는 남자라 툭하면 과음으로 늦기 일쑤여서 동민을 계속 잡아둘 수 없긴 했으나 과일과 차 한잔만으로 그대로 보내기엔 무언가 좀 속이 아렸다. 휘청거리며 걷던 동민이 아파트 정원 벤치에 털썩 몸을 앉히며 담배 한 개피를 꺼내 입에 물었다.

누나, 오늘 나한테 무슨 일이 있었는지 알아요?

초가을 밤 서늘한 바람결에 흩어지는 머리털을 쓸어 올리며 동민이 입을 열었다. 후욱, 뿜어내는 담배 연기 사이로 바라보이는 옆 얼굴이 더없이 처연한 느낌을 안겨주었다.

뭔가 안 좋은 일이라도 있었니? 저 오늘부로 D건설 그만 뒀어요. 마지막 출근날이었는데 끝까지 깔끔히 마무리하고 나와 혼자 술 한 잔 했어요. 쓸쓸한 미소를 삼키며 동민이 말했다. 아니, 왜? 채연은 그렇게밖에 물을 수 없는 자신이 너무도 한심하고 맘이 아려 눈물이 났다. 그럴 때 누나가 아닌 형이라면 거나하게 술 한 잔 나누며 뭔가 훨씬 힘이 되고 조언도 해줄 수 있는 든든한 존재일 수 있으련만…….

누나, 임원의 뜻 알아요? 임원이란 임시직원의 준말이에요. 전무에서 더 이상 진급 못할 땐 어쩔 수 없이 나오는 거죠. 이번에 저 부사장 승진에서 제외됐어요. 다른 곳, 어느 계열사 부사장으로 발령이 나긴 했는데 그게 곧 계륵인 거죠. 오늘 깨끗이 사직서 낸 후 사옥 맨 꼭대기 25층에서부터 1층까지 전직원들에게 일일이 고별 인사를 하곤 당당히 걸어 나왔어요. 잘했죠, 누나. 끝까지 꾹 참고 의연히 작별하려 했는데 그만 정든 여직원들이 울음을 터뜨리는 바람에……저도 그 순간은 그만 눈물이 나서 참느라고 혼났어요.

아니, 네 젊음과 열정을 다 바친 회산데……완전 토사구팽 아니니? 넌 아직 젊고 한창 일할 나이고 회사에 모든 걸 쏟아부었고…….

채연은 목이 메어 더 이상 말을 이어갈 수가 없었다. 크건 작건 공사의 수주 때마다 건설사 간 치열한 경쟁으로 피 마르는 로비의 전쟁터에서 술상무로 버텨온 존재이며, 또한 젊음의 한때 열사의 나라 리비아에서 대수로 공사의 완공을 위해 오랜 세월 가족과 떨어져 살아야만 했던 힘겨운 세월을 견뎌온 그가 아닌가.

너무 상심 말아요, 누나. 대기업 임원이면 직장 생활 거의 다 한 거라고 보면 돼요. 더 이상은 욕심이고 물론 이번에 승진되었다면 더 좋았겠지만 몇 명 중 한 명을 선택해야만 하는 오너의 입장에선 또 그 나름의 고뇌와 애로가 있겠지요. 자형이 집에 있었담 이런 일 먼저 겪은 인생 선배랑 술 한 잔 할까 싶어 왔는데……누나, 자형 좀 잘해드려요. 직장 생활 스트레스 장난 아니에요. 술, 담배 끊으라고 너무 뭐라 하지만 말고 그냥 편하게 좀 해줘요오.

비틀거리는 몸을 가누며 동민이 벤치에서 몸을 일으켰다.

늦었다. 택시 잡아줄게. 자신의 할 일은 오직 그일 뿐인 듯 채연은 택시를 잡아주기 위해 아파트 정문을 지나 한길로 따라 나섰다. 가슴을 가득 메어 오는 자탄과 슬픔에 그녀는 참을 수 없이 눈물이 차올라 왔다. 어린 시절 아기 부처 같이 단아하고 준수하던 동민은 어느새 한창 나이를 지난 중년의 중후한 모습으로 변해가고 있었다. 노모를 모시고 사는 까닭에 고부간의 갈등 속 늘 마음고생 심할 동민의 가슴은 아마 그 속이 숯검정처럼 새까맣게 그을렸을 거라고 채연은 혼자 그런 상상을 하며 맘을 졸였다. 늘 확 피질 못하고 술에 절어 사는 동민의 거무스름한 낯빛이 그걸 증명한다고 채연은 그렇게 생각했다.

동민의 아내, 그러니까 채연의 올케는 정물처럼 조용한 여자였다. 말 없고 차분한 성품에 여리고 고운 외양이 어느 모로 보나 여자, 그 자체임을 느끼게 하는 유형이었다. 더구나 결혼 직후부터 시어머니를 모시고 살아와 조신한 면모가 몸에 배어 밝고 활달한 데라곤 없는 그늘진 모습이라 손위 시누이로서 채연은 그 점이 늘 안쓰러웠다. 때문에 어쩌다 어머니가 고부간의 소소한 갈등을 호소해 올 때면, 다정히 어머니를 위로하곤 하는 시연, 미연관 달리 채연은 버럭 성을 내며 매번 딱한 올케의 손을 들어주는 편이었다.

넌 꼬옥 풀쐐기 같다. 늘 사람 맘을 콕콕 찔러대고……그래도 딸년이라고 찾아온 내가 잘못이지……그럴 때면 그예 눈물바람을 하곤 기운 없는 모습으로 다시 아들 집인 동민에게로 돌아가는 어머니의 뒷모습은 채연에게 가슴 미어지는 슬픔을 안겨주었으나 어쩔 수 가 없는 일이었다. '어머니, 동민은 당신의 모든 것. 사랑이란 그 모든 걸 다 품어 안고 그저 참고 참아내고 견디는 것. 그럴 수밖엔 없는 것. 사랑이란 그런 거 아닌가요.'

멀어지는 어머니의 뒷모습을 바라보며 채연은 눈물 가득한 얼굴로 그렇게 뇌일 뿐이었다.

아파트 정문 앞 대로 저편에서 표시등에 환하게 불을 밝힌 택시가 달려오고 있었다.

누나, 그만 들어 가세요. 저기 빈 택시 오는데……타고 갈게요.

동민이 휘청이는 몸을 가누며 휘휘 손을 내저어 택시를 불러 세웠다. 채연이 얼른 앞 좌석의 문을 열고 기사에게 돈을 내밀며 말했다. 옥수동, P아파트로 가 주세요. 잘 부탁합니다. 그리곤 뒷좌석에 앉은 동민을 향해 말했다.

조심해서 가라. 힘 내고……. 쾅, 택시 문을 닫아 동민을 보내며 채연은 겨우 힘없이 그 말만을 했을 뿐이었다. 마음이 아리고 가슴이 먹먹해 와 도무지 무어라 말이 이어지질 않았다. 정확한 이유는 알 수 없었으나 까닭 없이 동민이 안쓰럽고 가엽단 생각에 채연은 계속 눈물이 났다. 외롭고 힘들 때 아무런 도움이 못 되는 누나. 밑 빠진 독. 역시 아버지 말씀대로 밑 빠진 독일 뿐인 자신의 처지가 너무도 한심하고 딱해 채연은 계속 눈물을 흘렸다. 동민을 태운 택시가 사라진 어두운 밤의 거리에서 채연은 그렇게 한참을 울며 서 있었다.

그것이 동민을 위해 흘린 채연의 여섯 번째 눈물이었다.

히스의 언덕

황금 의자에 앉은 빈자. 그것이 미얀마에 첫발을 내디딘 소희의 첫 느낌이었다. 도시 곳곳에 높이 치솟아 찬연한 빛을 발하며 휘황한 위상으로 눈길을 잡아끄는 번뜩이는 황금탑 주위로 물기 없이 바짝 마른 열대 식물들이 늘어선 거리 풍경이 어딘가 좀 추레하고 활력 없는 남루의 모습으로 다가온 때문이었다. 양곤 공항에서 예약된 버스를 타고 좀 떨어진 도심 외곽의 호텔로 돌아오는 동안에도 소희의 그러한 느낌은 내내 가셔지질 않았다.

시간이 멈춘 듯한 황금의 땅, 아직 문명의 때가 채 묻질 않은 고요와 은둔의 나라 미얀마. 그러나 사계절이 있는 한국인에겐 일 년 내내 무덥게만 느껴지는 연평균 27.4도에 달하는 고온다습한 열대몬슨 기후, 국교인 불교의 내세관, 열악한 교육 환경, 영국 지배의 식민주의, 또한 오랜 군부 통치에서 비롯된 폐쇄적 사회주의 풍토. 이 모든 것이 혼합된 총체적 낙후와 후진성이 도시 곳곳에 질펀히 녹아 흐름은 숨길 수가 없었다.

소티하에게서 메일이 왔어. 네델란드에서 함께 공부하던 미얀마 친구, 기억나지? 며칠 전 회사에서 돌아온 남편은 아이처럼 들뜬 음성으로 그렇게 말했다. 우리 회사에 파견 나온 미얀마의 젊은 지질 기사를 통해 극적으로 그의 소식을 알게 되었지. 이메일을 보냈더니 금방 답장이 왔어. 그래서 조만간 곧 당신이랑 미얀마엘 가겠다고 했지. 마침 3월에 양곤 출장 스케줄이 잡혀 있으니 그때 함께 가면 오케이야. 좀처럼 흥분하는 스타일이 아닌 남편이었으나 한껏 고조된 그의 음성에는 숨길 수 없는 기쁨이 묻어났고 소희의 가슴엔 화르르 알 수 없는 물살이 번져갔다.

젊은 시절의 한때 먼 이국에서 남편과 함께 공부한 클래스 메이트. 벌써 30여 년전의 일이었다. 네델란드 북부의 독일과 인접한 국경도시 엔스케데. 그곳엔 국제교육센타인 ITC본부가 있었고 네델란드 정부가 초대한 세계 각국 유학생들이 모여 살았다. 따라서 유학생들과 그들 가족을 위한 게스트 하우스는 마치 인종 박람회처럼 지구촌 곳곳에서 모여든 많은 외국인들로 들끓었다. 한국에서 온 소희의 남편은 지질학 전공자로서 항공지질탐사 연구를 위해 기업에서 파견된 연수생이었고 동일한 전공자들로 이루어진 그의 클래스엔 세계 6개국에서 모여든 각양각색 총 여섯 명의 지올로지스트들이 있었다.

영국에서 온 데이비드 부부와 유치원생인 아들 토미, 터키 출신인 발지 부부와 그들의 두 아들인 엠레와 에란, 한국에서 온 소희 부부와 딸 유리, 가족 없이 혼자 온 미얀마 출신의 소티하와 파키스탄의 아르밥, 그리고 시리아 출신의 총각 모나젯. 이상이 유학생을 포함한 클래스 메이트 가족의 전원이었다. 함께 수업 받고 토론하고 야외 탐사인 필드를 나가고 하는 동안 6인의 지올로지스트들은 비록 국적은 다르나 매우 허물없고 친밀한 사이가 되어갔다. 주말이면 그들은 자신의 집으로 서로의 가족을 초대하여 음식과 문화를 나누며 담소하는 시간을 즐기곤 했다.

영국인 데이비드 부부는 빠르고 거침없는 영어를 구사하며 은연중 모국어에 대한 은근한 자부심과 오만을 드러내어 좌중을 좀 불편하게 했다. 자신의 모국어가 수업을 장악하고 클래스 메이트 모두가 그것을 사용함으로써 의사전달과 표현에 저마다 일정량은 부자유함과 핸디캡을 갖고 있다는 것에 대해 전혀 배려가 없는 듯한 느낌을 주었다. 실은 그건 매사 급해빠지고 다혈질인 데이비드의 성격 탓일 뿐, 어쩜 영어를 전공한 소희의 묘한 자괴심에서 비롯된 과민반응인지도 몰랐다.

여섯 명의 지올로지스트 중 소희의 남편과 소티하. 그 두 사람은 유독 가깝고 돈독한 관계를 유지했다. 같은 아시아인에 미얀마와 한국, 두 나라가 당시 모두 군부독재 치하라는 동병상련의 동질감, 그리고 둘 다 끽연을 즐긴다는 점 등이 서로의 마음을 움직인 것일까.

소티하는 많은 점이 눈에 띄는 매우 독특한 느낌의 남자였다. 윤곽이 반듯한 검은빛 얼굴에 멋지게 콧수염을 기르고 바지 대신 굵은 체크 무늬의 면 보자기를 허리에 둘러 질끈 매듭을 묶은 미얀마 전통 의상 론지 차림으로 느긋이 엽연초에 불을 당기는 모습은 이집트의 배우 오마 샤리프와 흡사하다고 소희는 늘 그런 생각을 했다. 하이, 미시즈 킴. 하우 아 유우. 게스트 하우스를 오가다 소희를 만날 때면 그는 늘 환한 미소로 웃어 보이며 그렇게 인사했다. 은은하고 깊고 따스한 미소였다. 하이! 그러나 소희는 외국인 남자가 낯설고 생경하여 매번 그렇듯 짧은 반응만을 보였을 뿐이었다. 생의 한가운데서 만난 이국 남자. 그즈음의 소희는 사실 얼마나 수줍고 또한 창포잎처럼 파랗게 젊었었던가.

게스트 하우스에서 소희와 가장 가깝게 지낸 사람은 터키에서 온 발지의 부인 뮐벳이었다. 동서양의 미가 빼어난 조화를 이뤄 절묘한 조각품을 빚어낸 듯 눈부시게 아름다운 외모를 지녔으나 자신은 정작 스스로가 얼마나 아름다운질 전혀 깨닫질 못하는 듯한 온유하고 무연한 표정, 이슬람 여인 특유의 순연하고도 소탈한 성품이 그녀의 미를 더욱 돋보이게 했다. 또한 느릿하고 어설픈 영어였으나 터키어 또한 로마자에 속하는 까닭에 발음이며 억양이며 듣기에 따라선 극히 자연스럽고도 유창한 영어를 구사하는 듯이 보이는 것도 그녀만의 강점이었다.

클래스 메이트 가족들은 영국인 데이비드네를 제외하곤 거의 모두가 게스트 하우스에 살았고 그들은 종종 서로를 초대하여 자기 나라의 문화와 요리를 나누며 친분을 다지곤 했다. 가장 먼저 친구들을 집으로 초대한 사람은 영국의 데이비드 부부였다. 영국인다운 주거 문화에 걸맞게 그들은 도심에서 좀 떨어진 고요히 운하가 흐르는 동네의 아담하고 정갈한 전원 주택을 전세 내어 살았다. 그들의 뒷뜰에서 열린 가든 파티는 즉석 바베큐에 감자와 샐러드를 곁들인 극히 간단한 메뉴였으나 초대 문화가 몸에 밴 매우 세련되고도 능숙한 매너에 소희는 감탄했다. 하긴 누구와도 자유자재 소통이 가능한 영어를 서슴없이 구사함이 그들의 유연한 매너를 더욱 돋보이게 하는 지도 몰랐다.

클래스 메이트 모임 중 소희에게 가장 큰 놀라움과 기쁨을 안겨준 건 발지 부부의 초대였다. 테두리에 보석이 박힌 조끼와 화려한 허리띠의 긴 드레스 형태인 하늘빛 터키 전통 의상에 보랏빛 에프론을 두른 발지 여사의 모습은 마치 영화 쿼바디스의 주인공 데보라 카가 환생하여 눈앞에 서 있는 듯한 착각을 불러 일으켰다. 그러나 감탄할 일은 그녀의 빼어난 모습만이 아니었다. 손님을 맞는 그녀의 태도는 더없는 부드러움과 몸에 밴 공손함이 엿보였고 생전 처음 맛보는 터키 요리는 환상적이리만큼 맛이 빼어났다. 소희는 같은 여자로서 뮐벳이 가진 많은 능력과 미덕, 아름다움에 완전히 함몰되고 말았다.

다음으로 인상적이었던 것은 소티하의 초대였다. 남자 혼자 생활하는 그였으나 마음을 다해 친구들과, 그들의 가족을 즐겁게 하려는 정성이 그대로 전해오는 따뜻한 모임이었다. 마트에서 직접 장을 봐

온 과일과 각종 안주, 와인과 맥주 등을 한 상 가득 푸짐히 준비하여 화기로운 담소의 분위기를 이끌어 갔다. 예의 론지 차림으로 부지런히 주방을 오가며 열심히 서빙하는 모습엔 시종 미소가 사라지질 않았고, 마치 녹차에 연유를 가미한 듯한 맛을 지닌 '라파예'라 부르는 미얀마 전통차를 만들어 소개하기도 했다. 데이비드를 제외하고 그는 클래스 메이트 중 가장 영어를 잘하는 편이어서 데이비드와도 거의 막힘없는 대화가 가능했다. 하긴 그런 그의 유창한 영어 실력이 유연하고 여유로운 그의 매너를 한결 돋보이게 한다고 소희는 생각했다. 오랜 세월 영국의 식민통치하에서 부수적으로 얻게 된 긍정적 측면의 편린은 묘한 역설이 아닐 수 없었다.

모임이 끝날 무렵, 소티하는 친구들에게 그가 고국에서 마련해온 선물을 나눠주었다. 친구의 부인들을 위해선 특별히 여성용 론지를 선물하여 여자들을 기쁘게 했다. 아, 예쁘네요. 소희는 수줍은 자태로 론지를 활짝 펼쳐 허리에 두른 후 핑그르르 맴을 돌았다. 비둘기빛 바탕에 녹색과 청색이 잔잔히 체크를 이룬 부드러운 천이었다. 와아, 미시즈 킴은 정말 완전 미얀마 여인풍이에요. 미얀마 여인들은 원래 허리가 가늘고 가냘프고 마른 체형이라 론지가 잘 어울리죠. 미시즈 킴은 론지가 썩 잘 어울려요. 매우 감동한 낯빛으로 소희의 모습을 지켜보며 소티하가 톤을 높혔다. 실은 내 와이프도 지올로지스트에요. 작년에 이미 ITC에서 수학하고 온 우리의 동문이죠. 저하곤 양곤대학 지질학과 CC로 만나 연애하고, 그리고 결혼했어요. 열렬한 학구파에요. 그런데 그녀는 론지 입기를 무척 싫어하죠.

그 점이 나를 참 외롭게 해요. 아련히 엽연초의 연기를 뿜어내며 소티하가 말했다. 론지 입고 망치 들고 필드 가는 여류 지올로지스트. 그건 상상만으로도 전혀 매치가 안 되는 모습인걸요. 뜬금없는 소희의 반응에 모두 웃음을 터뜨렸다.

시리아에서 온 노총각 모나젯은 더없이 천진하고 낙천적인 성품이었고 작은 체구에 짙은 눈썹, 뾰족한 턱, 늘 입가에 달고 다니는 쾌활한 미소가 특징이었다. 항상 조그만 커피 메이커를 들고 다니며 작은 잔에 에스프레소를 자신이 직접 내려 마셔야 직성이 풀리는 남자였다. 사소한 농담에도 까르르 웃어대고 늘 아이들과 함께 어울리길 즐겨하여 친구들로부터 결혼을 안 해 아직 어른이 되질 못한 탓이라고 놀림을 받곤 했다.

파키스탄의 아르밥. 그도 게스트 하우스에서 홀로 살아가긴 소타하, 모나젯과 마찬가지였다. 그러나 그는 그들과 좀 달랐다. 무색무취, 무미건조한 성품이라 할까. 또르르 또르르 혀가 말려 올라가는 듯한 영어 발음에 나이에 비해 머리가 좀 벗어진 중후하고 노련한 느낌을 주는 남자였는데 좀체 자신의 신상에 대한 이야기를 하지 않았고 끝내 자신의 집에 친구들을 아무도 초대하지 않은 유일한 멤버였다.

미얀마의 첫밤. 양곤 시내 외곽에 위치한 호텔은 생각보다 깔끔하고 정갈하여 소희는 안도했다. 그녀는 여행 가방을 열어 차분히 짐을 정리하며 여섯 명의 지올로지스트들과 함께 했던 엔스케데 게스트 하우스에서의 생활을 떠올리고 있었다. 순간 호텔 프런트로부터 전화가 걸려왔다. 호텔에 마악 도착했다는 소티하의 호출이었다. 드디어 그가 온 것이다. 소희 부부는 하던 일을 멈추고 옷매무새를 갖춘 후 곧장 호텔 로비로 내려갔다. 엘리베이터를 내리는 소희의 가슴에 가벼운 떨림이 일었다. 화장이라도 좀 고치고 올 것을……. 샤워 후에 머리를 대충 틀어올리고 비비 크림만 살짝 바른 것을 깨닫자 그녀는 얼굴이 화끈 달아올랐다. 그러나 때는 이미 늦었다. 저만치 프런트 앞에서 소티하로 보이는 장년의 남자가 그들을 향해 번쩍 손을 흔들어 보였다. 나이 들어 적당히 몸이 불고 생의 연륜이 더해져 좀 더 중후한 모습으로 변한 오마 샤리프. 그러나 긴 세월의 흐름에도 체크 무늬 론지와 콧수염만은 여전하여 소희는 실소했다. 오오, 미스터 김. 두 팔을 활짝 벌리며 달려오는 소티하와 소희의 남편이 와락 부등켜안으며 환성을 내질렀다. 근 30년 만의 극적인 해후였다. 오오, 미시즈 킴. 롱 타임 노우 씨이. 소티하가 환한 미소로 소희를 향해 손을 내밀며 다가왔다. 이상한 일이었다. 전혀 어색한 느낌 없이 마치 며칠 전에 만나고 헤어진 사람 같은 친밀감이 몰려왔다. 밍글라바! 가슴 가득 차오르는 반가움을 누르며 소희는 겨우 그렇게 인사했을 뿐이었다. 공항에서 만난 가이드로부터 가장 먼저 배운 미얀마어였다. 안녕하세요. 그것에 응답하듯 따스한 미소를 보이며 소티하가 소희를 잡은 손에 힘을 주었다.

소티하는 소희 부부를 호텔 라운지로 데려갔다. 한적하고 아늑한 분위기였다. ITC의 추억을 위하여! 소티하가 네델란드의 엔스케데 시절을 회상하는 의미라며 하이네켄 맥주를 주문했다. 미시즈 킴,

그리 많이 변하질 않았네요. 차아밍, 영 페이스는 여전하군요. 소티하 씨도 변함없으셔요. 그들은 그런 식의 인사로 대화를 시작했고 거품 가득 맥주를 따라 잔을 부딪치며 만남을 건배했다. 회한에 찬 얼굴로 소티하가 말했다. 난 가끔 이런 생각을 한다네. 내가 만일 돈을 많이 벌고 시간적 여유가 있다면 그때 함께 공부하던 세계 각국 그 여섯 명의 클래스 메이트, 그 친구들을 모두 찾아가 꼭 한번 만나보고 싶다는……. 하지만 그건 오직 꿈일 뿐 도무지 이루어질 가망이 희미해져 버렸다오. 한데 우연히도 이렇게 코리안 친구 그대를 만났으니 내 소원 중 한 가지는 절로 풀린 셈이지. 하긴 그들이 지금껏 다 살아있으리란 보장도 없겠지. 회한에 찬 소티하의 얘기에 남편이 말했다. 요즘 시리아 내전이 심각해서 모나젯이 많이 염려되는데……그새 결혼이나 했는지…….

빈 술병이 늘어나며 두 남자의 대화는 점차 무르익어, 헤어진 직후엔 제법 빈번히 편지를 주고 받았으나 이사 가고 직장을 옮기고 하는 사이 어느샌가 점차 서로 소식이 끊어지고 말았다는 얘기부터, 직장, 일 얘기, 그간의 동정과 근황, 또한 가족의 얘기들로 끊임없이 이어져갔다. 소희는 김빠진 맥주를 조금씩 음미하며 그들의 대화에 귀를 기울였다. 젊음의 한때 이국땅에서 머리를 맡대고 연구하고 땀흘리며 필드를 한, 시공을 공유한 그들의 만남이 그토록이나 끈끈한 관계를 형성케 한 것일까. 국적을 초월한 그들의 우정에 소희는 내심 감동했다.

아, 이제 생각났어요. 미시즈 킴은 맥주보다 와인을 더 좋아했어요. 스페인의 몽탈방 기억나요? 테러블 플레이스! 그러나 아름다운 추억도 많았지요. 소티하가 손가락을 튕겨 웨이터를 부르더니 스페인산 와인 한 병을 주문했다. 소희의 잔에 와인을 가득 따르며 그가 웃었다. 예전과 똑같은 깊고 은은하고 따스한 눈빛이었다. 그런데 무언가가 좀 빠져 있는 듯한 느낌. 뭐랄까. 환한 웃음 끝에 고이는 짙은 공허나 슬픔 같은 것. 그의 모습 어딘가에 뭔가 서늘한 그늘 같은 것이 일렁임을 소희는 놓치지 않았다. 와인잔을 흔들어 붉은 눈물방울을 만들어내며 소희가 소티하를 향해 물었다.

여류 지올로지스트는 잘 계시나요? 맥주를 들이키던 소티하의 낯빛이 표나게 굳어졌다. 네에……잘 있죠. 그녀는 잘 있어요. 허둥대는 손길로 냅킨을 들어 입가에 묻은 맥주 거품을 닦아내며 그가 답했다. 그녀는 아직도 연구소에 나가는지? 연이어 소희의 남편이 그렇게 묻자 비로소 소티하는 자신의 이야길 털어놓기 시작했다. 그녀는 벌써 은퇴했소. 난 지질공사를 은퇴한 후 현재 개인회사에 적을 두고 일이 있을 때마다 기술자문을 해주고 있는데. 정직하게 고백하자면 실은 그녀와 별거한 지 10년이 넘었다오. 그녀는 결혼한 아들네 집에서 살고 난 아직 미혼인 딸과 함께 내 집에서 살고 있지. 주말에 손주들이 보고 싶어 아들네 집에 가면 그녀는 이미 친구네 집으로 놀러가 버리고 없다오. 전혀 얼굴을 마주치려고 하질 않아. 서로 꼭 할 말이 있을 땐 편지를 써서 전하고……우린 그렇게 살고 있다오. 더없이 쓸쓸한 낯빛으로 그가 맥주잔을 기울이며 말했다.

이런 질문 실례가 아니람……상황이 그렇게까지 가게 된 이유를 여줘봐도 될는지……? 와인잔을 세게 흔들어 알코올의 붉은 눈물이 주르륵 흐르는 걸 응시하며 소희가 물었다. 뭐랄까요. 삶의 패턴에서 우린 서로 지향하는 바가 전혀 달랐어요. 그녀는 오직 학문에의 열정 외 다른 것엔 전혀 관심이 없는 유형이고 난 삶의 기본적인 룰과 의무에 충실해야 한다고 주장하는 유형이고……우린 그렇게 서로 너무 달랐어요. 그러다보니 둘이 늘 싸웠고 좀처럼 의견이 절충되질 않아 결국은 헤어지게 된 거예요. 미간을 찌푸려보이며 소티하가 말했다. 착잡한 낯빛이 된 소희의 남편이 소티하의 양해를 구한 뒤 말없이 담배 한 대를 피워 물자, 소티하 또한 요즘 줄곧 금연했으나 오늘만은 자신도 한 대 피우고 싶다며 친구로부터 담배를 받아 입에 물었다. 소티하 씬 게스트 하우스 시절 늘 엽연초를 즐기셨어요. 소희의 회상에 단지 쓸쓸한 미소로 응답하는 소티하의 눈빛이 뿌옇게 흐려졌다.

멋지게 끽연을 즐기며 가라앉은 분위기를 바꾸듯 그가 다시 말을 이었다. 미스터 킴, 데소바시 교수와 함께 필드 갔던 스페인의 몽탈방 기억하나. 그곳에서 필드 끝나면 매일 밤 파티하던 생각이 나네. 지나간 시간을 추억하는 소티하의 눈동자엔 짙은 그리움이 스쳤다. 소희 또한 그 시절이 자기 생의 정점에 달했던 시기였음을 깨닫고는 가슴이 저려왔다. 그 해 여름, ITC 항공탐사 클래스 6인의 지올로지스트들은 지도교수와 함께 스페인으로 필드를 떠났다. 1개월 과정의 긴 탐사 일정이었고 소희는 어린 딸 유리와 함께 엔스케데 게스트 하우스에 호젓이 남게 되었다. 유레일 티켓이 있으니 유리 데리고 스페인에 한번 놀러 와. 상세한 건 거기 가서 편지할게. 낯선 이국땅에 딸과 함께 오도카니 남겨진 소희가 딱했던지 필드를 떠나며 남편은 그런 말을 남겼다. 그리고 그가 떠난 지 보름쯤 되던 어느 날 마침내 소희는 남편이 보낸 편지의 메모를 챙겨들곤 유리와 함께 스페인으로의 여행을 시도했다. 엔스케데에서 기차를 타고 파리로, 파리에서 국제선 야간열차를 타고 스페인 국경 도시 이룬까지. 그리고 이룬까지 마중나온 남편과 함께 국내선 열차를 타고 사라고사에 도착, 그곳에서 다시 덜컹거리는 시외버스에 몸을 싣고 몽탈방에 도착한 것은 엔스케데의 게스트 하우스를 나온 지 근 이틀만의 일이었다. 무척이나 고되고 힘든 여정이었으나 젊디젊은 소희는 그렇듯 무사히 스페인 땅에 당도했다.

그날 저녁 필드에서 돌아온 지도교수를 포함한 7인의 지올로지스트들은 한국 모녀의 몽탈방 도착을 대환영했다. 엔스케데에서 모탈방까지, 그 먼 길을 달려온 가냘픈 소희 모녀를 모두들 경이의 눈으로 반기며 찬사를 아끼지 않았다. 웰컴! 웰컴 유리 앤 미시즈 킴! 스페인의 태양볕에 검게 그을린 소티하가 환히 웃으며 필드에서 꺾어온 들꽃 묶음을 소희에게 안겨주었다. 모두 환호하며 박수를 쳤다. 이국의 남자에게서 꽃다발을 받긴 처음이었다. 마치 배우, 오마 샤리프에게서 꽃다발을 받는 듯 황홀한 기분이었다. 가슴이 뛰었다. 그날 밤의 환영 파티는 더없이 성대했다. 지중해의 풍성한 열대 과일과 각종 안주, 스페인산 포도주, 고급 위스키 등으로 채워진 식탁은 더없이 푸짐하고 향기로웠고 모나젯은 예의 정성스레 커피를 내려주었다. 유쾌한 담소의 시간은 밤이 이슥하도록 이어져갔다. 그간 필드에서 다져진 심신의 단련과 탐구심으로 6인의 지올로지스트들은 더욱 단단해지고 지적으로 변모되어 있었다. 땀과 열정이 뒤섞여 뿜어내는 젊은 그들의 지성, 그리고 야성의 냄새가 몽탈방 그 작고 허름한 호텔을 가득 메운 초여름 밤이었다.

미시즈 킴. 몽탈방의 그 히스(heath)언덕 생각나요? 소티하가 소희의 빈 잔에 포도주를 가득 따르며 말했다. 아, 물론이죠. 제 생에 절대 안 잊히는 곳 중의 하나에요. 저도 그래요. 소희의 대답에 흔연한 미소를 띠우며 소티하가 응수했다. 스페인 중부 산악지대의 작은 광산촌 몽탈방. 몽탈방은 영어의 마운틴을 뜻하는 스페인어였고 이름대로 그곳은 너무도 열악한 환경의 오지 마을이었다. 그들이 묵고 있는 마을의 오직 하나 뿐인 호텔은 말이 호텔이지 지독히 낙후된 시설에 냉방이라곤 객실 천장에서 빙빙 돌아가는 느린 선풍기가 전부이고 샤워조차 공동 시설을 이용해야 할 정도로 누추한 곳이었다. 그러나 저녁이면 필드에서 돌아오는 6인의 국제 지올로지스들로인해 비로소 호텔은 돌연 활기가 돋고 고유의 제 모습을 갖추었다.

쇼핑할 곳이나 작은 영화관조차 없는 그곳에서 낮에 소희가 할 일이라곤 유리와 함께 특유의 돌길로 이어지는 스페인풍의 좁다란 골목을 기웃거리며 사람 사는 냄새를 찾아 헤매이던가 아님 길을 따라 좀 더 외곽으로 걸어나가 야트막한 구릉으로 이어지는 들판에 산책을 나가는 일이 고작이었다.

초여름의 들판엔 온갖 이름 모를 야생화들이 피어나 말할 수 없이 아름다운 풍광을 연출했다. 들꽃들이 그렇게 청초하고 어여쁜지를 소희는 처음 알았다. 딸 유리를 데리고 거의 매일 그곳으로 산책을 나갔다. 어느 날은 꽤 멀리 구릉지대까지 걸어나간 적도 있었는데 그날 소희는 뜻밖에도 그곳에서 소티하와 마주쳤다. 며칠만의 만남이었다. 도착한 날 환영회를 받은 후론 되도록이면 6인의 지올로지스트들과 마주치지 않으려 애를 썼다. 유리를 일찍 재워야 한다는 핑계로 모녀 둘이서 먼저 저녁을 먹고 방으로 돌아와 씻고 쉬는 편이 훨씬 더 맘이 편했다. 소희네만 온 가족이 모인 오붓한 모습이 그들로하여금 자칫 가족에 대한 향수와 외로움을 불러올 수도 있으리란 우려와 소희 자신의 내면에 싹튼 무언가 설명할 수 없는 두려움 때문이었다.

하이, 미시즈 킴! 오, 리틀 유리. 러블리! 구릉지대의 초입에서 만난 소티하는 유리를 두 팔로 번쩍 안아 올리며 반가움을 표했다. 소희가 놀라서 물었다. 소티하 씨, 오늘 필드 안 갔나요? 어제 필드하다 발목을 삐어 오늘은 좀 쉬려고요. 지금 발목에 압박 붕대를 감고 있는데 낼이면 많이 나아질 겁니다. 흔히 있는 일이에요. 별로 대수롭지 않은 투로 말을 흘리며 그는 유리의 손을 잡고 들꽃 만발한 언덕을 걸어갔다. 그의 걸음이 좀 느리고도 부자연스러워 소희는 우려를 표했다. 많이 걷는 거 안 좋잖아요. 그만 집에 가서 쉬는 게 어때요. 그러나 그는 소희의 말은 묵과한 채 언덕 가득 피어있는, 옅은 보라빛이 도는 자잘한 분홍꽃을 가리키며 물었다. 이 꽃이 무슨 꽃인지 아시나요? 한국의 진달래 꽃빛과 흡사하나 긴 줄기에 조롱조롱 잔꽃이 매어달린 키 작은 관목이었다. 소희가 좋아하는, 그러니까 무언가 설렘을 안겨주는 듯한 꽃빛이었다. 노우. 소희의 대답에 그가 말했다. 히스(heath)라는 꽃 들어보셨어요. 소티하가 가만히 소희를 내려다보며 물었다. 히스……아, Wuthering Heights, 에밀리 브론테의 소설에 나오는 그 히스 언덕. 바로 그 히스꽃인가요? 놀라움과 기쁨에 활짝 피어나는 얼굴로 되묻는 소희를 바라보며 그가 밝게 웃었다. 맞아요, 바로 그 히스랍니다. 캐시가 사랑한 히스클리프. 남자 주인공 이름도 히스꽃에서 따온 히스클리프였잖아요. 혹시 히스꽃의 꽃말을 아세요? 그가 물었다. 고개를 젓는 소희를 향해 그가 '고독', 하고 말했다. 히스의 꽃말까지 알고 있다니……소희는 실소했다. 그 웃음의 의미를 알아차렸는지 그가 말을 이었다. 미얀마는 자원부국이에요. 목재, 원유, 천연가스, 루비, 옥, 금, 사파이어, 석탄, 철광석 등 무진장한 광물들이 묻혀있어요. 정책과 자본, 운송 수단, 기술의 문제로 아직 개발은 미진하나 사실 미얀마엔 굉장한 자원이 숨겨져 있어요. 일찍이 그걸 깨닫곤 지질학을 공부했는데 만약 다시 태어난다면 식물학자가 되고 싶어요. 야생화나 이름 모를 작은 풀꽃을 기르고 연구하는……. 진지함과 열정 가득한 그의 눈빛이 소희의 가슴을 파고 들었다.

히스의 언덕. 그들은 초여름 저녁의 산들바람이 구릉지대 히스의 언덕을 마구 휘저어 분홍빛 물결을 자오록이 일으킬 때까지 걷고 또 걸었다. 한 송이씩 바라보는 느낌보단 무리지어 있을 때 더욱 돋보이는 꽃. 그가 한아름의 히스를 꺾어 소희의 품에 안겨주며 미소지었다. 쌩유~!! 수줍은 미소로 소희가 꽃을 받아 안으며 인사했다. 두 사람의 눈빛이 마주쳤다. 1초, 2초, 3초……순간 보랏빛 히스 언덕이 핑그르르 맴을 돌며 그녀의 시야를 흐려왔다. 소티하의 깊은 눈길은 여전히 소희를 향한 채였다. 우정과 호의가 어린……그러나 무언가 설명할 수 없는 플러스 알파가 그윽히 담긴. 그 알파의 의미는……소희는 이미 그걸 알아버린 낭패감과 당혹감에 적이 당황했다. 그녀는 마치 화가 난 사람처럼 유리의 손을 꼭 잡곤 소티하에 앞장 서 히스 언덕을 내려왔다. 보랏빛 히스 언덕은 어느새 다시 아늑한 평온을 회복했으나 그녀의 내면은 한바탕의 토네이도가 덮친 듯 엄청난 혼란 속에 휩싸였다. 소희는 그제야 알았다. 자신이 왜 6인의 지올로지스트, 그들과 만나는 풍성한 저녁 식탁에 함께 하질 못했는지, 그 막연한 두려움의 실체가 무엇이었는지, 비로소 그녀는 그것을 깨닫게 되었다.

우리의 사랑스러운 꼬마 아가씨, 유리는 잘 있나요. 몽탈방의 그 특별했던 여름을 회상하는 소희의 귀에 얼큰히 취한 듯한 소티하의 음성이 들려왔다. 벌써 결혼하여 아기 엄마가 된걸요. 그런데 지금도 소티하 아저씨를 기억하며 옛날 얘길 하곤 해요. 소희가 웃으며 대답하자, 나도 유리가 무척 보고 싶은걸. 미안마, 담엔 꼭 함께 오도록 해요. 약속하는 겁니다. 반복을 거듭하며 그가 당부했다.

호텔 로비에서 헤어지는 순간, 거나한 몸짓으로 그가 헤어짐의 인사를 보내며 손을 흔들었다. 굿나잇. 씨 유 투모로우! 소희 부부에게 낼 저녁에 또 오겠노라는 말을 남기며 훌훌히 그는 호텔 문을 나섰다. 그는 자신이 한국에 가는 일은 엄청난 비용 땜에 거의 불가능하다고 고백했다. 그러기에 이번 경우처럼 출장 겸해서 남편이 가족을 데리고 꼭 다시 와야만 한다고 그는 몇 번이나 강조했다. 그의 정직함이 소희의 마음에 아릿한 통증을 불러일으켰다.

미얀마 체류 둘째 날. 남편은 출장 업무로 지사의 미얀마인들을 만나러 가고 소희만이 서울에서 합류한 여행팀에 끼어 관광길에 올랐다. 주로 양곤을 중심으로 한 3박 4일 짧은 일정이었다. 양곤대학 부근의, 이곳 젊은이들의 아지트라 할 인야 호수를 둘러본 후 쉐다곤 파고다로 향하며 소희는 어쩔 수 없이 소티하 부부를 떠올렸다. 대학 시절 양곤대학 캠퍼스 커플로 만난 그들도 여느 젊은이들처럼 손을 꼭 잡고 인야 호숫가를 거닐며 사랑을 불태우고 행복한 미래를 꿈꾸었으리. 하지만 미래의 어느 날 그렇듯 서로 헤어져 살아가리라 그들은 행여 상상이나 했을까. 그들의 안타까운 사랑의 결말이 소희는 마음 아팠다.

쉐다곤 파고다. 영국 텔레그래프 선정, 세계에서 가장 아름다운 건축물 10선에 선정된 미얀마 최대의 황금 불탑 사원을 맨발로 걷는 일은 이미 그 행위 자체가 순례이며 힐링이었다. 소희는 집을 떠나올 때 챙겨온, 그 옛날 엔스케데에 시절 소티하가 선물한 론지 차림을 하곤 맨발로 사원을 걸었다. 때는 3월 초라 섭씨 40도를 육박하는 년중 최고 기온의 날씨가 지속되는 이른바 이곳의 핫 시즌이었고 대리석과 화강암으로 만들어진 사원 바닥은 뜨거운 태양열로 바싹 달아올라 발을 데일 정도였으나 소희는 개의칠 않았다. 외려 그녀의 안에서 지글거리며 끓어오르는 온갖 사념들이 깨끗이 멸균되고 소독되는 듯한 카타르시스를 느꼈음은 묘한 일이었다. 오염된 뇌가 하얗게 탈색되어 비워져가는 듯한 느낌. 미얀마인들의 맑고 천진한 눈빛, 그들의 티없고 순연한 미소에 놀랍게도 소희는 자신이 점차 정화되어 가는 느낌을 받았다.

불상 앞에 미리 준비해 온 꽃과 불전을 올린 후 소희는 론지 차림으로 사원 바닥에 단정히 꿇어앉았다. 일행과 함께 타고 온 투어 버스에서 만나기로 정한 시간은 아직 넉넉했고 미얀마 여인들과 똑같이 그들 속에 섞여 기도하고 싶은 맘이 일었다. 기도의 지향은 다름 아닌 소티하 부부의 화해였다. 그들이 부디 서로의 아집과 자존의 벽을 허물고 캠퍼스 연애 시절의 초심으로 돌아가 다시 사랑이 회복되기를 두 손 모아 빌었다.

기도를 마치고 자리에서 일어서는 소희의 눈에 일행과 함께 주위를 두리번거리는 남편의 모습이 들어왔다. 현지의 일을 마치곤 서둘러 쉐다곤 파고다로 달려온 모양이었다. 가이드가 먼저 소희를 발견하곤 반갑게 손을 흔들었다. 와아, 완전 미얀마 여인이네요. 론지가 참 잘 어울리십니다. 젊은 가이드의 쾌활한 음성에 일행이 모두 소희 쪽을 바라보았다. 남편이 싱긋 웃으며 그녀를 향해 다가왔다. 소티하에게서 전화가 왔어. 오늘은 아들딸을 데리고 와 호숫가 멋진 식당에서 저녁을 사겠대. 피로함 속에서도 남편의 음성엔 유쾌함이 묻어났다. 한낮이 이울고 저녁이 오자 석양에 물든 쉐다곤 황금탑은 눈이 시도록 더욱더 찬연한 빛으로 불타올랐다.

미얀마의 두 번째 밤, 소티하는 빨간색의 날염 문양 상의에 감색의 체크 무늬 론지 전통의상을 갖춰 입은 정중한 모습으로 아들, 딸과 함께 호텔에 나타났다. 비둘기빛 바탕에 녹색과 청색 선이 자잘한 체크를 이룬 론지에 흰색 브라우스를 받쳐입은 단정한 차림으로 남편과 함께 로비에 앉아 그들을 기다리는 소희의 모습에 소티하가 환한 웃음으로 다가오며 인사했다. 굿이브닝. 미시즈 킴. 근데 이 론지 어디서 났죠? 눈에 매우 익은 건데……. 기억 안나세요? 그러니까 한 30년 전 미얀마 남자로부터 선물 받은 건데요. 생긋 웃으며 응수하는 소희의 말에 소티하가 가볍게 자신의 이마를 튕기며 웃었다. 아, 맞아요, 맞아. 생각났다. 와아, 근데 아직도 이걸 갖고 있었어요? 그럼요, 한국에선 거의 입을 일이 없었고요, 어쩌다 가끔씩 꺼내보고 걸치곤 하는, 제 장롱 보물 1호인걸요. 소희의 말에 소티하는 진정 감동한 낯빛을 하곤 저만치 서 있는 아들딸을 데리고 와 소희 부부에게 소개했다. 아들 광옌과 보봇. 보봇은 식성 좋고 귀여운 아기를 뜻하는 미얀마 말로 어렸을 적부터 늘 그렇게 부르곤 했다는 딸의 애칭이었다. 광옌은 양곤대학에서 경영학을 전공하고 MBA 코스까지 마친 후 IT계열의 회사를 운영하고 있다는, 매우 핸섬하고 명석해보이는 청년인데 이미 결혼하여 두 아이를 둔 아빠였고, 보봇은 아직 미혼이며 그녀의 애칭처럼 풋풋하고 순진하고 사랑스러운 처녀였다. 아들 광옌이 운전하는 승용차를 타고 예약된 음식점으로 가면서 소티하가 말했다. 아직 난 차가 없다오. 지올로지스트는 가난해서 차가 없고, 경영학도는 그래도 이제 제법 부자랍니다. 처음으로 그가 농담을 한다고 느끼며 소희는 유쾌하게 웃었다. 아들, 딸과 함께 있는 그의 모습은 혼자일 때완 달리 뭔가 좀 부요해 보이고 여유로워 보이기도 한다고 소희는 생각했다. 다만 거기에 여류 지올로지스트까지 함께한다면 더욱 금상첨화일 텐데…….

드넓고 고즈넉한 인야 호숫가 가든식 레스토랑은 야경이 일품인 고급 식당이었다. 식당을 에워싸고 밤의 호수가 고요히 펼쳐지는 테라스엔 온갖 조명이 반짝이며 화려한 분위기를 연출했고 광옌이 알아서 주문한 음식과 맥주도 빼어나게 맛있었다. 어머니를 닮았다는 광옌은 젊었을 적의 소티하를 능가하는 외모에 매너며 성품이며 나무랄 데가 없는 젊은이였다. 다만 경영학도라 조금은 냉철하고 이성적인 성향이 소티하의 푸근하고 인간적인 면모와는 좀 다른 점이라면 다른 점이었다. 보봇은 쌍거풀 없는 얄브스름한 눈매에 맑고 수줍은 미소가 매력적인 처녀로 후식으로, 정갈히 손질된 각종 미얀마산 과일을 준비해 와 소희를 감탄케 했다. 미얀마에선 '째거디'라 부른다는 슈퍼 오렌지, 망고, 드래곤 후르츠 등을 골고루 담아온 보봇의 살뜰함이 더없이 예뻤고, 홀로 사는 아버지가 염려되어 쉽게 결혼을 못한다고 상그레 볼을 붉히며 소희에게만 살짝 귀띔하는 모습 또한 귀엽기 짝이 없었다. 적어도 소티하는 자식 농사만은 누구보다 성공적으로 해냈음을 소희는 확신했다. 광옌과 보봇의 공통점은 둘 다 한류 드라마를 너무도 좋아한다는 점이었다. 매일 밤 TV의 채널을 한국 드라마에 고정시키곤 열광한다고 말해 좌중의 웃음을 자아냈다.

광옌과 보봇의 공통점은 그 외에도 또 있었다. 둘 다 벌써 10년이 넘은 어머니 아버지의 별거를 너무도 맘 아프게 생각하고 있다는 점이었다. 저로선 두 분의 화합를 위해 최선을 다했지만 소용 없었어요. 두 분 다 자아가 너무 강하고 아집이 세서 도저히 어쩔 수가 없어요. 저희 어머닌 결혼생활보단 학문이나 사회활동에 더 적합한 여성이에요. 더없이 진지한 광옌의 말에 소희가 물었다. 그간 함께 살았으니 어머니께서 아이들은 좀 돌봐주셨을 것 같은데……어머닌 저희 남매도 전담해서 키우지 않으신걸요. 늘 집에 하우스 키퍼가 있었고 누군가가 옆에서 도와줬던 기억이 나요. 덕분에 보봇이나 저나 매우 일찍 독립할 수가 있었죠. 그런 점에선 아버지도 남자로서 많이 힘드셨을 거예요. 저도 결혼해서 살아보니 아버지 마음 일말 이해가 되긴 해요. 더없이 의젓하고 사려 깊은 광옌의 얘기에 모두 말을 잃었고 결국은 소희가 나서 결론을 맺어야만 했는데 영어가 짧아서 속이 탔다.

소티하 씨, 방법은 딱 한가지. 진실된 마음을 전하는 거예요. 서로 편지는 주고받는 사이라 했죠. 그러면 소티하 씨가 먼저 용기를 내어 러브 레터를 쓰는 거예요. 그리곤 데이트 신청을 하셔요, 추억이 어린 멋진 장소에서. 그리곤 꽃을 선물하는 거예요. 몽탈방에 있는 히스의 언덕 생각나시죠. 그때 제게 들꽃 다발을 안겨주었을 때 너무너무 행복했던 기억 생생해요. 어느 한순간의 기쁨이 한 인간의 평생을 관통하며 살아가는 힘의 원천이 되기도 한다는 걸 아시는죠. 자신도 모르게 열심히 강변하는 스스로에 소희는 놀라움을 느꼈다. 화해에 성공하심 두 분을 한국에 초대하고 싶어요. 꼭 좋은 소식 전해주세요. 간곡한 충정이 배어나는 소희의 말에 소티하는 고개를 푹 숙이며 무겁게 침묵했으나 적어도 거부의 뜻은 없음이 온몸으로 전해왔다. 그리 유창하진 않은 영어였으나 그래도 대강의 뜻은 전달이 된 모양이었다. 광옌은 머리를 숙여 보이며 감사의 마음을 표했고, 보봇은 두 눈 가득 눈물을 글썽이며 소희의 손을 꼭 잡았다.

씨 유 어게인. 호텔 로비에서 작별 인사를 하는 순간, 예의 소티하는 그렇게 말하며 쓸쓸히 웃었다. 마치 헤어지고 내일 또 금방 만날 사람같이 그렇게. 소희는 가볍게 그와 포옹했다. 당신과 당신 가족의 친절 영원히 잊지 않겠어요. 그것이 제겐 앞으로 살아갈 또 다른 힘이 될 거예요. 안녕, 소티하. 안녕. 똬바 옹메……!! 소희는 미처 말을 잇지 못하곤 그로부터 그만 몸을 돌리고 말았다. 언제 다시 만날 수 있으랴. 아마 다시는 그를 볼 수 없을지도 모른다는 생각이 소희의 뇌리를 스쳤다.

회자정리. 설명할 길 없는 슬픔으로 뿌옇게 흐려지는 소희의 시야에 미얀마의 그 모든 것이 한 개의 소실점을 이루며 까맣게 멀어지고 있었다.

이웃집 여자들

오늘도 산책길에 그녀를 만났다. 여자는 오늘도 묵묵히 땅만 보며 걷고 있다. 틀로 콕 찍어낸 듯 매일 똑같은 웨이브 없는 커트 머리에, 얼빠진 모습으로 갈색 티셔츠에 회색 바지, 크고 허름한 운동화를 질질 끌며 멍한 모습으로 걸어가고 있다. 아니 자세히 보면 입가에 뜻 모를 희미한 미소를 짓고 있는 듯도 하여 그것이 보는 사람을 더욱 안쓰럽게 한다. 워낙 유순하고 반듯했던 사람이라 결코 무엇엔가 화가 난 사람의 표정은 아닌 것이 보는 이의 마음을 더욱 아리게 만든다. 그녀의 뇌리에 아무것도 남아 있지 않음을 말해주는 듯한 백지와도 같은 무연한 낯빛. 그녀의 대뇌 측두엽 해마의 반란. 뉴런의 변이. 사고와 기억을 관장하는 전두엽의 주요 기능이 완전히 마비되고 만 느낌이다.

사람이 어쩌다 저리 되고 말았을까. 초가을 햇살 아래 산책로 벤치에서 신문을 읽던 현혜는 솟구치는 회한을 참을 길 없어 잠시 신문에서 눈을 떼곤 짠한 눈길로 그녀를 바라보았다. 아파트 외곽을 따라 이어진 긴 산책로는 길 양쪽으로 늘어선 가로수와 벤치, 그리고 단지 내 초중고교가 어깨를 나란히 모여 있어 등 · 하굣길의 활기와 소음을 빼고 나면 종일 고즈넉한 고요가 깃든 길이라 그곳 벤치에 앉아 독서를 하거나 신문을 읽기엔 안성맞춤이었다. 신도시 아파트가 형성된 지는 근 20여 년. 그러니깐 현혜네가 이사온 지도 근 15년이 다 되어갔다.

여자의 집은 현혜네와 같은 아파트 동일 라인의 아래위층이라 계단이나 엘리베이터 안에서 자주 눈길이 마주치는 이웃이었다. 여자는 늘 언행이 조신하고 자그마한 몸매에 약간 내성적인 느낌을 주는 타입이었고, 중학교 교사인 남편에 아들 하나, 딸 하나를 둔 단란한 가정의 전업주부이며, 오직 살림과 가족의 건사밖엔 모르는 듯한 면모가 언행 곳곳에서 묻어나는 그런 유형의 여자였다. 그 집의 특징이라면 지극히 소탈하고 평범한 모습의 여자를 제외한 온 가족이 다들 너무도 빼어난 외모를 지니고 있어 누구라도 보는 이를 한 눈에 사로잡는 점이라 할 수 있었다. 이사온 초창기 엘리베이터에서 가장 인사를 잘하는 아이들도 그 집 아이들이었다. 이웃 어른들과 마주쳐도 꼿꼿한 자태로 눈길조차 마주치려 하질 않는 요즘 애들과는 달리 해맑은 미소로 밝게 인사하는 모습이 보는 이조차 환하게 미소짓게 하는 그런 존재였다. 때문에 이웃에 별 관심 없는 현혜였으나 유독 태희, 태민, 그들 남매만은 유독 뇌리에 또렷이 각인되었다.

그러나 아이들의 엄마인 여자는 한 쌍의 백학처럼 눈부신 외모의 남매와는 너무도 그 분위기가 달랐다. 아이들은 일견 번듯해보이는 아버지 쪽 유전인자를 물려받았다고 이해될 법도 했으나 소위 롱다리에 훌쩍 큰 키는 아담한 체구의 부모 그 어느 쪽도 닮질 않았음이 놀랍기만 했다.

아이들이 참 예뻐요. 요즘 애들 같지 않게 예의 바르고 인사성 있고……참 잘 자랐네요. 어쩌다 엘리베이터에서 여자를 만나면 현혜는 몇 번이고 그렇게 아이들을 칭찬하기에 바빴다. 아, 네에. 감사합니다. 그럴 때마다 여자의 반응은 늘 한결 같아 그저 빙긋 웃어보이며 담담히 반응할 뿐이었으나 모성 저 깊은 곳에서 우러나는 은은한 기쁨만은 숨길 수 없이 드러나곤 했다. 그럴 때면 초점 흐릿하던 여자의 눈빛은 까맣게 빛이 나곤 했기 때문이었다. 극히 평범한 외모라 빛나는 느낌 같은 것이라곤 전혀 없는 그녀였으나 그럴 때만은 그 어떤 은밀한 자부심, 환열 같은 것이 순식간에 여자를 에워싸며 그녀의 눈이 영롱히 빛남을 현혜는 놓치지 않았다.

서울에서 수도권 신도시로 이사온 현혜네 아파트엔 단지 내에 초중고교가 한데 몰려 있는 탓인지 고만고만한 청소년들을 자녀로 둔 한창 나이의 젊은 여자들이 유독 많았다. 한창 나이라 해봐야 40대 초반이었으나, 이미 아이들을 다 키워 대학을 졸업시켜 이제 각자의 길을 따라 품을 떠나보낸 50대 중반의 현혜로선 아파트의 여자들이 한참이나 그렇게 젊어 보일 수밖엔 없었다. 성당엘 다니는 같은 동반 모임 인원만 해도 무려 12명의 여자 중 현혜가 끝에서 두어 번째로 나이 많은 측에 속한 걸 보면 연령층의 분포가 대강은 짐작이 될 만했다.

5층 여자는 애초 저마다 엇비슷한 또래의 아이들을 둔 이웃 여인들과도 전혀 어울리질 않았다. 학부모 모임 등을 통해 얼굴을 익히고 아이들끼리 한 반이라 서로 이름을 알고 있는 정도에서 그칠 뿐, 전혀 왕래라곤 없는 것이 특이하다면 좀 특이한 점이었다. 하지만 다만 여자가 다소 폐쇄적 성향을 지닌 성품이려니 여겼을 뿐이었다. 아니 그 보단 그녀에게 그닥 관심을 갖지 않았다는 얘기가 더 정확할 것이다. 그 집 아이들이 너무도 예쁘고 빼어난 것에 비해 여자에겐 타인의 관심을 끌 만한 특별한 요소가 없었다고 말함이 더 맞을 것이다.

그에 반해 현혜의 성당 교우들은 대체로 대부분 싱그럽고 아름다웠다. 적어도 신앙의 안정감이 바탕된, 나름의 활력과 개성을 지닌 여자들이었다. 현혜로선 그들이 지닌 젊음과 탄력은 이미 잃은 지 오래였으나 그들이 겪는 신산한 모든 것을 두루 거쳐온 연륜으로 그들을 이해하고 포용하고 관조할 수 있음이 또한 묘한 평온감을 안겨주었다.

교우들 중 특히 시라(Syra)와 이다(Ida), 그 두 여자는 본질이나 성향에 있어 매우 대조적인 경우여서 눈에 띄었다. 미대 출신의 시라는 그 외양부터가 더없이 화려하고 활달하며 언행에 서슴이 없는 반면, 이다는 경상도 출신의 지독히 가부장적 성향인 남편의 그늘에서 조신하고 여리기 이를 데 없는 마치 한 포기 풀잎 같은 성정의 여자였다. 따라서 그들의 교육 방침이나 양육법 또한 현저히 다를 수밖에 없음은 당연한 일이었다.

시라에겐 아들이 셋이었는데 두 아들 밑으로 딸이 하나 생기기를 간절히 원했으나 그 시도가 끝내 실패로 끝나는 바람에 결국 터울이 많이 나는 늦동이 아들을 하나 더 갖게 되었다. 때문에 늘 5살짜리 사내 아이를 옆구리에 끼고 다니는 그녀는, 그러나 우악스런 아들 셋 사이에서도 늘 씩씩하고 활력이 넘쳐 경이롭기만 했다. 반면 이다는 권위주의적인 마초형의 남편 밑에서 위로 딸 하나와 아들 하나, 지극히 우등생인 남매를 키우며 조용히 살림에 전념하며 성당 활동에도 열심인 전형적인 현모양처의 유형이었다.

성당 여자들과의 반 모임엔 '나눔'이라는 좀 특별한 시간이 있었다. 각자의 기도 속에서도 해결할 수 없는 저마다의 고뇌와 갈등, 그리고 살아가면서 부딪치는 크고 작은 문제들을 서로 진솔히 털어놓고 그 해답을 강구하고 모색하고 함께 나누는 시간이었다. 그곳에선 무엇보다 서로의 마음을 활짝 열고 기도하듯 자신을 온전히 드러내보이는 게 중요했다. 이사온 직후 현혜는 낯설고 서먹함 때문이기도 하였으나 그러한 여자들의 모임에 어울리길 극히 주저했다. 그러나 한 냄비 가득 수제비를 끓여 현관문을 두드리고, 엘리베이터에서 만나면 환한 미소로 인사를 건네오고, 부활절이면 온갖 정성으로 만든 예쁜 계란을 전하는 구김살 없고 밝은 여자들의 모습은 결국 현혜의 마음을 함락시키고 말았다. 실비 형님. 어정쩡한 자세로나마 결국

반 모임에 나가게 된 현혜를 성당 여자들은 그렇게 불렀다. 현혜의 세례명인 실비아(Silvia)를 줄인 친밀감 깃든 호칭이었다.

한 달에 한 번 차례로 돌아오는 반 모임이 있는 날이면 여자들은 저마다의 살림 솜씨와 발군의 요리 실력을 발휘, 직접 만든 음식을 선보이며 풍성한 식사와 다과의 자릴 마련하곤 하여 현혜를 놀라게 했다. 뭐하나 버릴 게 없는 예쁘고 알뜰한 여자들이라고 현혜는 내심 감탄을 금치 못했다. 그러나 몸과 마음을 써야만 하는 그런 일에 어느 만큼 지친 나이의 현혜는 자기 차례가 오면 집에서 법석을 떠는 대신 으레 여자들을 데리고 무조건 야외로 나가 밥을 샀다. 주로 풍광 좋고 이름난 음식점을 순례하는 식이었는데 그 또한 살림에만 얽매인 여자들의 기분을 전환하기엔 더없이 적절한 시간이라고 다들 좋아했다. 그런 시간들을 함께하며 점차 교우간의 유대를 넘어선 짙은 친화감이 형성된 때문일까. 나눔의 시간 외에도 여자들은 곧잘 현혜를 찾아와 개인적인 문제들을 의논해오곤 했다.

어느 봄 평일 아침이었다. 아파트 현관 벨이 울려 나가보니 뜻밖에도 시라가 눈물을 흘리며 서 있었다. 실비 형님, 저랑 얘기 좀 하실 수 있나요. 그럼, 있고 말고. 어서 들어와. 그녀를 우선 안으로 들여 드립 커피 한 잔을 내려주며 그녀의 기분이 가라앉길 기다렸다.

형님, 준이 놈 땜에 미치겠어요. 자식이 아니라 웬수예요, 웬수.

시라는 중3 때부터 큰아이 준이 인문고에 갈 성적이 안 되어 맘고생을 톡톡히 한 터라 이웃 보기 부끄럽다며 곧잘 눈물바람으로 현혜를 찾아오곤 했기에 새삼 놀랄 일은 아니었다.

신학기 초인데 지금 학괄 안 간다고 이불 뒤집어 쓰고 저러고 누워 있어요. 잘난 상고 들어 간 주제에 사람 속을 완전 뒤집네요. 시라는 아침부터 옹고집을 부리며 등교를 거부하는 큰아이 준을 타이르고 달래며 별별 짓을 다해봤으나 허사, 그만 열불이 치솟아 자신이 먼저 집을 뛰쳐나오고 말았다며 엉엉 소릴 내어 울었다. 맘을 달래려 혼자 아파트 동산엘 올라 몇 바퀴나 돌며 기분을 가라앉히려 애썼으나 도저히 안돼 현혜를 찾아왔다고 했다.

너무 상심하지마, 시라. 상고에 가서 내신 좋고 학생부 점수 잘 따면 외려 대학 가기 더 쉬울 수도 있어. 대신 학부모 활동 열심히 하며 준에게 힘 좀 실어 줘. 근데 준이가 오늘 학괄 가기 싫은 이유가 뭐래. 현혜가 차분히 운을 떼자, 시라는 한숨을 내쉬며 사건의 전말을 얘기했다. 학년 초라 복장, 두발 단속이 한창 강화된 때, 마침 봄방학 내내 머릴 기른 준이가 담임 교사에게 걸려 정수리 한가운데가 마치 고속도로를 낸 듯 바리깡으로 휑하니 밀려버리고 말았다는 것. 그렇잖아도 급우끼리 서로 가오 잡고 은근 파워 게임에 신경 쓰는 시기인데 정수리를 밀린 채론 쪽팔려서 도저히 학교엘 갈 수 없다는 게 준의 얘기였다. 가뜩이나 요즘 마악 사귀기 시작한 같은 반 여학생 보기에도 완전히 폼을 구기고 말았다는 게 준의 생각이었다. 아이가 좋아하는 패션 모자를 씌워주며 머리털은 금방 곧 자라나니 조금만 참고 견뎌보라고 등을 떼밀어도 막무가내. 적반하장도 유분수, 외려 미친 듯 화를 내며 고래고래 소릴 지르고 난리였다며 시라는 다시금 눈물을 글썽였다.

시라, 일단 화를 가라앉히고 맘을 너무 조급히 갖지 마. 그리고 되도록 아일 이해하려고 노력해봐. 학교 하루 안 간다고 큰일 나는 거 아니잖아. 만약 험한 사고로 다치거나 아프거나 해서 학교 못 가는 경우보단 훨씬 낫다고 생각해. 현혜는 그런 식으로 시라의 맘을 달래었고 자신의 양육 경험을 살려 몇 가지 조언을 해주었다. 공부 잘하는 아들이 반드시 사회의 모범생이 되란 법 없고, 또한 공부와 효(孝)가 꼭 그렇게 정비례하는 게 아님을 주변의 모든 경우를 봐서 익히 잘 알고 있었던 때문이었다.

그날 시라는 현혜의 조언대로 준과 함께 흔연히 백화점 나들이를 하여 그에게 새옷과 비니 모자, 그리고 맛있는 걸 잔뜩 사 먹이며 기분 좋은 하루를 보내었고 오는 길엔 미용실에 들려 준의 머리도 되도록 바리깡 흔적이 안 나게 잘 밀어주었다. 아들과의 데이트, 그 결과는 성공이었다. 다음 날 아침 밝은 미소로 등교하는 아들의 씩씩한 뒷모습에 시라는 가슴을 쓸어내렸다.

반면 이다의 아들 민호는 동네에서도 칭송이 자자한 범생이었다. 전교 일등을 도맡아 하는 우등생에 잘생긴 외모, 거기에 글까지 잘 써 주변 학부모 사이에서도 명성이 자자한 아이였다. 독서광이라 할 만큼 책읽기를 좋아하여 이다가 아들의 체계적인 독서를 위해 가정방문 독서지도사를 둘 정도였다. 이다의 딸, 민호의 누나 역시 선하고 예쁜 얼굴에 공부를 잘해 자식 농사 잘 지은 케이스로 동네 여자들의 부러움을 샀다. 현혜가 보기에도 이다의 아이들은 어디서나 눈에 띌 만큼 인물 있고 똑똑하고 단정하여 기분이 좋았다. 시라 또한, 이다네 아이들은 어쩜 그렇게 반듯하고 나무랄 데가 없대요, 하며 긴 한숨과 함께 약간은 불온해보이고 반항적인 자신의 아들, 준을 비교하며 민호의 남매를 부러워했다.

그러나 아이들을 키운다는 건 참으로 알다가도 모를 일. 현혜의 나이, 살아온 세월이 그걸 말해주었다. 타고난 감성과 다독으로 더 없이 예민하고 명민하던 민호가 고2가 되자 어느 날 돌연 등교를 거부하며 홈 스터디를 고집하여 주위를 놀라게 했던 것이다. 그로 인해 이다는 거의 실신 지경에 이르렀으나 민호는 요지부동이었다. 학교란 환경이 불필요한 신경 소모와 박제화된 획일적 교육으로 극히 비효율적인 과정일 뿐이라는 게 민호의 생각이었다. 그는 자신에게 맞는 보다 창의적이고 실리적인 독학의 길을 택해 학습 효과를 최대한 끌어 올리겠노라 완강히 맞서며 결코 자신의 뜻을 굽히지 않았다. 너무 똑똑하고 아는 게 많아 탈이었다. 예컨대 폭넓은 독서가 가져다준 자유에의 갈망과 보다 더 높은 차원의 교육을 향한 염원에서 비롯된 선택일 법도 했다. 그러나 집안은 발칵 뒤집혔고 담임 교사를 비롯, 학교 선생님들, 가족 친지 등 주변의 모든 이들이 정규교육의 강점과 학우들 간 대인관계의 중요성을 강조하며 민호를 만류하고 설득했으나 탄탄한 독서로 무장된 민호의 사고와 아집은 아무도 꺾을 수가 없었다.

그런 와중에도 5층 여자의 아이들, 태희와 태민은 유난히도 현혜의 눈에 자주 띄었다. 중학교 때까진 그리도 인사성 밝고 예쁘던 연년생 남매가 고등학생이 되고부턴 어쩐 일로 그 행동 양상이 너무도 달라져 과연 그들이 예전의 그 아이들이 맞는지 현혜는 자주 헷갈렸다. 아파트 4층과 5층 사이 층계참에 담배꽁초가 버려져 있다며 아파트 청소 아주머니가 주의를 줄 때만 해도 현혜는 자신의 남편은 비흡연자라며 적극 부인하는 선에서 그쳤으나 어느 날 외출에서 돌아오는 길, 층계에 쪼그리고 앉아 친구와 함께 담배를 피워물다 후닥닥 위층을 향해 튀어 달아나는 5층 집 딸, 태희를 목격하는 순간 가슴이 덜컹, 내려앉았다. 친구를 잘못 사귀었나, 몇 번이고 5층 여자에게 귀띔해줄까 싶은 마음이기도 했으나 워낙 교류가 없는 이웃이라 쉽게 그럴 수가 없었다. 긴 다리가 그대로 드러나는 점점 짧아만 가는 교복치마, 여대생 같은 긴 머리, 빨간 입술, 뽀얗게 분을 바른 태희의 모습은 중학생 때의 귀엽고 청초하던 모습은 흔적없이 사라지고 없었다. 오가다 마주치면 늘 환하게 인사하던 모습은 간곳없고 태희는 점차 현혜와의 마주침을 피하며 눈을 내리깔곤 모른 척 달아나기 일쑤였다. 반면 남동생 태민은 등하굣길 종종 해사하고 예쁘장한 여학생의 손을 꼬옥 잡고 다녀 주위의 시선을 끌곤 했는데 어쩜 그런 당당함이 외려 더 양성적 행위가 아닐까 하면서도 현혜는 일면 5층 남매를 향한 한가닥 불안한 예감 같은 것을 떨쳐버릴 수가 없었다.

독일 출신의 미국 심리학자 에릭슨의 정신분석학적 분류에 따르면, 인간발달 단계에서 현혜는 자신이 처한 시기가 바로 자아통합의 단계가 아닐까 생각했다. 자신의 생을 돌이켜보며 그 궤적을 정리하고 반성하고 통합하는 단계. 그 과정에서 발생하는 다양한 후회까지도 수용하여 그 한계를 인정하고 또한 그 안에서 자기 삶의 의미를 찾는 시기. 현혜는 이즈음 자신이 처한 때가 바로 그러한 시기가 아닐까 하고 생각했다. 학교 앞을 지나다 아이들을 볼 때면 그맘 때 자신의 아이들이 생각나 돌연 가슴이 뻐근해오며 모든 것이 후회되는 슬픈 회한에 눈시울이 뜨거워짐은 도무지 예삿일이 아니었다. 주위의 아이들 하나하나가 그저 무심히 보이질 않고 그 옛날 자신의 아이들과 겹쳐 때늦은 각성과 성찰로 가슴이 미어지곤 했다.

늦깎이로 어쩌다 문단 말석에 이름을 올리게 된 후, 밤새워 원고지 앞에서 끙끙거릴 땐 한창 자라나는 두 아이의 영양은 물론, 때론 도시락조차 제대로 챙겨주질 못한 모성이고 보면 새삼 맘이 아리지 않을 수가 없었다. 아이들이 학교에서 돌아오면 살뜰히 간식을 챙겨주기는커녕 시선조차 따뜻이 맞춰줄 여유가 없는 강파른 세월이었다. 어휴, 소설 쓰는 엄마를 만나다니. 내 팔자도 참 기구해. 아들 아이는 어느 날 학교에서 돌아와 머릴 쥐어뜯으며 글 쓰고 있는 내 모습에, 버럭, 화를 내며 가방을 집어던졌다. 그로부터 이어진 걷잡을 수 없는 아이의 일탈과 방황에 도리없이 현혜는 글 쓰는 일을 포기해야만 했다.

그뿐인가. 모성의 따스한 관심과 보살핌에서 벗어난 딸아이는 재수까지 합쳐 1차, 2차 대입시 원서를 무려 24장씩이나 쓴 끝에 겨우겨우 서울 외곽의 어느 여대에 합격할 수가 있었다. 아직도 재수학원의 등원 첫날, 가냘픈 어깨에 무거운 가방을 메고 집을 나가던 딸아이의 애처로운 뒷모습을 그녀는 잊지 못한다. 화사한 봄꽃 향연 속에서 참새처럼 재잘대며 무리지어 걸어가는 대학 새내기들의 활기차고 발랄한 모습에 가슴이 미어졌던 그날을 어찌 잊을 수 있을까.

그해 봄을 떠올리면 지금도 그녀는 심장이 반으로 쪼개지는 듯한 아픔을 느낀다. 좀 더 잘해줄 걸. 보다 지혜롭고 따뜻한 모성으로 대할 걸……. 하지만 그건 이미 다 지나간 일, 결코 돌이킬 수 없는 일이었다. 그러기에 현혜는 늘 이웃 여자들에게 조언을 아끼지 않았다. 아이들이 내 품에 있을 때 최선을 다해 사랑하고 보살펴줘야만 한다고, 생에 있어 그보다 중요한 일이란 실상 아무것도 없다는 걸 강조하고 또 강조하고 싶었는지도 몰랐다.

대입시의 결과는 엄청난 이변이었다. 그토록 말썽을 피우며 시라의 속을 썩히던 준은 상고로 진학하여 학부모 운영회장을 맡은 시라의 열성에 힘입어 학업성과 외 모든 교내외 학생 활동을 종합적으로 평가하는 소위 학생부종합전형의 최대 수혜자가 되어 서울의 중류권 대학에 거뜬히 합격하는 이변을 낳았다. 반면 이다의 아들 민호는 학교생활을 접고 홈 스터디를 통해 독학한 결과 결국 입시에 실패했다. 예측불허의 결과에 교우들은 모두 말을 잃었고 현혜는 민호의 대입 실패가 너무도 안타까워 속이 아렸다. 한 해 전 이다의 딸, 민호의 누이가 서울의 명문대 한의대에 합격하여 동네가 떠들썩했던 것과는 완전 대비를 이루는 상황이었다.

대입시 후 이다는 한동안 동네에서 그 모습이 사라지고 보이질 않았다. 홈 스터디를 고집한 끝에 결국 재수의 길로 들어선 민호의 대입시 결과에 충격이 너무 큰 탓인지, 들리는 소문에 의하면 남녘 고향집에 내려가 휴양 중이라는 얘기, 교외의 어느 한적한 수녀원으로 피정을 떠났다는 설 등이 전해져와 현혜는 도시 마음이 착잡하기만 했다. 이다의 핸드폰은 전원 꺼짐 상태의 지속이었고 한동안 어떻게 연락할 길이 없어 현혜는 적이 속이 탔다.

반면, 준의 상고 진학으로 3년간 늘 얼굴을 펴지 못하던 시라는 상고의 유리한 내신 점수, 학종부 등 입학사정관제의 혜택을 톡톡히 입어 예상 외로 준이 인(in)서울의 꽤 괜찮은 대학에 합격하자, 그간의 모든 것을 보상받듯 기쁨에 넘쳐 어쩔 줄을 몰랐다. 언젠가 현혜가 시라 대신 써준, 준의 학교 교지에 실린 학부모 대표의 글이 인기를 끌어 학교 측으로부터 더욱 주목을 받게 된 점도 준의 학교생활에 큰 보탬이 되었고, 또한 모든 면에서 애들을 먼저 키운 현혜의 조언이 매우 요긴한 도움이 되었다며 시라는 현혜에게 거듭 감사를 표했다. 그러나 현혜의 마음은 상심에 빠진 이다의 거취가 걱정되어 시라의 감사가 그리 큰 기쁨으로만은 와닿질 않았다. 이왕이면 맘고생 극심했던 시라와 이다, 그 두 가정에 복이 골고루 내려졌더람 하는 아쉬움 때문이었다.

아이들을 키우고 교육함에 있어 가장 중요한 요인은 과연 무엇일까. 환경일까, 두뇌일까, 가계 대대로 전수되어 내려오는 피의 내림 DNA일까. 아님 타고난 성향이나 건강, 성격 등이 학습의 주요 동인인 것일까. 그중 무엇이 가장 영향을 미치는 것인지, 이웃 아이들이 자라 성인이 되는 일련의 과정을 지켜보며 현혜는 새삼 깊은 의문에 빠져들곤 했다.

5층 여자에게서 처음으로 이상 징후를 느낀 건 아파트 울타리의 산수유가 노오랗게 꽃망울을 터뜨리던 대입시가 있던 그해의 봄, 그즈음이었다. 대입시 와중 내내 5층 여자의 집은 너무도 조용하고 잠잠하기만 했고 한동안 태희와 태민을 전혀 본 적이 없음도 기이하기만 했다. 더구나 또래를 둔 학부형들 사이에서도 5층 아이들의 대입 결과에 관해선 아무도 아는 사람이 없었다.

그 봄 외출에서 돌아오던 현혜는 마침내 아파트 현관 엘리베이터 앞에서 5층 여자의 축 쳐진 기운 없는 모습과 마주쳤다. 강보에 싸인, 백일이 막 지났을까 말까 한 갓난 아이를 품에 안은 여자의 출현에 현혜는 와락 반가움 느끼며 여자에게로 다가갔다. 어머나, 아기가 예쁘네요. 누구에요. 현혜의 물음에 여자는 매우 당황한 얼굴로 고개를 숙이며 멋쩍게 웃어보였다. 뭔가 넋이 빠져버린 듯한 멍한 모습에 상호 의사소통에 장애가 온 듯 도무지 감정이 내비치질 않는 무감각한 표정이 섬뜩한 느낌을 안겨주었다. 친척 아길 맡아 키우시나봐요. 아, 네에……여자는 그제야 얼굴을 들어 비싯 웃어보이며 겨우 그렇게 반응했으나 굳은 듯 무표정한 얼굴은 변함 없었다. 현혜는 너무도 놀란 얼굴로 5층 여자에게 인사를 건네며 자신의 집 4층에서 엘리베이터를 내렸다.

그렇게 봄이 가고 여름, 가을이 지날 동안 5층 여자는 이제 더 이상 현혜의 눈에 그 모습을 드러내지 않았다. 다만 5층 여자 대신 어느 낯선 여인의 품에 안긴 아기의 모습만을 간간히 볼 수 있을 따름이었다. 부모의 애절한 기다림, 인내, 노고 등은 간과한 채 군대 간 남의 아들, 그리고 남의 집 아이 자라는 것만큼 세월의 흐름이 빠르게 느껴지는 일은 없다는 건 맞는 말임을 현혜는 절감했다. 5층 집 아기의 성장이 바로 그러했다. 겨우 아장아장 걷던 아이가 한두 해 겨울이 지나고 나면 어느새 동네를 깡총깡총 뛰어다니고 어언 자기 몸피만한 커다란 가방을 메고 어린이집을 드나드는 장면을 목격하게 됨은 그리 놀라운 일이 아니었다. 그러나 하루가 다르게 아이가 무럭무럭 자라나는 동안에도 어쩐 일로 여자의 모습은 한동안 주변에서 통 마주치질 않았다. 한동안 뜸했던 끝, 지난가을 무렵 비로소 5층 여자는 다시금 동네 산책길에 그 모습을 드러내기 시작했다.

여자의 모습은 마치 외양은 같으나 전혀 다른 사람인 양 변해있었다. 우선 예전에 알던 이웃들을 일체 알아보지 못했고 현혜가 바로 눈앞에서 인사를 해도 마치 낯선 사람을 보듯 뜨악한 낯빛으로 서먹하게 대하는 점이 그러했고, 산책 중 길을 잃어 몇 번이고 동네를 휘젓고 다니다간 아는 이들의 손에 이끌려 겨우 집을 찾는 등의 일련의 행위가 그걸 말해주었다. 대뇌 양쪽 측두엽에 자리한 해마의 반란으로 지형이나 인물, 일정 장소에 대한 기억과 정서적 반응, 주위 환경에 대한 공간적 정보를 입력하는 장치가 완전히 마비되고 만 것일까. 아님 사건이나 사실의 중요성, 특히 감정과 연결된 요소를 기억하고 저장하는 편도체의 역할이 완전히 그 기능을 상실해버린 것인가. 현혜는 마치 육신에서 혼이 저만 빠져나간 듯 넋 잃은 여자의 모습에서 가슴 미어지는 충격과 슬픔을 느꼈다. 아이들 칭찬에 수줍은 미소로 답례하던 반짝이는 눈빛은 다 어디로 갔나. 인사성 있던 그 고운 모습의 아이들은 왜 보이질 않는 것일까. 불현듯 밀려오는 세월의 무상성과 허허로움이 현혜의 가슴을 가득 메워왔다.

가뜩이나 최근 몇 년 사이 가까이 지내던 시라, 이다 등 성당 반모임 근 10여 명에 달하던 교우들이 하나둘 이사 가고 그 풍성하던 모임도 점차 축소되어 이젠 특유의 활력을 잃은 지 오래였다. 대신 '그 향기-그리스도의 향기' 라는 이름으로 모임을 조성, 두 달에 한 번의 만남으로 겨우 옛 교우들의 정을 이어가고 있을 뿐이었다. 모든 것은 변하고 흐른다. 그 만고의 진리를 요즘처럼 뼈저리게 느낀 적은 없었다. 이웃의 희로애락, 부침을 지켜보며 현혜는 더욱 그것을 절실히 통감했다.

아파트 산책길 벤치에 앉아 신문을 펼쳐 든 현혜의 눈에 줄곧 앞만 바라보고 걷고 있는 5층 여자의 모습이 보여 현혜는 긴장했다. 며칠 전에도 길을 잃고 헤매는 여자를 그녀의 집까지 데려다준 적이 있었기 때문이었다. 엘리베이터를 타고 올라가며 몇 마디 말을 건넸으나 여자는 삐긋 웃어보이기만 할 뿐 도무지 말이라곤 없었고, 그녀의 집 5층 버튼을 눌러 주어도 4층에서 내리는 현혜를 따라 함께 내리려는 통에 혼비백산, 반드시 5층 그녀의 집 앞까지 데려다 줘야만 함을 현혜는 알고 있었다. 그렇다고 아래 위층에 살며 결코 모른 척 할 순 없는 일이었다. 예의 산책길을 한 바퀴 돌아 나오리라 예상하며 현혜는 한참을 벤치에 앉아 여자를 기다렸으나 허사였다.

무언가 불안한 마음에 자리를 털고 일어난 현혜가 산책길 모퉁이를 따라 마악 몇 걸음을 옮기자 저만치서 여자의 팔을 잡고 걸어오는 한 나이든 아낙의 모습이 보였다. 현혜가 반색을 하며 5층 여자에게 다가가자 함께 오던 아낙이 비로소 안도하는 낯빛으로 현혜에게 말을 건넸다. 이분을 아세요. 그럼요, 같은 동 바로 위층에 사는 이웃인데요. 저랑 함께 가면 돼요. 근데 댁은 누구신지요. 현혜가 물었다. 한 교회 다니는 교우예요. 아낙이 말했다. 낮에 혼자 교회 오면 번번이 집에 가는 길을 잃고 헤매곤 하여 가족들이 애를 먹어요. 방금 교회 앞에서 저랑 우연히 마주치지 않았다면 필경 또 길을 잃고 말았을 거예요. 5층 여자는 아무런 감정의 변화 없이 뚜벅뚜벅 앞서 갔고 현혜와 아낙이 그 뒤를 따라 천천히 걸어갔다. 저이 혼자 나오면 절대 안 되는데 현관문 열고 자꾸 밖으로 나와 가족들이 애를 먹는다니까요. 아낙이 거듭 우려를 표하는 통에 비로소 현혜가 조심스레 아낙을 향해 물었다. 근데 얌전하고 참하던 사람이 갑자기 왜 저렇게 된 거예요? 글쎄 말입니다. 아프기 전엔 교횔 안 다니다가 요즘에야 나오기 시작해서 저도 자세한 건 잘 몰라요. 다만 딸애의 탈선과 퇴학 땜에 충격받아 저리 됐다지요. 대학 들어가 한창 예쁘게 꽃필 나이에 애 엄마가 돼버렸으니 그 에미 맘이 어땠겠어요. 아낙이 휴우, 한숨을 내쉬었다. 그럼……혹시 그 집 아기가 딸이 낳은 애라는 것인지……. 현혜가 놀라 반문했다. 아니, 위층이신데 아직 그 사실 모르셨어요. 어머, 저는 이미 주위에 다 알려진 일인 줄 알곤. 어머, 어쩌나……낭패한 기색이 역력한 얼굴로 아낙이 말을 얼버무렸다. 근데 왜 병원 치료는 안 받나요. 왜요, 오랫동안 입원도 하고 한동안 교회 소속 기도원에도 가 있고, 온갖 치료를 다 받았어도 진전이 없어 요즘은 그저 교회 다니며 성령 치유만 받고 있다네요. 아……그랬군요. 강한 둔기로 머리를 세게 얻어맞은 듯 얼얼한 충격에 현혜는 더는 아무 말도 할 수가 없었다. 다만, 수고하셨어요. 오늘은 그만 가보시죠. 이분 제가 집까지 모셔다 드릴게요. 겨우 그렇게 말했을 뿐이었다.

5층 여자는 혼자서도 잘 갈 수 있음을 보여주듯 두 사람의 대화엔 전혀 상관없이 앞장서 성큼성큼 걸어갔다. 현혜는 황급히 여자를 뒤따르며 교회 아낙을 중도에서 돌려보냈다. 교회 아낙이 전하는 얘기에 충격이 커 좀 멍한 느낌이긴 했으나 맘을 한껏 추스르며 현혜는 5층 여자를 데리고 자신의 아파트 단지로 들어섰다. 여자는 전혀 방향 감각이 없었다. 아파트의 다른 동으로 들어가려는 걸, 저 동이 우리 동이에요, 하며 시종 현혜가 앞장서 길잡이 노릇을 했기에 가능한 일이었다. 여자가 돌연 아파트 정원 벤치에 주저앉으며 현혜를 향해 손짓했다. 늘 목석 같이 굳어 있던 얼굴에 섬광인 양 한가닥 미소가 어리는 모습이 놀라워 현혜는 감전된 듯 여자에게로 다가가 그녀의 옆에 앉았다. 여자에게서 그런 모습을 본 건 처음이었다.

저어, 바이칼 호수를 아세요? 러시아 이르쿠츠크의 바다처럼 넓고 깊은 호수 말이에요. 저는 어디서든 호수만 보면 바이칼이 생각나 기분이 좋아져요. 울오빠가 이르쿠츠크에서 광산을 하는데 무척 부자에요. 우리 애들이 아직 고등학생이잖아요. 졸업해서 대학 갈 때면 꼭 데리고 오랬어요. 태희는 발레를, 태민이는 성악을 공부하고 싶대요. 그곳에 유학 오면 울 오빠가 도와준다고 약속했거든요.

뜬금없이 바이칼을 얘기하는 여자의 눈빛이 순간 캄캄한 그녀의 대뇌, 그 어디쯤을 비추는 살별인 양 찬연한 빛으로 반짝였다. 예전 현혜가 여자의 아이들을 칭찬할 때 드러내 보이던 까맣게 빛나는 눈빛. 여자의 무의식에 낙뢰가 내리친 듯 깜빡 제정신이 든 것일까. 이즈음의 흐릿하고 초점 없는 눈빛과는 완연히 다른 모습이었다. 현혜는 여자의 갑작스런 변화에 놀라움과 당혹감을 감출 수 없었으나 일면 마음 깊은 곳에서 솟구치는 근원 모를 반가움에 스며들 듯 여자와 얘길 나누고 있는 자신을 발견했다. 특히나 '이르쿠츠크'란 도시를 그토록 정확히 발음하는 여자의 말엔 놀라지 않을 수가 없었다. 현혜 자신조차 늘 이르쿠츠크를 이르츠크, 혹은 이르쿠츠로 발음하기 십상인 까닭에 더더욱 그녀의 또렷한 총기와 발성이 놀랍기만 했다. 다만 여자의 의식에서 시간이란 오직 과거의 어느 한때에 고정되어 그것이 영원한 현재로 인식될 뿐임이 안타까웠다.

저도 실은 바이칼이 젤 가고 싶은 곳이에요. 늘 그곳이 그리워요.

비행기를 타고 모스크바로 가던 중 이르쿠츠란 도시에서 주유를 위해 잠시 쉬었다 간 적이 있어요. 여름 저녁 비행기에서 내려다보는 도시가 그렇게 고요하고 평화로워 보일 수가 없었어요. 순간 그곳 바이칼 호수를 떠올리며 언젠간 꼭 한번 이르쿠츠에 다시 오리라 다짐했지요. 현혜 또한 그때의 여정을 떠올리며 새삼 가슴이 두근거렸다.

이르쿠츠가 아니고요. 이르쿠츠크에요. 이르쿠츠크. 놀랍게도 여자가 현혜의 틀린 발음을 고쳐주며 맑게 웃어보였다. 순간 두 여자의 입에서 웃음이 터져나왔다. 하하하……정말 모처럼만에 보는 여자의 환한 웃음이었다. 맞아요. 이르쿠츠크. 난 매일 그걸 틀리게 발음한다니까요. 시베리아의 파리라 불리우는 이르쿠츠크, 그곳의 이름난 호수 바이칼. 지구상에서 가장 크고 깊고 차갑고 오래된 담수호. 몽골어로 '자연'을 뜻한다는 바이칼.

어느 먼 곳을 향한 여자의 눈빛이 아스라한 그리움에 넘실거렸다. 하긴 우리 동네도 호수는 많아요. 나름 꽤 아름다운 곳이라 자주 가는 편이에요. 산책길 끝 저 산모롱이 돌아 꼬불꼬불 산길 타고 끝까지 가면 바로 호수가 보이잖아요. 당장 바이칼은 못 간다 해도 거기만 가도 기분이 좋아지죠. 무심코 하는 현혜의 말에, 그럼 저 산만 넘어가면 호수가 보인다는 거죠, 분명히 맞는거죠. 여자는 몇 번이고 호수로 가는 길을 확인하며 눈을 반짝였다.

그러나 어느새 다시 멍한 표정으로 돌아간 여자와 함께 그들은 아파트 안으로 들어섰다. 예의 4층 현혜의 집엘 따라 내리려는 느낌이라 현혜는 와락 긴장하며 다시 엘리베이터를 타고 5층까지 올라가 그녀를 집 앞에 내려주었다. 여자는 이제 혼자의 외출은 거의 불가능한 상태라는 생각이 들었다.

교회 아낙의 말은 현혜에게도 엄청난 충격이었다. 눈에 넣어도 아프지 않을 옥같은 자식의 탈선으로 한순간 그만 넋을 놓고만 애달픈 모성. 여자의 사연을 알고 나니 미어질 듯 가슴이 아파 현혜는 한동안 도무지 망연하기만 한 기분이었다, 그토록 청초하고 예쁘던 아이가 그렇듯 일찍 꺾이고 말다니……. 그러나 앞으로도 그 애에게 남은 생은 얼마든지 길다. 만회와 회복, 치유의 시간은 아직 충분히 있을 터. 다만 심약한 모성의 돌연한 발병만이 더없이 안타깝고 안쓰러울 뿐. 감당키 어려운 큰 충격과 고통, 슬픔은 치매 혹은 정신분열의 인자를 유발시킨다는 학설은 맞는 것일까. 여자의 생이 한없이 애처로워 현혜는 가슴이 먹먹해옴을 참을 길이 없었다.

가을이 짙어지자 여자의 병은 점점 더 깊어만 갔다. 그러나 반면 그 집 아이는 너무도 건강하고 예쁘게 잘 자라나 놀라웠다. 아니 여기예요. 이쪽, 이쪽이라니깐요오. 아파트 근처나 엘리베이터 앞에서 만나면 5층 여자의 손을 꼭 잡곤 길을 안내하는 당차고 똘똘한 아이의 모습에 현혜는 형언할 길 없는 감동을 받았다. 그건 제아무리 힘겹고 어려운 상황에서도 생명을 거두고 키우는 일만큼 희망, 신비, 경이를 절감케 하는 일은 없음을 확인하는 광경이었다.

병의 예후가 점차 더 악화된 것일까. 날씨가 제법 차가워지며 여자의 외출은 현저히 줄어들었다. 특별한 일이 없는 한 동네 산책을 미루는 일이 없는 현혜의 눈에 한동안 여자의 모습은 거의 보이질 않았다. 어쩌다 여자의 모습을 보게 되는 건 반드시 여자의 가족 중 누군가의 보호 하에 동반자와 함께 있음을 목격하는 경우뿐이었다. 때문에 한동안 보이지 않던 여자의 두 아이들과 남편까지도 그녀와 함께 산책하는 모습이 종종 눈에 띄었다. 성인이 된 후 거의 만난 적 없는 태희와 태민은 눈부시리만큼 아리따운 청년으로 성장해 있었다. 그간 무엇을 하며 어디서 어떻게 살아왔는지, 하는 일은 무엇인지 그들에 관해 많은 것이 궁금했으나 알 길이 없었다. 모델처럼 늘씬한 키에 TV 화면에서 막 튀어나온 아이돌 가수처럼 빼어난 외모의 젊은이로 변모된 모습에서 단지 모든 걸 상상에 맡길 뿐이었다. 그러나 그들은 이제 이웃들과 전혀 눈을 마주치려 하질 않았고 늘 여자의 몸을 부축하며 챙 넓은 야구모를 깊이 눌러쓰거나 고개를 푹 숙이며 우정 사람들의 시선을 피하려는 빛이 역력하여 아무도 감히 말을 건넬 수가 없었다. 생각해보면 그렇게 된 정황이 너무도 맘이 아파 현혜는 차라리 제 쪽에서 먼저 시선을 피하거나 모른 척 외면하여 그들의 맘을 편하게 해주려 노력했다. 서로 반갑게 인사 나누며 지내던 잘 알던 이웃을 모른 척 해야만 하는 그들의 심경은 어떠할까. 하긴 한 동 50호가 되는 주민 중 현혜네만큼 오래 사는 경우도 드물긴 했다. 손가락으로 꼽을 정도의 몇 세대 외엔 거의 다 이사가고 바뀌어 여자의 급작스런 발병 사실을 알고 있는 세대는 거의 없을 것이다. 그러므로 태희 남매가 가장 두렵고 피하고 싶은 이웃은 바로 자신이란 생각에 현혜는 돌을 매단 듯 가슴이 무거웠다.

그날 오후 아파트 계단에서 맞딱뜨린 충격으로 인해 현혜는 더욱 착잡하기만 한 기분이었다. 가까운 마트에서 장을 보고 아파트엘 들어서니 엘리베이터가 고장나 현혜는 무거운 짐을 들고 힘겹게 계단을 올라갔다. 계단의 4층 중간쯤을 올랐을 때 절규하듯 외치는 5층 여자의 날카로운 비명이 들려왔다. 이어서 웅성웅성 잡고 끌고 말리는 듯한 다급한 실랑이의 기척에 현혜는 주춤 걸음을 멈추곤 계단을 타고 울려오는 소리에 귀를 기울였다. 나 지금 떠날 거야, 바이칼, 바이칼로 갈 거야. 나, 나 좀 보내줘 제발. 이거 놔아. 못된 것들! 모두 애물단지. 니들 다 꼴도 보기 싫다, 진짜 싫어……!! 엄마, 왜 이러세요. 안돼요, 엄마, 제발 좀 들어가서 쫌 이따 저희랑 함께 나가요. 여보, 정말 이럼 안 돼. 나랑 같이 가자니깐. 엄마아, 엄마 진짜 왜 이래, 저번처럼 또 길 잃음 클나아……들려오는 내용으로 보아 5층 여자와 그녀의 가족임이 분명했다. 계단을 통해 탈출을 시도하려던 여자가 4층 현혜의 집 앞에서 가족들에게 붙잡힌 것임이 틀림없었다.

여자는 계속 밖으로 나가고 싶다며 울부짖었고 남편과 아이들은 여자를 끌고 5층으로 올라가며 극구 그녀를 말리는 상황이었다. 현혜는 순간 더 이상 계단을 오를 수 없다는 판단에 무거운 짐보따릴 들곤 힘없이 도로 계단을 내려왔다. 결코 맞닥뜨려서는 안될 장면이었다. 가뜩이나 현혜와의 마주침에 짙은 곤혹감을 느끼며 한사코 피하려고만 하는 아이들인데 그런 정황에서의 마주침이란 결코 있어선 안될 일이었다. 너무 오래 살았다, 이곳에. 태희, 태민 그들 남매의 심적 자유로움, 평안을 위해서도 이젠 이곳을 떠나야만 하는 것일까. 현혜의 심경은 착잡하기만 했다.

그로부터 며칠이 지난 어느 오후였다. 세탁기를 돌리는 현혜의 귀에 아파트 관리실로부터 긴급 공지사항을 알리는 안내 방송이 흘러나왔다. 주민 여러분, 긴급 협조 사항 알립니다. 당 아파트 11동 503호에 사는 53세 김미지 씨께서 아침에 집을 나간 후 아직 돌아오지 않고 있다 합니다. 김미지 씨는 최근 기억력이 상실된 환자분이라 하오니 이점 양지하시어 주민들의 적극적인 협조 부탁드립니다. 인근에서 그분을 발견하시거나 찾으신 분은 속히 당 아파트 관리사무실로 연락바랍니다. 차림새는 회색 바지에 갈색 점퍼 차림, 단발 커트 머리형이라 하오니 참고하시기 바랍니다. 다시 한번 말씀드립니다…….

현혜는 세탁기의 정지 버튼을 눌러 소음을 죽인 후 몇 번이고 귀를 기울이며 방송을 듣다간 그만 그 자리에 털썩 주저앉고 말았다. 분명히 5층 여자의 실종을 알리는 내용이었다. 순간 직감적으로 여자의 행방이 뇌리에 와 박혀 현혜는 자신이 마치 죄인이 된 양 가슴이 마구 벌렁거렸다. 지난번 아파트 정원 벤치에서 유독 산 너머 호수로 가는 길을 묻고 또 묻던 여자의 결기 어린 눈빛이 떠올랐기 때문이었다. 전화기를 들어 다이얼 114를 누르는 현혜의 손에 심한 떨림이 전해왔다. D호수 공원 관리실 번호 좀 부탁드립니다.

현혜의 직감은 정확했다. 공원관리실과의 통화 결과, 여자는 벌써 몇 시간째 호숫가를 맴돌며 좀체 떠날 기미를 보이지 않고 있었다. 어찌 혼자 산을 넘어왔는지 옷이며 신발이며 온통 흙투성이가 된 채 종일 호숫가를 배회하는 여자. 이를 수상히 여긴 공원관리실 측에서 보호대상자로 지목, 예의주시하고 있노라 얘기했다. 감사합니다. 이웃인데 지금 곧 데리러 갈 테니 조금만 더 보호해주세요.

그리운 바이칼, 오직 그녀만의 바이칼을 향하여……현혜는 전속력을 다해 차를 몰고 여자가 있는 호숫가를 향해 달려갔다.

와디(마른 강)

끝없이 이어지는 건곡을 혼자 걷고 있었다. 화륵, 살을 태우고야 말 듯한 무더위 속을 지독한 공포와 갈증에 허덕이며 걸어갔다. 주위엔 아무도 없었고 가도가도 길은 끝이 없어 막막하기만 했다. 휘이휘이 주위를 둘러보며 걸어가는 순간 아차, 발을 헛디뎌 그는 그만 까마득한 절벽으로 떨어져내렸다.

아악~~!!

온몸이 식은땀에 젖어 눈을 뜨니 옆자리가 텅 비어있었다. 자신의 침실. 그러나 예의 아내의 자리는 부재였다. 언제나 포근한 양모처럼 그의 품을 파고들던 부드러운 아내의 촉감. 그걸 잃은 지 얼마였던가.

전날 흘려 들은 여자의 사주 풀이가 못내 마음에 걸려왔다.

여자는 요즘 주역을 공부하고 있다며 재미 삼아 흔연히 그의 한 해 운세와 사주를 봐주었다. 그의 올해 운은 주역 64괘 중 마지막 괘인 미제. 곧 어린 여우가 강을 건너다 마지막 한 걸음을 남기고 그만 강물에 꼬리를 적시고 만다는 매우 묘하고도 기이한 운세였다. 운세가 말해주는 경고가 이즈음 자신이 처한 상황과 너무도 절묘히 맞아 떨어짐에 그는 말을 잃었다. 무사히 앞으로 잘 나아가다 끝이 여의칠 않은 상황. 어쩜 애초에 스스로를 향한 엄중한 경계없이 저질렀던 자신의 무모한 일탈 자체가 크나큰 오류였을 것이다.

그는 오늘도 정적이 내려앉은 싸늘한 식탁에 혼자 앉아 우유와 시리얼로 아침을 때우곤 예의 동네 산책길 끝에 자리한 도서관으로 향하였다. 아파트 단지 내 숲길을 따라 조용히 걷다 보면 길 우측 야트막한 언덕 위, 누구라도 한번쯤은 발길이 닿고 하릴없이 빨려들 듯 그곳으로 오를 수밖에 없게 하는 초현대식 건물이 있는데 그곳이 바로 이 동네의 큰 자부심이라 할 소위 디지털 도서관이었다. 10년전 그가 이 동네에 이사 온 초창기만 해도 기존에 있던 아담하고 자그마한 도서관 하나가 전부였으나 인구 겨우 30만에 불과한 신도시에 몇 년 사이 무려 네 개의 도서관이 더 생겨났다. 비록 직장에 얽매어 자주 발길 할 형편은 못되었으나 그것이 존재한다는 자체만으로도 가슴 한켠 더없는 충일감이 차오르는 공간이었다.

도서관을 놓고 전망 운운함은 좀 뭣한 일이긴 하지만 수목 울울한 산기슭에, 층층 통로 전면이 온통 드넓은 통창으로 이어진 최신형 건물은 누구라도 그곳에 온 본래의 목적은 잊고 한동안 망연히 바깥 풍광에 마음을 앗길 만큼이나 전경이 빼어난 곳이었다. 확 트인 창가의 넓은 책상에 노트북 PC를 올려두곤 자유롭게 뭔가에 빠져든 젊은이들의 모습을 바라보는 것만으로도 그는 직장에선 좀체 느낄 수 없었던 알 수 없는 자극에 가슴이 뛰었다.

그는 주로 2층에 있는 인문학자료실과 3층의 정기간행물실, 그리고 4층의 식당을 자주 이용했다. 이 세상에 존재하는 모든 책은 다 모아놓은 듯 촘촘히 늘어선 서가의 빼곡히 꽂힌 책 무더기 속에 서면 그는 언젠간 그걸 다 읽어내고야 말겠다는 턱없는 갈증과 욕망에 조바심이 일었다. 그의 손길이 닿는 책은 이즈음 그의 착잡한 심경을 말해주듯 심리학과 힐링에 관한, 또한 단순한 재미 위주의 소설류, 문예지 등이 주를 이뤘다. 한아름의 신간을 품에 안고 열람실 한켠 창가의 널따란 책상에 앉으면 녹음 일렁이는 푸른 숲과 꽃향기, 또한 물씬 풍겨오는 책내음에 모든 걸 잊고 순간 더 이상은 아무것도 바랄 게 없는 듯한 행복의 극점을 맛보기도 했다. 정기간행물실의 고즈넉함, 갓 인쇄되어 나온 따끈따끈한 각종 일간지와 월간 및 계간 문예지, 넓은 책상과 편안한 의자, 긴 소파, 그리고 창가엔 최신형 복사기 두 대가 놓여있는 드넓고 밝은 공간은 더없이 평화롭고 안락하기만 했다.

독서에 빠져 정신없이 책장을 넘기다 보면 시간의 흐름 따윈 잊기 십상이었고 식사를 위해 4층 구내식당에 오르면 주위가 온통 숲에 둘러싸인 탁 트인 전망에 저렴하고도 맛깔스러운 식사가 상심에 빠진 그의 마음을 위무했다.

실은 그러한 주위의 쾌적한 환경이나 즐기고 있기엔 그는 요즘 너무도 힘들고 고통스러운 상황이었다. 이미 예상하곤 있었으나 봄철 정기 인사로 30여 년 몸담고 있던 회사의 부사장직을 끝으로 퇴직해야만 했고, 엎친 데 덮친 격으로 아내와의 사이가 그야말로 사상 최악의 사태를 향해 치닫고 있었다. 단골 술집의 여주인과 가까워져 급기야는 세상에서 말하는 소위 부적절한 관계로까지 이어졌고 어쩌다 그것이 아내에게 들통 나 한바탕 난리를 치른 지 3개월이 채 안 되는 시점이었다.

차라리 차에 치여 몸이 깨진 게 나을 거 같아. 이 짐승 같은 인간. 이젠 신뢰가 없어 도저히 함께 못 살아. 당장 나가. 나가라고오~~ 울부짖는 아내의 어깨에 그의 손길이 닿으려는 순간, 휘익 몸을 돌린 아내는 자신의 슬리퍼 한 짝을 벗어 냅다 그의 얼굴을 향해 후려치며 악을 썼다. 군에서 휴가 나온 하나밖에 없는 아들조차 그를 무슨 악성 바이러스 대하듯 차가운 눈길로 대하며 그간 그토록 정겨웠던 부자간의 술자리조차 끝내 피하려만 들었다. 지독한 냉대와 환멸이 내비치는 아들의 태도는 그에게 가장 큰 상처이며 충격이었다.

엄만 지금 미치기 일보 직전이에요. 가해자인 아버지도 그 고통에 동참하셔야 그래도 뭔가 공평한 거 아닐까요. 늘 함께 대작하며 속 깊은 대화를 나누곤 하던 아들에게만은 그래도 한 가닥 자신의 고통을 이해하고 함께 해결책을 모색해 주리라 기대를 품었으나 허사였다.

모든 것이 자신의 불찰이며 오류임을 알았으나 그건 이미 엎질러진 물이었다. 아내는 단호히 그에게 별거를 요구해 왔고 그는 안간힘으로 버텨내며 피폐해진 심신을 추스르고 있는 상황이었다.

직장생활 30여 년. 시시때때 찾아오는 승진의 고비를, 그 외로움과 갈등을 홀로 잘 갈무리하고 처리하지 못한 그의 의지 박약, 정신력 부실이 가장 큰 원인이었다. 예컨대 고독력(solitude)이라 일컫는 '혼자힘으로의 견딤 능력'이 강하질 못했던 탓이 가장 컸고 치명적인 유혹에 약했고 결단성 결여 등 많은 요인이 복합적으로 작용한 결과였으며 그것의 대가는 혹독했다.

제약회사인 직장에서 그에게 맡겨진 주 업무란 약품의 홍보를 위한 소위 술상무의 역할이었다. 전 세계에서 하루가 멀다고 쏟아져나오는 수십만 종의 새로운 의약품 중 자사 제품을 홍보하고 그 효능을 입증하여 소비자들의 호응을 얻기 위해 365일 노심초사, 그는 늘 강력한 갑의 존재인 크고 작은 병원들을 순례하며 발로 뛰었다. 의료인들을 상대로 소위 리베이트는 물론이며 온갖 향응과 로비, 그리고 오랜 시간에 걸친 실증을 통해 그들을 설득하고 회유하여 마침내 자사 제품의 지속적인 구매 계약을 따내는 일은 실로 녹록한 일이 아니었다. 때론 너무도 힘겹고 고되고 굴욕적이기까지 하여 말할 수 없는 스트레스가 쌓여갔다. 업무상 늘 접대가 필수인 관계로 그에겐 자연히 자주 드나드는 룸살롱, 단골 술집이 많아졌고 때로 업무에 지쳐 힘들 때면 홀로 그곳으로 발길하는 기회도 늘어만 갔다. 몇몇 단골 업소 중 특히 그의 회사에서 가까운 번화가에 그가 잘 가는 작은 술집이 하나 있었다. 그보다 열 살 이상이나 젊었으나 업주다운 노련한 처세와 매너, 또한 가히 남자들의 마음을 끌만 한 상당한 미모의 젊은 마담이 운영하는 편안한 분위기의 술집이었다.

몇 해 전 그는 승진에서 누락되어 30여 년의 직장생활 중 최대의 위기를 맞았다. 굴욕을 참고 몇 년 더 직장생활을 이어갈 것인가, 아님 단호히 퇴직하고 말 것인가로 그는 심한 갈등과 혼란 속을 헤매었고 극도의 외로움을 주체할 길 없어 방황했다. 퇴근 후면 발길은 자연히 단골 술집으로 향했고 그곳엔 늘 반가운 미소로 맞아주는 젊은 마담 수향이 있어 마음이 놓였다. 마음이 놓인다는 것은 긴장 상태의 그를 무장 해제시키고 잠시나마 모든 걸 잊고 평온한 상태로 만들어주는 것을 의미했다. 그곳에서 그는 몸과 마음의 휴(休), 안락과 위무, 여자와 술에 취하였고 그로써 어느 만큼은 상처받은 마음을 위로 받을 수 있었으며 또한 환각처럼 자신이 처한 현실을 깜빡 잊을 수가 있었다.

말 그대로 외도였다. 길이 아닌 길을 걸으며 그러한 일탈이 결코 근원적 치유책이 아님을 깨달은 건 가까스로 그곳을 벗어나야만 한다고 때늦은 자책과 후회에 안간힘을 쓰던 때였다. 하지만 극심한 고뇌와 갈등 속에서도 수향과의 만남을 칼로 끊듯 그렇게 단호히 끊을 수는 없는 게 문제였다. 관능과 쾌락으로부터의 탈피란 담배나 마약을 끊는 일만큼이나 힘든 것임을 절감했으나 때는 이미 늦어 있었다. 외도의 꼬리가 너무 길게 이어진 게 화근이었다.

어느 날 퇴근 후 연일 이어진 송별회 자리로 온통 술냄새에 절은 그의 양복을 손질하던 그의 아내가 무심코 그의 주머니에서 울리는 핸드폰을 보게 되었고 마침 그때 때를 맞춘 듯 수향으로부터 카톡이 날아왔다. "자갸, 뭐해. 너엄 보고 싶당. 오늘 밤 꼬옥 와용~ 오일 마시지하고 기다릴게." 그녀 특유의 교태 넘치는 문자는 그들 사이의 모든 걸 말해주었다. 물론 처음에 그는 거의 본능적 방어 태세로 사실을 전면 부인했으나 허사였다. 그간 수향과 주고받은 짙은 농도의 카톡 내용이 고스란히 아내에게 들통나고 만 것이다. 근 2년여에 걸친 달콤하고 은밀한 언어의 유희들. 평소 누구보다 남편을 믿고 의지해온, 말 없고 조용한 성품의 아내였으나 수향의 존재를 알게 된 이후 그녀는 완전히 딴사람처럼 변모되었다. 경멸과 조소 가득한 독기 어린 눈빛으로 강력히 별거를 요구하며 그에게 끝내 집에서 나가줄 것을 요구해왔다. 마음을 다해 사과하며 용서를 빌었으나 한 치도 이해의 여지가 없는 돌같이 차가운 모습이었다. 하나 밖에 없는 아들은 마침 군입대 중이라 그와 아내 사이를 중재할 형편이 못 되었고, 휴가 중 어쩌다 얼굴을 맞대어도 냉소적인 싸늘한 태도가 완전 겨울이었다. 아침 저녁 몇 초간 잠깐 얼굴을 스칠 뿐 수향에게서 온 카톡이 발각된 지난 3월 이후 그는 아내로부터 완전히 투명인간 취급을 당하며 살고 있었다. 하루하루 살아가는 게 지옥과도 같은 고통의 연속이었다.

극심한 고통과 자탄이 범벅된 불면의 밤을 지새고 자리에서 눈을 뜨면 시리얼과 과일, 우유로 간단히 식사를 마친 그는 매일 아침 아내에게 편지를 써 식탁 위에 놓곤 집을 나왔다. 절절한 반성과 사과의 마음, 그리고 그날의 일정이 담긴 메모를 남기곤 으레 도서관으로 향하는 게 일과였다. 가까이 살며 늘 발길하고 싶었으나 미처 그럴 짬이 없었던 서권기, 문자향이라도 흡수하기 위해 그는 그렇게 무작정 도서관으로 향했으나 기실 그의 마음 한켠엔 퍼내고 퍼내어도 어느새 가득 차오르는 샘물처럼 자책과 회한만이 가득 차오를 뿐이었다. 죄지은 후 가장 고통스러운 점은 바로 자기혐오임을 그는 뼈저리게 절감했다. 책을 펼쳐 읽다가도 문득 창밖의 하늘을 보면 눈물이 솟구쳤고 곧 숨이 멎을 듯 가슴에 뻐근한 통증이 몰려왔다.

여자를 만난 것은, 도서관 정기간행물실 서가 앞에서였다. 방금 나온 신간 특유의 향긋한 인쇄 내음 배어나는 월간 문예지 한 권을 빼들고 그가 마악 빈자리를 찾아 주변을 두리번거리던 때였다. 한 여자가 창가에 가지런히 놓인 복사기 앞에서 무언가를 출력하는 모습이 보였는데 순간 그는 화들짝 놀라 얼어붙은 듯 그 자리에 멈춰 섰다. 아내가 언제부터 도서관엘 드나들었던가. 그는 일순 자신의 눈을 의심치 않을 수 없었다. 가는 몸매에 웨이브 없는 긴 머리를 느슨히 틀어올린 옆모습, 끝이 살짝 올라간 쌍꺼풀 없는 얄브스름한 눈매가 너무도 아내의 실루엣과 흡사하여 그는 놀랐다. 다만 좀 더 자세히 보니 알맞게 도톰하여 유순해 보이는 아내의 윤곽과는 달리 여자의 콧날은 좀 더 오똑하고 날카로워 전체적인 인상이 다소 차갑게 보이는 게 아내와는 좀 다른 점이었다. 마침 그가 자리잡은 테이블은 우정 여자가 잘 보이는 곳이었고 그는 마치 오랜 친구와 조우

하듯 벅차오르는 마음으로 문예지 신간 한 권을 펼쳐들었다.

그 옛날 회사 홍보실에서 사보를 만들던 신입 시절 작가의 작풍과 동향, 주소 등을 확보하기 위해 구독하던 몇 종의 잡지 중 하나였다. 까마아득 잊고 살아온 젊은 시절의 추억과 회한에 잡지의 페이지를 넘겨가는 그의 손길엔 가벼운 떨림마저 일었다. 그가 다니던 고등학교는 소위 유서 깊은 명문고로 이름 있는 문인들을 다수 배출하여 문예반 활동이 꽤나 활발했고 그는 고교 시절 3년 내내 문예반의 일원으로 활동했다. 낙엽이 짙게 물들어가는 가을이면 역사와 전통을 자랑하는 교내 '문학의 밤' 행사가 열렸고 그날은 광화문에 위치한 그의 학교 인근 여학교의 문예반 학생들까지 대거 몰려와 대성황을 이루곤 했다. 고2 가을, 그가 학교 교지에 발표한 어설픈 시 한 편이 문예반 담당 교사의 눈에 들어 시를 전공하라는 적극적인 권유를 받았고 그런 이유로 그는 그해 가을 문학의 밤 행사에서 자작시를 낭송하는 영광을 누렸다. 대강당을 가득 메운 하얀 칼라, 감색 교복 차림의 예쁜 여학생들 앞에서 시를 낭송하는 그의 가슴은 마냥 떨리기만 했고 워낙 저음의 바리톤인 그의 음색은 낭송의 효과를 배가시켰다. 그날 그는 졸지에 교내 문학의 밤의 히로인이 되었다.

장안의 여고 중 유일하게 머리를 길게 기를 수 있었던 이웃 학교의 한 여학생이 보내온 펜레터를 필두로 한동안 그에게는 그와 펜팔을 원하는 수많은 여학생의 편지가 쇄도했고 어느새 그는 문예반의 주역으로 떠올랐다. 양갈래로 머리를 길게 땋아 내린 이웃 여학교의 문예반 반장과 사귀게 되자 마침내 두 학교 문예반 핵심 멤버들을 중심으로 유명한 문학 서클이 만들어졌다. 문학에의 열정과 갈망 외엔 아무것도 생각할 수 없었던 몰입의 세월이었다. 밥 대신 시를 먹고 살았다 해도 과언이 아니었다. 시도 때도 없이 몰아닥쳐 가슴 그득 강이 되어 흐르던 그 힘찬 물결의 정체는 무엇이었을까. 때론 예고도 없이 범람, 도저한 흐름의 강물처럼 그의 일상을 뒤덮어 와 도무지 생의 지표를 분간할 수 없도록 혼을 장악하고 뒤흔들던 그것. 그것은 주체할 길 없이 솟구쳐오르던 막을 수 없는 흐름이었다.

그러나 이제 그 시절은 지나고 넘쳐흐르던 강물은 점차 말라만 갔다. 이젠 그 물길의 흔적조차 남아 있질 않은 마른 강, 와디. 자신이 언제 그렇게 시를 끄적거린 적이 있었던가. 그것은 이제 너무도 오래된 한 가닥 희미한 기억 속의 일일 뿐이었다. 회사 홍보실에서 사보를 만들 때에도 실은 그는 그 사실을 까맣게 잊고 살았다. 샘솟던 그의 시심은 어느덧 메마르고 건조한 와디로 변해버렸다.

그러나 이즈음 그는 자신의 가슴속에 무언가 돌연 물기 같은 것이 스며드는 듯한 야릇한 기미를 자각했다. 슬픔의 물기. 아프고 슬퍼서 참을 길 없이 배어나오는 축축한 습기 같은 것. 어쩜 바로 그런 이유로 자신도 모르게 발길이 매일 도서관으로 향한 것인지도 모를 일이라고 그는 생각했다.

몇 년 전 아라비아 반도로 이민 간, 고교 시절 함께 문예반 활동을 한 친구의 초대로 오만이란 나라를 방문할 기회가 있었다. 거기서 그는 태어나서 처음으로 와디라 불리우는 계곡을 목격하곤 큰 충격을 받았다. 오만의 수도 무스카트에서 차량으로 남쪽 2시간 거리에 있는 작은 어촌 티위. 그곳에 위치한 와디샵(wadi shab)은 가히 중동의 보석이라 할만한 굉장한 장관이 숨겨져 있는 곳이었다. 숨겨진 보석을 찾아가듯 친구와 함께 끝없이 이어지는 긴 건곡(乾谷)을 걸어간 그해 여름은 정말 잊을 수 없는 체험이었다. 중동의 부신 태양. 물줄기가 메말라 사막화 된 길고 험한 계곡, 와디. 섭씨 40~50도를 육박하는 숨 막히는 더위. 그 속을 걷는 일은 더없는 고행이었으나 곳곳에서 손짓하는 키 큰 야자나무, 깎아지른 듯한 절벽 사이의 장엄한 풍광. 또한 군데군데 뜻하지 않게 드러나는 짙은 에메랄드빛 물웅덩이는 무한한 위로와 기쁨을 안겨주었다. 타는 듯한 갈증 끝에 만나지는 자연 풀장이라 할 물웅덩이에 몸을 담구고 좋아라 환호하는 여행객의 모습을 바라보는 일은 또 하나의 색다른 즐거움이었으나, 그는 중도의 그 강렬한 유혹을 뿌리치며 끝내 더 내처 걸어갔다. 고통의 끝엔 무언가 좀 더 나은 것이 기다리고 있으리라는 기대 때문이었다.

그의 기대는 어긋나지 않았고 마침내 끝없이 길고 지난한 길, 그 길이 끝나는 곳에서 그는 마치 천상 낙원과도 같은 환상의 동굴을 만날 수가 있었다. 자연이 빚어낸 숨 막힐 듯 아름다운 벽화와 두 줄기의 세찬 폭포수. 그는 드디어 그곳에서 강의 시원을 발견하곤 환호했다. 살아있는 모든 생명의 근원인 물. 길고 긴 마른 강을 지나 이윽고 강의 발원을 찾아낸 그는 기쁨에 차 소리쳤다. 얏호, 강이다아~~!! 외롭고 힘든 삶의 여정을 지나 비로소 피안에 닿은 듯 그는 옷을 훌훌 벗어 던지고 강물로 훌쩍 몸을 던졌다. 고난과 인내,

험난함 끝에 얻게 된 잊을 수 없는 환열의 순간이었다.

와디를 생각하며 문예지에 실린 시를 읽어가는 그의 마음에 강물처럼 고요한 평화와 위로가 밀려왔다. 고통과 아픔을 어루만지는 듯한 잔잔한 울림의 싯구들. 그런 느낌을 가져본 것이 대저 얼마만인지 스스로도 놀라움을 느끼며 그는 가만가만 책장을 넘겨갔다. 그러다 문득 시선을 들면 조용히 복사기를 다루는 여자의 유연하고 조신한 몸짓이 눈에 들어왔다. 가만히 책의 페이지를 열어 세팅한 후 잠시 복사의 과정을 지켜보다간 종이를 점검한 후 다시 또 책의 다음 페이지를 넘겨 복사기에 세팅하는……그러한 무심한 듯한 일련의 동작들이 너무도 조용하고 우아하여 그는 감탄했다. 어떤 내용, 어떤 스토리를 저토록 열심히 복사하는 걸까 그는 문득 궁금증이 일었다. 마침 강렬한 울림으로 마음을 파고 드는 시 한 편이 있어 그는 슬며시 책을 펼쳐 들곤 비어있는 복사기 앞으로 다가갔다. 창가를 따라 여자가 사용하는 것과 함께 나란히 놓여진 두 대의 복사기 중 한 대였다. 그러나 최신형으로 보이는 기기는 생각보다 훨씬 더 사용이 용이칠 않아 그는 당황했다. 여자가 하는 양을 곁눈으로 슬쩍 지켜 보았으나 난감하긴 마찬가지. 그러나 뜻밖에도 두툼한 계간 문예지의 한 부분을 복사하고 있던 여자가 차가운 인상과는 달리 너무도 나긋한 음성으로 그에게 먼저 말을 걸어왔다.

복사를 원하시면 도서관 매점에 가서 먼저 카드를 구입하셔야 해요. 오늘은 우선 제 걸로 하시겠어요. 전 이제 다 끝났으니깐요. 작업을 완료했다며 파일을 정리하던 여자가 그에게 자신의 카드를 내보이며 살짝 웃어보였다. 명경처럼 맑고 깨끗한 미소였다. 마치 도서관 직원인 양 여자는 너무도 자연스러운 동작으로 복사기 카드 투입구에 자신의 카드를 꽂아 넣곤 그에게 원하는 페이지를 선택, 세팅하게 한 후 시작 버튼을 눌러주었다. 뜻하지 않던 여자의 과분한 친절에 그는 어쩔 줄을 모른 채 거듭 감사의 뜻을 표했다.

여자를 다시 만난 것은 그를 향한 아내의 냉대와 반목이 점차 더 깊어만 가던 5월 말의 어느 하루였다. 매일 식탁 위에 자신의 마음을 담은 짧은 편지와 함께 하루의 일정을 적어놓고 다닌 지 몇 달째였으나 아내로부터는 단 한 줄의 반응이나 답장도 없는 상태가 이어져갔다. 지난 5월 8일 어버이날에도 아내는 아침 일찍 어디론가 사라지고 보이질 않았다. 해마다 어버이날이면 아내와 함께 대전 누이의 아파트 옆 동에 사는 노모를 방문, 멋진 식사와 함께 용돈을 전하곤 했던 일들이 떠올라 그는 내심 혼자 뜨거운 눈물을 삼켰다. 올해 어버이날 그는 다만 노모에게 한 통의 전화와 용돈을 송금하는 것으로 모든 효를 대신했을 뿐이었다. 그가 노모를 직접 만날 경우, 더없이 섬세하고 과민한 성품의 노모는 당장에 당신 아들의 고뇌를 눈치채곤 일의 전후를 캐물으려 할 것이며 그렇게 되면 필경 노모에게까지 감당키 힘든 고통과 시름을 안겨주는 결과를 낳기 십상이었다. 무심하고 안온했던 일상이 얼마나 귀하고 소중한 것이었는지 자책과 비탄이 섞인 회한에 그는 숨 쉬는 것조차 힘들 만큼 가슴에 통증이 몰려왔다.

숲에서 번져오는 아카시아 향에 취해 자신도 모르게 그는 도서관 뒤편 조붓한 오솔길을 걸어갔다. 울울한 기분이 점차 가라앉았다. 때론 향기도 더없이 사람의 마음을 다독이고 위무할 수 있다는 걸 절감하며 그는 코로 깊이 숨을 들이마셨다.

아카시아 향기에 섞여 어디선가 또 하나의 색다른 냄새가 후각을 자극해왔다. 독서의 숲이란 팻말이 달린 숲속 벤치에 한 여자가 앉아 커피를 마시며 책을 읽고 있었다. 향기의 출처는 곧 그녀의 손에 들린 커피잔으로부터 날아온 것임을 알았다. 옆모습이 어딘가 낯익은 느낌이라 가까이 다가가니 며칠 전 도서관에서 그의 복사를 도와준 바로 그녀였다. 그는 너무도 놀라 그만 그 자리에 멈춰섰다. 사람이 다가가는 기척에 여자가 흠칫 몸을 돌려 그가 오는 쪽을 바라보았다.

안녕하십니까. 그가 먼저 머리를 숙이며 정중히 인사하자, 여자 쪽에서도 가벼운 목례와 함께 미소를 보내왔다. 적어도 경계심을 품은 모습은 아니라고 느끼며 그는 일단 안도했다.

도서관에 있다간 아카시아 향에 끌려 나왔습니다. 딱히 할 말이 없어 얼결에 그렇게 말하며 그가 멋쩍게 웃어보였다. 여자도 엷은 미소를 보였다. 도서관엔 거의 매일 오시나봐요. 하긴 저도 자주 오지만요. 근데 주로 정기간행물실에 머무시나요. 저는 주로 인문학 자료실을 이용해요. 참, 커피 한 잔 하실래요. 여자가 제법 큼직한 보온병의 뚜껑을 열어보이며 그에게 물었다. 아, 그러죠. 감사합니다.

실은 요즘 거의 매일 밤 불면증에 시달리는 그로선 오후의 커피 한 잔이란 금물이었으나 오늘 밤 꼬박 잠을 설친다 해도 적어도 이 순간만은 너무도 향기로운 숲속 한 잔의 커피를 마다할 이유는 없다고 생각하며 그는 기꺼이 여자가 따라주는 커피를 받아 마셨다. 바닐라 쿠키의 맛이 감도는 듯한 깊고 부드러운 커피향은 일품이었다. 생전 처음 맛보는 커피 맛에 놀라고 감탄하며 그가 물었다. 와하, 이런 커피 맛은 첨인데요. 이게 무슨 커피죠? 기막힙니다. 아라비카에 버터와 쿠키 맛을 더한 드립 커핀데요, 우연히 미국에 사는 친구가 한국 나오며 선물로 가져왔는데 정말 매혹적인 맛이었어요. 여자가 환히 웃으며 말을 이었다. 그러니깐 버터 커피라 할까. 여자의 미소에선 웬지 아카시아 향이 묻어난다고 그는 문득 그런 느낌을 받았다. 무언가 까마아득 잊혀진 그리움과 설렘 같은 향수를 불러일으키는 은은하고도 그윽한 체취. 그건 실은 버터 커피의 향보다 훨씬 더 매혹적이라고 그는 생각했다.

여자는 그에게 시를 좋아하느냐고 물었다. 그 나이에 극히 드물게 시를 읽는 남자가 있다는 걸 발견하곤 뭘 하는 사람인지 여자는 참 많이 놀라고 궁금했다고 말했다. 그는 모든 걸 이실직고 하지 않을 수 없었다. 마치 아내의 또 다른 자아를 마주한 듯 직장생활의 스트레스에서 기인된 한 시기의 일탈과 그로 인해 생겨난 아내와의 불화, 그리고 퇴직 후의 고독과 우울에 관하여 모든 것을 털어놓았다. 또한 와디처럼 메말랐던 가슴에 불현듯 시심이 싹트기 시작한 것에 관해서도 얘기했다. 먼 옛날 학창 시절 무한한 신뢰와 동경의 대상이었던 여선생님을 마주한 양 그는 스스로도 놀랄 만큼 자신의 모든 것을 쏟아내었다. 불과 두 번째의 짧은 만남일 뿐이었으나 묘하게도 여자에게는 모든 걸 무장해제케 만드는 그 무엇이 있었다. 독문학을 전공한 그가 대학 시절 늘 읊고 다니던 에트바스(Etwas), 그 무엇. 그것이 과연 무엇인지는 쉽게 설명할 수 없었으나 여자에겐 짙은 관능을 지닌 수향에게도, 정갈하고 단아한 아내에게도 없는 그 무엇이 있다고 그는 생각했다. 때문에 여성적인 관능과 미(美)를 떠나 단지 오롯한 우정과 인간애로만 남을 수도 있을 듯한 예감 같은 것. 그는 여자에게서 그런 느낌을 받았다.

그의 고백을 듣고 난 여자는 초연한 얼굴로 말을 이었다. 자신이 행한 모든 일은 자의건 타의건 반드시 그 대가를 치러야만 하는 게 세상 이치죠. 한때의 일탈이라 하지만 그것이 아내에겐 정말 치명적 충격이며 상처인 거지요. 본인으로선 하루라도 빨리 치유와 화해가 이뤄지길 바라겠으나 그건 결코 쉽지 않은 일이에요. 여자에겐 거의 평생을 안고 가는 상처입니다. 따라서 아내의 빠른 회복을 바라는 조급한 마음은 금물입니다. 자신의 일탈로 인해 아내가 받았을 고통과 아픔, 상처가 충분히 상쇄되고도 남을 만큼 긴긴 시간이 흘러야만 가능한 일이에요. 계곡을 흐르는 물에 바위가 씻겨 서서히 마모되어 감을 지켜보는 정도의 지난한 인내와 기다림이 요되는 일이라 할까요.

여자는 매우 착잡한 낯빛이 되어 다시금 한 잔의 커피를 따라 입가에 가져갔다. 그런 여자의 모습을 바라보며 그가 또 불쑥 물었다. 그럼 아내의 마음이 풀리는 덴 얼마의 시간이 더 필요할까요. 자신이 생각하기에도 어처구니 없는 물음이었으나 그만큼 그의 심경은 절박했다. 그의 물음에 여자는 실소했다.

멀고도 멀었다니까요. 물론 개인차가 있겠으나 어쩜 아내의 맘이 완전히 풀리기까진 아마 평생이 걸릴 수도 있어요. 치매에 걸리지 않는 한 죽을 때까지, 아니 어쩜 죽어서도 끝내 못 잊을 수 있어요. 그저 살아있는 한 매 순간 순간을 망각한 채 살아가려 안간힘으로 버텨내는 것일 뿐…….

여자의 말을 들으며 그는 문득 한 대의 담배 생각이 간절해졌다. 만감이 차오르는 상념에 자신도 모르게 그는 자리에서 슬그머니 몸을 일으키며 자신의 하의 주머니를 뒤적거렸다. 잠깐 담배 한 대 태우고 와도 될까요. 여자를 향해 양해를 구하며 그는 숲에서 조금 떨어진 곳 몇 개의 운동 시설이 갖춰져 있는 공터 쪽으로 힘없이 걸음을 옮겨갔다. 여자의 말은 어쩜 구구절절 다 옳은 말일지도 몰랐다. 하지만 여자의 조언을 되새기는 그의 마음은 아무리 흔들어도 꿈쩍않는 큰 바윗덩이가 얹힌 듯 너무도 무겁고 괴롭기만 했다. 예의 몸서리치듯 밀려오는 짙은 자기혐오. 차라리 아내가 일탈을 저지르고 자신이 용서하는 입장이었다면 훨씬 더 견디기가 용이했으리란 생각이 들었다. 한없이 담배 연기를 내뿜는 그의 눈가에 핑, 물기가 돌았다. 모든 걸 원점으로 되돌릴 수 있는 마법이라도 있다면……그는 숲속 빈터에 한참을 그렇게 망연히 앉아 있었다.

여자를 세 번째 만난 것은 그로부터 며칠 후 도서관 식당에서였다. 사면이 온통 넓은 창으로 되어 있어 아카시아 숲이 그대로 내려다보이는 식당은 전망도 좋을 뿐 아니라, 미리 짜여져 공지되는 한 주일의 식단이 요일별로 꽤 저렴하고도 괜찮아 특별한 일이 없는 한 그는 주로 그곳에서 식사를 해결했다. 마치 학창 시절 캠핑에 참여한 기분으로 약간의 기대와 들뜸을 느끼며 그는 식판을 들고 국과 밥, 그리고 몇 가지의 맛깔스런 반찬이 분배되길 기다리곤 했다.

햇살이 유난히 밝아 더욱 짙은 외로움이 밀려오는 오후, 그는 아침부터 줄곧 인문학실 한 귀퉁이에 앉아 독서에 몰두했다. 주로 이 지역에 거주하는 작가들의 작품만 모아놓은 특별기획 코너였다. 시간의 흐름조차 잊었던 까닭에 정오가 한참 지나서야 그는 나른한 몸을 이끌고 늦은 점심을 위해 도서관 4층의 식당으로 올라갔다. 쿠폰을 끊고 식판을 받아 마악 배식대 앞으로 다가서려 할 때였다. 안녕하세요. 점심이 늦으셨네요. 오르골 소리처럼 맑은 음성의 여자가 그의 옆으로 다가오며 인사를 했다. 아카시아 숲에서 만나 커피를 나눠마시며 흡사 무엇에 홀린 듯 그간 아무에게도 털어놓지 않았던 자신의 힘든 심경을 그대로 토로하고만 여자, 그녀였다. 저번의 올림머리 대신 한 가닥으로 아무렇게나 느슨히 묶은 머리 스타일이 더욱 자연스럽고 젊어 보이는 모습이었다. 지난 목욜이었으니 만난 지 한 닷새쯤 됐네요. 그간 잘 지내셨죠. 여자는 예의 아카시아 향 같은 미소를 지으며 그의 식판 위에 수저를 올려주었다. 오전 내내 탐독했던 작품의 저자. 우연이라기엔 너무도 절묘한 타임에 맞닥뜨린 여자와의 조우에 그는 잠시 현실감을 잃고 몽롱한 기분이었다. 넓은 식탁에 마주 앉아 다정히 밥을 먹었다. 유년기에 남몰래 좋아하던 여선생님을 다시 만난 듯 그는 줄곧 묘한 기분이었다.

저번에 숲에서 만났을 때 뭐 잃으신 거 없었나요. 식당을 나오며 여자가 물었다. 그날 담배 피우러 가실 때 주머니에서 뭔가를 흘리셨죠. 왠지 좀 예감이 안 좋아 그걸 제가 그냥 보관하고 있는데…… 생각 안 나세요? 매우 조심스런 어조로 건네오는 여자의 말에 비로소 그는 그날의 유실물을 떠올리며 고소했다. 아, 약이죠. 수면제. 요즘 제가 불면증이 심해서요. 그날 내과에 가서 처방받아 두 달 치 약을 한꺼번에 샀어요. 어쩐지 집에 가서 아무리 주머닐 뒤져도 약이 없는 거예요. 혹시 제가 어떤 다른 의도로 약을 지녔는지 잠시 오해하셨나 봅니다. 하하……허탈한 웃음 속에서도 뭉클 한 가닥 뜨거운 감정이 솟구침을 느끼며 그는 여자의 얼굴을 말없이 바라보았다. 차가운 듯하면서도 어딘가에 정감이 스며있는 해맑은 표정이었다. 실은 그날 자리에서 일어서며 약봉지를 흘리셨는데 그 속의 내용물이 조금 비어져 나와 유심히 보니 수면제였어요. 60알의 하얀 알약. 순간 너무도 놀라 가슴이 뛰었어요. 여자가 가볍게 웃으며 그날의 상황을 설명했다.

숲에서 그가 흘린 약봉지를 보는 순간 여자는 가슴이 철렁 내려앉았다. 정기간행물실 복사기 앞에서 그를 처음 본 순간 누구에게나 쉽게 호감을 얻을 듯한 젠틀하고도 푸근한 인상이 편한 느낌을 주었었다. 또한 세상을 비교적 평탄히 살아온 사람답게 맑고 유순한 눈빛이 타인에게 신뢰감을 주는 타입이라 생각했다. 그러나 왠지 표정만은 뭔지 모를 시름에 가득 차 너무도 슬퍼보였고, 더구나 그날 그가 숲에서 털어놓은 이야기의 전말은 꽤나 심상찮은 내용이라 여자는 적이 염려스러웠다. 그녀는 슬쩍 약봉지를 자신의 가방에 넣으며 모른 척 시침을 뗐다.

그러나 잠시 후 끽연을 즐기고 돌아오는 그의 걸음은 한결 활기를 되찾은 모습이었다. 숲길을 내려오며 심상한 얼굴로 여자가 말했다. 이혼이란 어떤 경우에도 그리 현명한 해결책은 못된다고 생각해요. 사실 모든 건 시간의 흐름에 달려 있으니까요. 아무리 깊은 상처도 시간이 지나면 아물게 되어 있어요. 다만 상처의 치유를 위해선 서로 충분한 시간이 필요하고 강한 인내심으로 그걸 지켜보며 기다리고 또 기다려야만 한다고 생각해요. 조급함은 금물입니다.

실은 요즘 심심풀이로 주역을 공부하고 있는데 제게 실험할 기회 한번 주시겠어요. 살다보면 어느 시기엔 그저 딱 죽는 게 낫다 싶을 때도 있는 법인데……그건 대강 그해에 액운이 끼었다던가 운세가 나빠서 그런 경우가 많아요. 재미 삼아 올해 운세를 한번 봐 드릴게요.

도서관 입구 벤치에 자리잡은 여자는 그렇게 말하며 그에게 생년월일을 묻더니 작은 책자와 수첩을 꺼내 한참이나 생각에 잠긴 모습으로 무언가를 끄적거렸다. 흉살에 삼재가 들었군요. 그것도 올해가 나가는 해라 치명적이고 지난 3년간 맘고생 꽤나 많으셨겠어요. 크게 다치거나 병원에 입원하지 않은 것만 해도 다행이네요. 총운은

64괘 중 마지막 괘인 미제. 즉 어린 여우가 강을 건너다 마지막 한 걸음을 남겨 놓곤 그만 강물에 꼬리를 적시고 만다는. 그러니깐 처음은 좋았으나 순간의 실수로 자칫 끝 단계에서 일을 그르치기 십상이라는 괘입니다. 하지만 올해만 넘기면 내년부턴 삼재도 벗어나 차츰 모든 상황이 좋아지겠어요. 여자의 말에 그는 좀 멋쩍은 낯빛이 되어 말없이 어깨를 으쓱해 보였다.

사주 풀이에 대한 답례로 도서관 로비 자판기에서 두 개의 캔 음료를 뽑아와 여자에게 건네며 그가 말했다. 선생님 소설가시죠. 오늘 인문학 자료실에 갔는데 거기에 지역 작가 코너가 있어서 알았습니다. 사진과 작품 소개, 그리고 저서도 찾아 읽었죠. 작품도 감명 깊었고……더없이 행복한 시간였어요. 첨부터 느낌으로 대강 그 쪽 일에 관여하시는 분일 거란 짐작은 했지만 좀 놀랐어요. 행운이란 생각도 들었고요. 그는 다소 좀 흥분한 어조였다. 근데 행운이라뇨. 캔 음료의 마개를 따서 한 모금 마시며 여자가 반문했다. 그간 오직 일을 위해 치열히 살아오며 가슴이 마치 사막처럼 메말라만 갔거든요. 꼭 와디처럼 분명히 강은 강인데 물기 하나 없이 완전히 마른 강 말입니다. 제가 대학에서 독문학을 전공했는데 고교 시절엔 3년 내내 문예반 활동을 했어요. 한땐 문학만이 삶의 이유라고 그렇게 흘려버린 세월도 분명 있었거든요. 한데 그간 그걸 까맣게 잊고 살아온 거예요. 마치 기억상실증에 걸린 사람처럼요, 한데 요즘 그곳에 다시 물이 흐르기 시작한 걸 느끼며 가슴이 뛰깁니다. 강이 본래의 제 모습을 되찾기 시작한 듯한 벅찬 느낌……말을 잇는 남자의 눈에 알 수 없는 결기 같은 것이 배어났다.

여자가 말했다. 마침 이곳 도서관에 창작지도반이 있어요. 이 지역 시인, 소설가들이 문학에 뜻을 둔 지역 주민들을 위해 문학을 강의하고 창작실기 지도를 해주는 그런 클래스예요. 저도 매주 목요일 강의를 맡고 있는데 마음 내키심 언제든 환영입니다. 살풋 웃음 띤 얼굴로 여자가 설명했다. 그건 분명히 아카시아 향을 닮은 미소라고 그는 생각했다. 여자의 미소를 확인하는 그의 가슴에 와락 강물이 범람했다. 여자의 미소는 오늘도 어김없이 시리얼과 우유, 과일로 아침 식탁을 차린 그에게 거실을 스치던 아내가 몇 달 만에 처음으로 보이던 희미한 미소와 어딘가 좀 닮아있다고 느꼈다. 여보, 하루하루 아주 조금씩 조금씩만이라도 날 용서해줘요. 너무너무 미안하고 그리고……사랑해. 오늘도 그는 일정을 적은 메모와 함께 자신의 마음이 담긴 짧은 내용의 편지를 써서 식탁 위에 놓고 왔다.

최근 저녁에 귀가하면 식탁이 깨끗이 치워져 있는 것으로 보아 아마도 아내는 그의 편지를 읽고 또한 최소한 그가 준비한 아침을 먹어는 주었으리라 짐작한다. 더없이 황폐해진 자신의 내면에 다시금 평화의 강물이 흐르기 시작하면, 얼어붙은 아내의 마음에도 점차 죽었던 사랑의 씨앗, 그 싹이 다시 움터올 수 있을까…….

그는 자신의 가슴 깊은 곳 황량하고 메마른 강, 그 어딘가에서 비로소 한 줄기 힘찬 강물이 밀려오고 있음을 느꼈다.

그 가을 병동에서

희정은 볕이 환하게 드는 4인용 병실이 맘에 들었다. 이 병원에선 상급에 속한다 할, 실은 입원비가 상당한 등급의 병실이긴 했으나 살벌한 도심 한가운데서 그나마 야트막한 산이 바라보이고 환하고 밝고 조용한 분위기라 있을 만하다고 그녀는 생각했다. 의료보험 혜택으로 입원비가 저렴한 다인실도 자리가 나긴 했으나 여섯 내지는 여덟 명이 수용되어, 침대가 촘촘히 붙어있는 입원실은 환자들이 하루 종일 침대 커튼을 젖힌 채 병실 전면에 달린 TV만 보는 통에 그녀로선 여간 불편한 게 아니었다. 경제적 부담을 줄이려다 희정의 체질로선 재활에 겹쳐 자칫 우울증까지 올 수도 있을 법한 환경이라 그녀는 과감히 4인실을 택하는 단호한 결정을 내리지 않을 수 없었다.

결혼 후 두 아이를 다 순산으로 낳아 출산 시 겨우 2박 3일쯤 병원 신세를 졌을 뿐, 평생 이렇다 할 병으로 입원한 적이 없었기에, 차제에 마치 어느 여행지에 쉬러 온 휴양객처럼 심신을 마냥 편히 쉬어가는 것도 꽤 괜찮은 기회라고 그녀는 스스로를 그렇게 다독였다. 다리 수술 후의 통증과 치료, 재활만 해도 힘겨운 일인데 주변 환경까지 신경을 쓰다보면 심적 스트레스가 과중될 듯한 두려움도 컸기 때문이었다.

나이 들어가며 가뜩이나 약해져 가는 관절에, 가을 산행 중 빗길에 미끄러져 무릎을 다친 건 치명적 상해였다. 무릎부위의 인대와 연골이 파손되어 고난도의 수술과 상당 기간의 재활이 요되는 상태. 전신마취 무려 다섯 시간의 대수술 끝에야 희정은 비로소 의식을 되찾았고 깨어보니 병실이었다. 전신을 온통 무거운 쇠사슬로 옭아맨 듯 꼼짝도 할 수 없는 통증과 압박감에 곧 숨이 멎을 지경이었다. 장애는 결코 남의 일이 아닙니다. 사랑하는 가족, 이웃, 본인 누구나 다 한순간에 장애인이 될 수 있습니다. 일순 언젠가 성당의 레지오 활동으로 방문한 어느 장애인협회 현판의 글귀를 떠올리며 그녀는 전율했다. 병원 침대 위에서 미동도 할 수 없단 사실이 기막혀 그녀는 몰려오는 통증조차 제대로 느낄 수 없을 만큼 짙은 절망감에 휩싸였다. 링거의 수액과 함께 진통제를 투여받으며 호스로 소변을 빼내는 며칠이 지난 후에야 희정은 간신히 침상에서 몸을 일으켜 스스로 죽을 떠먹는 정도의 거동이 가능하게 되었고 그로부터 간병인이 이끄는 휠체어에 의존, 겨우 병원 내 제반 시설을 이용할 수 있는 단계에까지 이르렀다.

4인 병실이라곤 하지만 입원비가 비보험인 관계로 만실로 정원이 다 채워지는 경우는 드물었고 으레 한둘 혹은 두어 명의 환자로만 채워지기 십상이라 병실은 비교적 늘 조용한 편이었다. 모두가 잠든 밤, 자신의 침상 옆 좁은 보조 침대에서 웅크리고 잠든 간병인을 깨우는 일만큼 괴로운 일은 없었으나 한밤중 심한 요의를 느낄 때면 도리없이 간병인에 의지해야만 하는 일이 희정에겐 가장 힘들고 참담한 일이었다. 그저 무심히 행해오던 일상적 모든 행위가 타인의 도움 없인 전혀 이뤄질 수 없게 된 상황이란 실은 연옥이나 다를 바가 없다고 그녀는 생각했다.

양쪽 다리에 칭칭 감긴 깁스를 풀고 보행기에 의존, 재활을 위해 희정이 겨우 병원 복도를 거닐 수 있게 된 건 입원 후 근 보름이 지났을 무렵이었다. 정형외과 쪽의 거의 모든 치료는 수술이 20프로, 스스로의 피나는 노력과 재활이 80프로임을 그녀는 온몸으로 체감했다. 평소 워낙 운동을 싫어하는 편이었으나 다시 제 발로 걸어다니기 위해선 죽어라 보행 연습을 하지 않을 수 없기에 그녀는 책 읽는 시간만 빼고 나면 무조건 병원 복도를 걸어 다니며 가늘어진 다리에 어서어서 근육이 붙기만을 고대했다.

보행기에 의지해 병원 복도를 걸어 다니는 입원 환자들의 유형도 참으로 각양각색, 갖가지였다. 희정은 어느새 그들과 함께 동병상련의 정을 나누며 점차 서로 낯을 익히고 동화되어 가는 자신을 발견했다. 그들의 부류는 대강 세 종류로 구분할 수가 있었다. 첫째, 치료에 대한 정보의 상호교환 및 다양한 간식, 먹거리를 서로 나누며 함께 TV 보고 웃고 울며 나름의 공감대를 형성해가는, 예컨대 왁자한 다인실의 분위기에 나름 무난히 잘 적응하는 팀. 둘째, 주로 호젓한 분위기에서 홀로 책 읽고 재활에 힘쓰며 이따끔씩은 정보를 위해 다인실도 기웃거리며 환자들의 얼굴을 익히는, 그러나 비교적 조용히 지내고 싶어 하는 말하자면 희정과 같은 부류. 또한 주위와는 완전히 담쌓고 1인실 독방을 쓰며 자신의 간병인과 가족에만 둘러싸여 소위 황제 치료를 받으며 타인에겐 전혀 관심이 없는 부류. 이렇듯 다친 사람들이 머물며 치료받는 병동 또한 저마다의 아픔과 통증, 환부가 서로 다르듯 그렇게 다양한 종류의 사람들이 모여 서로 부대끼고 어우러지는 공간임이 흥미로웠다.

병원 복도나 재활센터를 오가는 환자 중 단연 눈에 띄는 여자는 로사라는 세례명의, 복도 맨 끝 1인실 환자였다. 둥실둥실한 몸매에 사람 좋은 인상과는 달리 몹시 수줍음을 타며 좀체 타인과 어울리질 못하는 지극히 내성적 성향인데 어쩌다 희정과 종교가 같다는 이유로 말을 트게 되어 유일하게 소통이 이루어진 여인이었다. 초가을 아침 회진이 끝난 시간 한 잔의 커피를 뽑아들고 보행기에 몸을 의지한 채 희정은 복도 끝 창가에 서서 밖을 내다보고 있었다. 혼잡한 도심이지만 나지막한 야산이 바라보였고 점차 한 잎 두 잎 물들기 시작한 나뭇잎이 계절을 알려주는, 병원 내의 확 트인 유일한 장소라 재활시 틈만 나면 희정은 그곳에 서서 바깥세상을 내려다보며 생각에 잠기곤 했다.

로사와 마주친 날 아침 희정은 마침 로사리오 기도를 위해 손에 묵주를 든 채 망연히 창밖을 바라보고 있었다. 새벽을 열며 열심히 활보하는 이름 모를 행인들의 씩씩한 발걸음. 왕복 8차선 도로를 꽉 메운 출근길 차량의 맹렬한 흐름. 무거운 리어카를 끌며 연신 땀을 닦아내는 나이 든 행상의 남루한 모습까지. 그들 모두의 힘차고 역동적인 일상의 모습에서 한없는 부러움과 동경을 느끼며 그녀는 짐짓 가슴이 저려옴을 어쩔 수가 없었다. 장애인과 비장애인의 차이. 그건 정말 어느 한순간, 기막힌 찰나의 판단, 운, 그리고 절묘한 엇갈림으로 결정이 날 수도 있는 것. 평생 누구나 한번은 뜻하지 않은 사고, 복병을 만나 한시적 장애인이 될 수 있음을 그녀는 절감했다. 저들의 저 힘찬 발걸음! 언제나 다시 두 다리로 땅을 딛고 걸어다닐 수 있을까. 자신의 방만했던 일상과 어려운 환경에 처한 이들을 향한 냉담과 무심, 참회와 절망, 또한 희망이 엇갈리는 마음을 누르며 희정이 마악 묵주 기도를 시작하려 할 때였다.

조용히 병실 문이 열리더니 등 뒤로 한 여자가 다가와 희정에게 말을 걸어왔다. 쩌어그, 자매니임, 성당에 다니는갑세여어. 어눌하고 투박하기 짝이 없는 남녘 억양의 느른한 음성이었다. 아침의 고요와 사색을 깨는 존재라 그닥 반갑잖은 틈입자라 여기며 희정이 말없이 뒤를 돌아보았다. 엎어지듯 상반신을 보행기에 의지한 채 몹시도 겸연쩍은 낯빛으로 간신히 입술을 우물거리며 그녀를 바라보는 한 여인. 한눈에 보기에도 사교성이라곤 전혀 없는 내향적 성품임이 그대로 전해오는 인상이었다. 까닭없이 안쓰러움을 불러일으키는 유형이랄까. 때문에 적이 방해라 여겨지는 내심과는 달리 희정은 우정 상냥함을 드러내며 맞아요, 하고 응답하였고 연이어 두 사람은 한동안 창가에 기대서서 많은 얘길 나누게 되었다.

여자의 집은 전남 광주. 그녀 역시 가톨릭 신자이며 세례명은 로사라 하였다. 엄한 시어머니 모시고 제사며 육아며 오랜 세월 살림에만 전념하다 보니 어언 무릎 연골이 다 닳아버려 인공관절 수술을 위해 급히 서울엘 올라왔고 양 다리를 다 수술한 지 열흘째가 되어가는데 도무지 차도라곤 없이 통증만 더해갈 뿐임을 호소했다. 희정은 우선 엎어지듯 상반신을 보행기에 의존하여 걷는 그녀의 보행 자세에 대해 허리를 펴고 꼿꼿이 걷도록 조언하며 시범을 보였고, 다리의 통증을 호소하며 힘겨워하던 그녀도 점차 바른 자세로 걸어가는 모습을 보여 그녀의 간병인과 가족을 기쁘게 했다. 광주에서 사업을 한다는 그녀의 남편은 당분간 아예 본업을 접고 숫기 없는 아내를 위해 엄청난 특실 입원비를 마다않고 밤낮으로 아내 곁을 지키며 온갖 시중을 드는 애처가였고, 그의 아들과 며느리, 딸들은 하루가 멀다 하고 병실을 드나들며 심약한 어머니를 위해 갖은 정성을 다 쏟았다. 그녀를 지켜보는 가족들의 눈빛은 차라리 자신이 그녀 대신 아파줄 수 있다면 소원이 없겠다는, 그렇듯 너무도 애절하고 안쓰러운 낯빛이었다.

희정을 알게 된 얼마 후 로사는 곧 특실인 1인실을 마다하곤 희정이 입원해 있는 4인실로 옮겨왔다. 너무 적막하고 외로워 서로 말이 통하는 친구가 필요하다는 게 그 이유였으나 희정은 사실 그녀의 입실이 그리 달갑지만은 않았다. 습관인 양 하루 종일 TV를 틀어놓고 아침부터 늦은 밤까지 온갖 드라마를 빠짐없이 보는 그녀이기에, 치료와 재활 시간 외엔 주로 혼자 조용히 책 읽고 음악 듣는 게 소일거리인 희정의 취향과는 많이 다른 데가 있는 까닭이었다.

로사에겐 지나친 가족의존증이 문제였다. 정형외과의 경우, 수술환자 대부분은 뼈를 깎는 아픔, 지난한 인내, 극기를 통한 재활 과정이 치료의 관건이거늘 그녀는 그 모든 것을 혼자 힘으로는 해내기가 무척 힘든 모습이었다. 늘 얼굴을 찌푸리곤 여기저기에 통증과 저림 현상이 심하다며 부한 몸을 내맡긴 채 가족들을 들볶기 일쑤였고 간병인도 가장 오래 쓰며 다리 마사지까지 의탁하는 응석받이 환자였다.

그러나 신기한 건 로사의 가족들은 한결같이 그녀의 그러한 응석을 한없이 너그러이 받아주며 극진히 보살핀다는 점이었다. 그녀가 아파할 때면 그녀의 남편과 아들은 거의 울상이 되어 어쩔 줄을 모른 채 의사와 간호사를 불러대며 좌불안석인지라 그녀가 옮겨온 이래 병실은 잠시도 조용할 날이 없었다. 반면 그녀에게 있어 통증과 식욕은 비례하는 것인지 그렇게나 아파하면서도 식욕만은 더없이 왕성하여 병원에서 제공되는 식사는 물론, 가족들을 통해 구입한 과일이며 간식 등을 거의 입에 달고 살았다. 퇴근길 따끈한 군밤을 사와 껍질을 까 호호 불어가며 침상에 누워 있는 로사의 입에 넣어주는 아들의 모습을 지켜보며 희정은 감탄을 금치 못했다. 그만 혀어. 인자 그만 먹고 잡단께. 아, 엄니이, 요놈만 마저 드셔브러요오. 로사는 투정을 하듯 도리질을 하며 아들의 손길을 밀어내었고 그럼에도 아들의 눈빛은 마치 자신의 어린 자식을 돌보듯 군밤을 하나라도 더 먹이려고 애쓰는 게 놀랍기만 했다. 아들을 어찌 키웠음 저러한 모자 관계가 형성되는 것일까. 슬하에 1남 1녀를 둔 희정 또한 나름 최선을 다해 아이들을 키웠다고 자부하건만 점차 성장해가며 한참이나 거리가 멀어져만 가는 소원한 느낌은 어쩔 수가 없었다. 희정은 국내 최고의 연봉으로 꼽히는 굴지의 재벌 회사에 다니는 자신의 아들이 입원 후 보름이 지날 동안 바쁘단 이유로 병실에 겨우 두어 번 얼굴을 내밀었을 뿐임을 떠올렸다. 딸은 딸대로 자신의 일과 육아를 병행하느라 자주 얼굴 볼 틈이 없었다.

그러나 자식들에게 의존 않고 되도록 독립적 사고와 삶을 지향코자 하는 희정이기에 그리 서운한 느낌은 들지 않았다. 하지만 어쩌다 더없이 정겹고 살뜰한 모자 관계를 보노라면 그 그림이 무척이나 아름답단 생각은 들었다. 로사의 얘길 들어보면 평생 별난 시어머니 모시고 가족에게 헌신해온 전통적 현모양처의 전형이기에 어쩜 그녀에겐 그러한 보상이 당연한 것인지도 몰랐다.

어쨌거나 로사와 한 병실을 쓰게 되면서 고요하던 희정의 병상 또한 분주하고 어수선해졌음이 사실이었다. 수시로 먹을 것을 건네고 말을 걸어오고 아픔을 호소해오는 통에 한시도 조용히 쉴 틈이 없었다. 저희 엄니께 부디 유익한 조언 좀 자주 혀주셔요. 로사의 아들은 수시로 희정에게 그렇듯 간곡한 청을 하는가 하면, 로사의 남편 또한, 애들 에미가 무쟈게 맴이 여리고 엄살이 심헌께요. 옆에서 잘 리드혀서 언능 낫게 좀 부탁드림다. 두 남자가 번갈아가며 희정에게 그런 요구를 해오는 터라 모른 척 빠져나갈 수도 없었다. 그들의 끈끈한 가족애에 희정은 할 말을 잃었다.

로사가 옮겨온 4인 병실에 또 한 사람의 새로운 환자가 들어왔다. 예컨대 입원 환자가 세 명으로 늘어난 것이다. 그래도 아직 침대 하나는 비어 있어 꽉 찬 느낌은 아니었으나 한층 더 분잡하고 소란스러워졌음은 피할 길이 없었다. 환자가 셋이라 그에 따라 문병객 수 또한 부쩍 늘어나 종일 들락날락 조용할 틈이라곤 없었다. 희정은 때론 독서조차 포기한 채 멍하니 TV의 일일 드라마에 눈길을 주곤 했다. 그러다 룸메이트 두 환자의 방문객이 계속 이어질 때면 도리 없이 침대를 에워싼 커튼을 두른 후 동굴처럼 그 안에 숨곤 했다. 방문객이 가장 많은 환자는 당연히 로사였다. 아들 딸 며느리는 말할 것도 없고 서울 사는 사돈, 당숙, 조카, 조카사위까지 줄줄이 면회를 와 웃고 떠들고 먹고 얘기하고……그 떠들썩함이란 잔칫집이 따로 없었다.

새로 입원한 환자는 셋 중 가장 젊은 층에 속했고 로사처럼 두 다리 모두 무릎관절 수술을 받았는데 그 경우가 좀 독특하고 예외여서 눈길을 끌었다. 여자는 안개가 낀 듯 모호하고 깔깔한 특유의 허스키 음성을 갖고 있었다. 여자는 병실 환우들에게 입실 신고를 하듯 자신의 경우를 설명했다. 제가 한 수술은 사실 정확히 말해 인공관절이라 할 수가 없어요. 인공관절 대신 인체의 연골을 사용하여 무릎관절 환치 수술을 받은 거니까요. 여자의 말에 희정이 놀라 반문했다. 그럼 장기나 안구처럼 누군가가 기증을 했다는 얘긴데 연골을 어떻게 기증하죠. 여자가 머뭇거리며 답했다. 그러니까……말하기가 좀 곤란한데요, 어떠어떠한 경로로 병원 측에서 입수한 인체의 무릎 연골 같은 거, 그런 걸 사용한 거겠죠. 여자의 담담한 답변에, 그러나 정작 너무도 놀라 눈이 휘둥그래해진 사람은 로사였다. 오매나아, 오매나아, 기절하겄슈. 뭔 고런 경우도 있다요. 난 고렇곰 요상한 게 있는 줄은 증말 몰랐네여어. 로사가 벌어진 입을 다물지 못한 채 두 손으로 자신의 가슴을 누르며 숨을 몰아쉬었다. 내심 적이 놀라긴 희정도 마찬가지. 그러나 희정은 애써 담담한 낯빛으로 여자를 향해 물었다. 근데 그게 합법적인 건가요. 비용도 만만찮겠네요. 모르겠어요. 울남편이 원장님이랑 의논해서 한 거니까요. 극히 희귀한 캐이스라 아마 일반화된 공공연한 경우는 아닐거예요. 비용도 인공관절 수술보다 몇 배쯤은 비싸다고 들었는데 울남편이 다 알아서 하니까 저는 잘 모르겠어요. 비싼 만큼 거의 영구적이란 게 장점이라나요. 젊음과 미모로 어디서나 주위의 눈길을 끌 법한 여자는 유난히 울남편을 강조하며 태연히 말을 이어갔는데 생각보다 훨씬 선선하고 솔직한 구석이 있어 친화감이 느껴졌다. 춤추는 걸 너무 좋아해 어렸을 때부터 과도하게 춤을 춘 결과 그만 무릎 연골이 다 닳고 말았다며 이를 드러내고 활짝 웃는 모습이 해맑아 보여 호감이 갔다. 침상에 매달린 환자의 명패. 여자의 이름은 설화였다. 겨울에 태어났나 봐요. 네에, 맞아요. 눈이 펑펑 내리는 날 태어났대요. 근데 원래 제 성이 설. 이름이 화, 외자 이름인거죠. 제 언니는 옥. 설옥이에요. 자매들 이름이 참 예쁘네요. 희정은 자신의 평범한 이름을 탓하듯 진정으로 감탄하였고 그런 모습을 바라보며 설화는 눈꽃처럼 하얀 목욕 가운 속에서 방금 감은 긴 머리털의 물기를 닦아내며 환히 웃어보였다. 거동이 불편하여 보행기에 의존해야 하는 환자였음에도 설화는 간병인에 부탁하여 거의 매일 목욕하고 머리를 감아야만 잠이 온다는 약간의 결벽증을 지닌 여자였다.

그러나 설화의 문병객은 주로 친구들로 보이는 또래의 젊은 여자들일 뿐, 그녀로부터 울남편이라 불리우는 남자는 좀체 그 모습을 드러내지 않았다. 입원 후 거의 닷새째가 되던 날 밤에야 난데없이 거창한 과일 바구니를 들고 남자는 어둑한 병실로 들어섰다. 로사가 하루도 빠짐없이 보는 일일드라마가 마악 끝나갈 무렵이었다. 세 여자는 취침을 위해 실내의 모든 불을 소등, 오직 TV에서 새어나오는 빛과 각자의 침대 헤드에 부착된 희미한 조명만을 의지한 채 소리없이 자리에 누워있었다. 오매나, 바쁜데 어찌 오셨나요. 화들짝 반기는 설화의 음성에 약간의 응석과 교태가 묻어났다. 너무 늦었소. 요즘 회사에 일이 좀 생겨 그걸 마무리 하느라……뭐 불편한 건 없소? 설화의 나이에 비해 남자의 음성은 너무도 점잖고 중후하여 무언가 좀 서로 격이 안 맞는 느낌이었다. 함께 있는 입원실 분들이 좋아서 편하게 지내요.

나긋한 음성으로 속삭이는 설화와 남자의 묵직한 음성이 한참을 이어져 갔으나 왠지 지지고 볶고 일상을 함께하는 부부의 대화라기엔 어딘가 좀 어설프고 아귀가 안 맞는 듯한, 예컨대 상당한 나이 차이에도 불구하고 마치 애틋한 한 쌍의 연인과도 같은 분위기가 느껴지는 대화가 묘하기만 했다. 우선 아이들 얘기가 일체 나오질 않았고, 입원 후 집에 홀로 남겨진 남자의 일상과 안위를 챙기는 아내의 염려 같은 게 전혀 전해오질 않았던 것이다.

일테면 퇴근 후 거의 매일 들르는 희정 남편의 경우, 가장 먼저 오가는 대화란, 아침은 어찌 해결하고 다니는지, 요즘 남자가 청소기, 세탁기 사용도 모르다니 말이 되느냐는 핀잔, 관리비 및 시공과금 납부 기일, 아이들 걱정 등등 그렇듯 너절하고 소소한 일상적 얘기들이 전혀 오가질 않음이 기이하게 느껴졌다. 로사의 경우, 쩌그 울 집 슈퍼 옆에 김밥 맛있응께 엄니는 고것 사다드리고 당신은 컵라면 좋아한께 끼니 굶지 말고 고거락두 챙겨 먹어야제 우짜겄소. 참말로 내가 후딱 낫아 내려가야 헐틴디 폭폭혀 죽겄소오. 이렇듯 자신의 입원으로 인해 살림이 결딴나고 말았다고 한숨 짓는 아내의 우려 같은 것이 묻어나질 않는 뭔가 좀 은근하고 달달하게조차 느껴지는 대화가 야릇하기만 했다. 커튼을 두른 침대 안에서 한참을 대화 없이 침묵으로만 이어지는 순간도 잦아 더욱 그런 애틋한 분위기가 느껴졌는 지도 모를 일이었다.

남자를 배웅하고 입원실로 돌아오는 설화의 표정이 부신 눈꽃처럼 환히 피어나 있었다. 울남편이 언니들과 과일 함께 나눠 먹으래요. 남자가 사들고 온 과일 바구니에서 멜론 하나를 꺼내 칼로 자르며 설화가 말했다. 그녀는 입원 당일부터 로사와 희정을 언니라 부르며 친근감을 보였다. 밝은 모습에 꽤나 붙임성이 있어 미워할 수 없는 유형이었다.

남향으로 넓은 창이 난 아늑한 4인 병실 515호에서 눈을 뜨는 아침이면 가장 먼저 시야에 들어오는 풍경은 으레 간병인들의 화장하는 모습이었다. 밤새 환자 옆 좁은 보호자용 보조 침대에서 웅크리고 잠을 잔 간병인들은 아침이면 자리에서 일어나 거의 모두 열심히 화장들을 했다. 환자에 대한 예의라고들 했으나 기실 희정의 경우 수술 다음 날 극심한 통증에 숨도 못 쉴 상황에서 목격한 간병인의 화장하는 모습은 충격이었다. 환자들은 정작 며칠 세안조차 제대로 못하는 좌절된 상황에 뽀얀 얼굴에 빨갛게 루즈를 칠하곤 이래라 저래라 조언하고 지시하는 비정한 입술에 대해 묘한 자괴심이 느껴졌다면 희정이 너무 과민한 탓일까. 어쨌든 희정은 간병인의 존재가 그닥 편하게 다가오지만은 않아 어느 만큼 스스로 재활이 가능한 상태가 되자 비교적 후한 금액으로 비용을 정산하곤 간병인과 작별했다. 마지막 날, 정해진 일과에 따라 희정을 재활센터에 데려가며 간병인이 말했다. 김희정 씬 매우 매너 있는 훌륭한 환자예요. 근데 마지막으로 조언 한마디 해도 될까요. 병동에서 별명이 책벌레인 거 모르시죠. 여긴 병원이지 도서관이 아니잖아요. 다시 말해 책 보려고 여기 오신 건 아니잖아요. 적어도 병원에 들어온 이상은 최선을 다해 치료와 재활에만 힘써야 한다고 생각해요. 세상에 공짜는 없고 거저 되는 건 암 것도 없어요. 하루라도 빨리 퇴원하시려면 책보다 운동이 먼저예요. 간병인의 말은 오랜 경험에서 우러나온 진정 어린 조언이었다. 세상 모든 분야엔 그 방면에 도통한 전문가가 있는 법. 희정은 간병인의 말이 구구절절 다 옳은 말임을 인정했다. 입원 후 되도록이면 힘든 운동은 외면한 채 책을 끼고 침대에서만 뒹구는 안일함에 빠졌음은 어쩌면 그 또한 희정 특유의 나태한 성향, 다분히 현실도피적인 사고에서 기인되었음이 사실일 것이다. 로사가 고통에서 도망가려 퇴행에 가까운 응석과 먹는 행위로 상황을 희석시키고 망각하려 하듯, 또한 설화가 매일 몸을 씻고 꾸미고 단장하며 호텔에 묵는 듯 현실을 잊으려 노력하는 것. 그 또한 무의식 중 생성된 자기 보호를 위한 현실도피적 자아방어기제의 발현이 아닐지. 희정은 진심으로 간병인에게 감사를 표하며 그녀의 말에 동의했다.

병동 창가에 물든 나뭇잎이 수북이 날아와 쌓이는 만추가 다가오자 다인실 여자들은 모두 겨우살이 김장 걱정에 수런수런 스산한 모습들을 감추지 못했다. 하지만 그에 따라 식욕들은 더욱 왕성해졌는지 방마다 치킨, 피자 등을 시켜먹으며 상호 친밀감을 더욱 과시하였다. 515호 4인실에도 전례 없이 또 한 명의 환자가 들어와 비로소 정원이 꽉 찬 만실의 상태가 되었다. 새로 들어온 환자는 나이가 좀 지긋해보이는 노부인이었는데 더없이 선해 보이는 아들이 따라와 온갖 시중을 다 들었으나 어인 일로 계속 눈물바람을 하며 다리 통증보다 가슴의 통고가 더 심하다며 서럽게 흐느껴 울었다.

우리 영감 아파 누웠을 때 온 정성을 기울여 내가 간호했건만 영감이 작년에 세상 떠나고 막상 내 몸이 이래 아프니 아무도 날 간호해줄 사람이 없네요. 그게 기막히고 서러워 맘이 너무 아픕니다. 짐작컨대 상당히 귀하게 살아온 티가 곳곳에서 묻어나는 노부인은 코를 훌쩍이며 한참을 그렇게 더 흐느껴 울었다. 신참 환자의 신고식

치곤 참으로 난감한 상황이었다. 요즘은 가족이 있다 해도 모든 걸 다 간병인이 하는 세상이니 너무 맘 아파하지 마세요. 어느 경우나 마찬가집니다. 곁에서 보다 못한 희정이 위로 차 한마디 던지자, 암믄, 그려요. 남편 있다고 병원에서 헐 일이 뭐시 있간요, 암 것도 없단께요. 로사까지 곁에서 그렇게 거들었는데 뭔가 좀 이상한 건 설화의 반응이었다. 평소 밝고 쾌활한 그녀이건만 노부인의 말을 경청하며 눈시울을 붉힌 채 가만히 고개를 끄떡여 보일 따름이었다. 공감한다는 뜻일까, 무엇일까. 그 어떤 숨겨진 까닭 모를 슬픔 같은 것이 느껴지는 설화의 모습은 평소의 그녀가 아니었다. 그날부터 희정은 출퇴근길 조석으로 들려 말없이 희정의 차도를 살피곤 하는 남편의 잦은 문병을 자제토록 당부하였고, 되도록이면 입원실 밖 가족대기실에서 조용히 면회하는 방법을 택하는 것으로 나름 노부인을 배려하려 애를 썼다.

간병인이 남기고 간 조언에 강력한 깨달음을 얻은 것일까. 그로부터 희정은 병상에서 늘 손에 들고 살던 책을 멀리하곤 재활에 온 힘을 쏟은 결과, 가늘어진 다리에 나날이 힘이 붙고 어느새 보행기 없이도 병원 복도를 혼자 걸어다닐 만큼 체력이 향상되었다. 때문에 그녀의 빠른 쾌유에 병동의 모든 환자들이 부러움의 시선을 던지며 감탄했다.

특히 비슷한 시기에 입원한 로사의 반응은 말할 나위 없었고 그로인해 딱하게도 그녀의 불면증은 더욱 심해져 자나깨나 쾌유에 대한 걱정으로 밤잠을 못 이룰 정도였다. 최근에 들어온 노부인은 초저녁 잠이 많아 누구보다 일찍 잠자리에 들었고, 자리가 바뀌면 밤에 쉽게 숙면에 들기가 어려운 희정은 으레 취침 전 책을 읽다간 묵주를 손에 들곤 조용히 기도하며 잠 드는 게 순서였다. 쩌어……자매님, 잠이 통 안 와부네요. 워째야 쓰까이. 울울히 가라앉은 로사의 음성이 희정의 침대로 날아왔다. 잠이 안 오면 나더러 대체 어쩌라는 걸까. 타인에의 의존 경향이 좀 심한 여자이긴 해도 잠 드는 것까지 스스로 해결하지 못해 자장가를 불러주듯 누군가가 잠을 재워져야만 하는 것일까. 어쩌다 교우임이 들켜버려 냉정히 굴 수도 없는 자신의 처지에 희정은 가만히 한숨을 내쉬며 말했다. 전 지금 기도 중이에요. 기도를 하다 보면 어느새 스르륵 잠이 드니 한번 해보셔요. 로사가 답했다. 기도할 기운도 읎단께요. 자매님이 소리 내어 허믄 지도 속으로 쪼깐 따라 해볼 텐께 함 혀보시오. 참으로 어이없는 청이긴 했으나 불면의 괴로움을 잘 알기에 희정은 천천히 기도문을 읊기 시작했다.

은총이 가득하신 마리아여 기뻐하소서
주님께서 함께하시니
여인 중에 복되시며……

희정의 낮고 잔잔한 음성이 고요한 병실의 공기를 파고 들었다. 얼마의 시간이 흘렀을까. 희정의 옆 침상에 누운 로사의 기척이 잠잠하다 싶더니 어느 결에 가늘게 코 고는 소리가 들려왔다. 반면 희정의 맞은편, 로사와는 대각선을 이룬 설화의 침상에선 한껏 숨을 죽인 훌쩍임 같은 것이 전해와 희정은 아연했다. 어인 일로 그녀의 '울남편'은 요즘 왠지 통 모습이 보이지 않았고 설화의 낯빛은 어두웠다. 언니 기도 소린 사람의 마음을 울리네요. 저두 어렸을 땐 성당 다녔거든요. 희정의 맞은편 침대 커튼 속에서 코가 막힌 듯한 설화의 젖은 음성이 들려왔다. 설화 씨 아직 안 잤나요. 그럼……여기 수면제 대용품이 있으니 한번 써보실래요. 희정이 감미로운 음악을 녹음한 MP3와 달달한 내용의 신간 연애소설을 뽑아들곤 커튼 속 설화에게 건네주었다. 어디선가 울어대는 가을 벌레 소리가 유독 병실에 아련히 스며드는 밤, 희정 또한 까닭 모를 착잡함에 오래 잠을 이루지 못하곤 몸을 뒤척였다.

그해 첫 추위가 닥친 11월 말경 어느 주말이었다. 병동 스피커를 통해 공지되는 그날의 순서에 따라 1층에 위치한 재활센터를 다녀와야만 하는 것이 입원 환자들의 고정된 일과였는데 전날 밤 잠을 설친 희정은 몸 상태가 좋지 않아 오전의 재활 활동을 생략한 채 침대에 멍하니 누워 있었다. 설화와 노부인은 재활실로 내려가고 예의 옆 침대에 비스듬히 누워 TV 아침 드라마를 시청하던 로사가 특유의 느릿한 음성으로 희정에게 말을 걸어왔다. 아고, 자매님은 인자 다 낫어갖고는 재활 안혀도 암시롱 않져잉. 시상에 을매나 좋겄소. 곧 퇴원하겄소오. 자매님 먼저 가불믄 겁나게 서운헐 틴디 워째야 쓰까이. 비슷한 시기에 입원한 환자 중 가장 차도가 더뎌 혼자 남아 있을 것에 대한 우려가 가득한 음성이었다. 로사 씨도 조금만 더 재활에 힘쓰면 조만간 곧 퇴원하실 수 있어요. TV 시청 좀 줄이고 열심히 걸음마 연습하신담 충분히 가능하죠. 희정이 말했다. 여그서 TV도 안 본다믄 뭔 재미로 살겄소오……. 희정의 말에 긴 한숨과 함께 급히 TV 리모콘 스위치를 눌러 끈 후 운동이라도 하려는지 로사가 자신의 슬리퍼에 발을 꿰며 마악 침상에서 몸을 내리려 할 때였다.

515호. 여기 맞아, 언니. 여기 맞다니깐! 뾰족하게 날 선 음성이 병동 복도를 울리는가 싶더니 이른 추위에도 벌써 모피로 몸을 둘둘 감싼 여자 둘이 왈칵 병실문을 열고 안으로 들어섰다. 한눈에 보기에도 턱없이 오만하고 기세가 등등해 보이는 속물적 체취가 물씬한 여인들이었다. 희정은 환자들이 머무는 입원실을 그렇듯 조심성 없이 노크조차 않고 쳐들어온 그들이 언짢아 짐짓 얼굴을 찌푸렸다. 어떻게 오셨나요. 희정의 음성도 건조하고 냉랭할밖엔 없었다. 여기 설화라는 환자 있는 방 맞죠. 그 여자 지금 어딨어요. 앗, 언니 이 침대 맞네. 여기 설화라고 이름표 걸려 있는 거 좀 봐. 맞네에. 남의 서방 홀린 백여시 같은 년! 두 여자는 연방 설화의 침상을 기웃거리며 설화의 명패를 확인하고 소지품을 뒤적이며 병실을 온통 뒤집어 놓을 태세였다. 잠깐. 왜 그러셔요. 그건 다 제 물건입니다. 손 대지 마세요. 설화인가 뭔가 하는 여잔 오늘 오전에 퇴원했어요. 희정은 본인도 미처 예상치 못한 말이 튀어나와 스스로도 놀랄 지경이었으나 끝까지 태연한 자세를 유지하려 애를 썼다. 뭐라구요. 원무과 들러 입원 확인하고 왔는데 뭔 소리예요. 여자들의 눈이 삼킬 듯 희정을 노려보았다. 오늘이 토요일이라 퇴원 수속이 안돼 일단 가퇴원으로 나간 거 같아요. 창가 쪽 침대가 추워 방금 제가 이쪽으로 자릴 옮겼거든요. 명패 바꿔 놓는 걸 깜빡했네요. 어쩔 수 없이 조금은 떨리는 손길로 희정이 자신의 명패를 떼어내 설화의 것과 바꿔 달며 로사에게 급히 신호를 보냈다. 재빨리 재활실로 달려가 설화에게 이 상황을 알리라는 눈짓, 손짓이었다. 멍한 낯빛으로 굳어 있던 로사가 희정의 사인을 알아채곤 급히 보행기를 밀며 밖으로 나가는 모습에 비로소 희정은 안도하며 숨을 돌렸다. 그럼 잘됐어, 언니. 고년 아파트로 쳐들어가 박살을 내는 거야. 언릉 그쪽으로 가자아. 여자들은 쌩하니 바람을 일으키며 병실을 빠져나갔다.

혼자 남은 희정은 고꾸라지듯 허리를 꺾어 설화의 침상에 머릴 대며 안도의 숨을 몰아쉬었다. 대저 어찌된 셈인가. 뭐가 뭔지 도무지 황망하고 헤아릴 길이 없었으나 뭔가 설화에게 몹쓸 일이 일어났고 일단은 그녀를 곤경에서 건지고 보호해야 한다는 생각밖엔 들질 않았다. 여자들이 병동에서 완전히 사라졌음을 확인한 후에야 희정은 재활실로 내려가 설화의 건재함을 확인하곤 가슴을 쓸었다. 로사의 거대한 몸이 그녀의 곁에 바싹 붙어 서서 단단한 방호벽이 되어주고 있음이 적이 든든해 보였다. 노부인은 수술한 지 얼마 안돼 아직 치료 과정이 남아 있어 입원실로 돌아오기엔 좀 더 시간이 걸리는 상황이었다. 세 여자는 조심스레 515호 병실로 들어선 후 문을 꼭 닫곤 말없이 서로의 어깨를 껴안았다. 재활실에서 한창 운동하고 있는데 그이에게서 문자가 왔어오. 아내와 처제가 병원으로 몰려갈 낌새

이니 빨리 병원을 벗어나 어디로 좀 피해있다 오라는 내용이라 대충 감을 잡긴 했어요. 설화가 가쁜 숨을 몰아쉬며 말했다.

만일의 사태에 대비, 오늘부턴 설화 씨가 로사, 이순임이 되는 거예요. 침대 명패를 바꿔 달고 그 여자들 재차 오면 병원 경비대에 연락, 즉각 퇴실 조치를 취하도록 하는 거예요. 이유야 어쨌든 공공장소, 특히 병원에서의 소란은 경범죄로 즉결로 넘겨야 하니까요. 암믄요, 만약 그 아짐씨들 또 쳐들어오믄 설화 씰 꽁꽁 보쌈해 내 이불 속에 숨겨놓을 텐께 암 걱정 마시란께요. 희정과 설화의 다소 과장된 얘기에 충격과 긴장으로 굳어 있던 설화의 낯빛에 살풋 웃음기가 돌았다. 앞으로 무슨 일이 일어나든 언니들이 함께 있어 든든합니다. 모든 건 자업자득. 이젠 차라리 담담한 마음이에요.

그날 밤, 다음 날 날이 밝는 대로 일단 병원에서 가퇴원 하기로 결정한 설화의 송별회를 위해 과일, 간식, 커피 등을 앞에 놓고 세 여자가 모여 앉았다. 노부인은 다리에 통증이 심하다며 진통제를 맞은 후 일찍 잠이 들었다. 죽은 남편을 그리다 제 설움에 지친 것일까. 이제 더 이상의 눈물바람은 거두었으나 눈에 띄게 기운이 없고 우울해보여 안쓰러웠다.

세 여자 중 설화가 가장 먼저 입을 열었다. 저는 이번 수술로 병원에 머물며 제 생에 큰 전환기를 맞은 거 같아요. 이제 뭔가 단호한 결단을 내려야만 한다는 결심이 섰어요, 이미 짐작하셨겠지만 울남편 실은 정식 결혼한 사이 아니에요. 저는 대학에서 현대무용을 전공했는데 졸업 후 시간 강사를 하며 강남에 무용학원을 차렸어요.

그인 바로 제 무용학원이 있는 건물의 건물주였지요. 또한 그는 그 건물을 사옥으로 소유한 제법 큰 규모의 무역회사 오너이기도 했어요. 어느 날 그가 직접 제 무용학원을 찾아와 자신의 평생 소원이 춤을 배우는 거라고 고백하며, 기꺼이 저의 수강생이 되길 원해왔어요. 자신의 버킷 리스트 목록 제1번이 바로 춤 배우기임을 강조하며 한사코 뜻을 굽히지 않았어요. 다만 50대 후반이란 나이가 있으니 발레 쪽은 감히 꿈도 못 꾸고 주로 라틴 댄스, 탱고, 왈츠 등을 배우고 싶다고 했어요. 영화 '여인의 향기'에서 알파치노가 젊은 여자와 추던 그 탱고를 배울 수만 있다면 소원이 없겠다며 한숨을 내쉬었지요. 회사일에 시달리는 와중에도 틈만 나면 학원으로 달려와 감미로운 선율 속에 구현되는 온갖 춤사위를 홀린 듯 바라보며 좀체 학원에서 떠날 줄을 몰랐어요. 결국 저는 그를 제 수강생으로 받아들이지 않을 수 없었지요. 춤에 대한 그의 강렬한 열망, 내적 욕구만큼이나 그의 춤은 놀랍도록 나날이 발전해갔는데 나중에 알고 보니 무역회사 오너로서 업무상 외국인과의 친교를 핑계로 자택에까지 춤선생을 불러들여 맹렬히 과외 수업을 받은 결과였어요. 정말 지독한 몰입이었죠. 옛일을 더듬는 설화의 눈빛이 아득해졌다.

마침내 설화와 함께 멋진 탱고를 출 수 있게 된 그날 그는 빨간 장미 한 송이에 커다란 다이아몬드를 박아 그녀에게 바치며 사랑을 고백하였고 그날부터 두 사람은 연인이 되었다. 비록 나이 차이는 있었으나 상당히 젊어보이는 세련되고 반듯한 외모, 열정, 능력, 포용력. 재력 등 모든 것이 그녀의 마음을 사로잡았기 때문이었다. 물론 그가 가족이 있는 엄연한 기혼자임을 모르진 않았으나, 설화는 미국에서 의사로 성공한 오빠를 따라 가족이 전부 미국으로 이주하고 혼자 남은 터라 외로움을 떨쳐내지 못했고 강력한 보호자인 양 그에게 의존한 것이 화근이었다.

근디 워쩌서 젊은 처자가 부모 형제 따라 미국으로 안 가고 혼자만 달랑 남았당가. 참말로 딱허게 되얐구만. 로사가 자기 일처럼 끌탕을 하며 혼자 한국에 남은 설화에 대해 안타까움을 표했다. 그땐 조만간 곧 교수가 되리라 판단했어요. 시간 강사 하다가 때가 오면 언젠간 교수가 되리라 그런 꿈을 꾼 거예요. 근데 현실은 그것이 쉽질 않았어요. 현재 한국엔 유일하게 둘째 언니가 결혼해 부산에서 살고 있는데 퇴원하면 곧장 그리로 오라고 하네요. 한동안은 일단 거길 내려가 정양할 생각이에요. 설화의 얘기는 그렇게 이어졌다. 잘 생각했어요. 그 여자들 아마 곧 설화 씨 집으로 쳐들어갈 기세던데 혼자 집으로 가면 위험해요. 착잡한 얼굴로 희정이 거들었다. 당분간은 언니네서 기거하며 재활에 힘쓰다 쾌차되면 모든 걸 정리하곤 미국으로 가려고요. 거기서 지나간 모든 걸 씻고 이제 뭐든 새로이 시작할 거예요. 그이와는 우선 공간적으로 떨어져 있는 게 필요해요. 사람의 정이란 게 얼굴 맞대면 또 흔들리곤 하니까요. 그게 최선의 방법이란 생각이 들어요. 설화의 표정엔 뭔가 단단한 결기 같은 것이 배어났다.

다음 날 아침 설화는 병동을 떠나며 말했다. 겨우 보름 남짓 함께하는 동안 언니들과 혈육 같은 정이 들고 말았네요. 후일 안정되면 꼭 연락 드릴게요. 서로의 전화번호를 확인하며 희정과 로사를 꼭 부둥켜안은 채 설화가 눈물을 글썽였다. 그리곤 부언했다. 비록 몸이 아파 병원에 입원했으나 몸뿐 아니라 마음의 병까지 치유되어 나가는 행운을 얻었다고, 가장 큰 수확은 입원 기간 중 로사와 희정의 가족을 통해 위대한 가족애를 깨달아 자신 또한 가족을 갖고 싶다는 간절한 소망을 품게 되었다며 설화는 눈시울을 붉혔다. 로사 언니의 아들 같은, 또한 희정 언니 남편 같은, 그런 묵묵하고 구순한 사람들을 가족으로 갖고 싶단 생각이 들었어요. 정말이지 그런 생각이 든 건 처음이에요. 가족애란 그레이트. 그건 정말 위대하단 걸 깨달았어요. 그걸 가지기까지엔 온갖 희생, 봉사, 고통의 시간을 지나왔겠지요. 제겐 그런 시간이 없었던 거예요. 오직 자신만을 위한 삶, 자신만의 기쁨, 자신만의 안위와 쾌락의 추구. 그게 전부였으니까요. 하지만 이젠 저도 확실히 달라질 거예요. 언니들, 끝까지 저를 지켜봐 주셔야 합니다. 꼭이요.

설화는 그렇게 우리 곁을 떠나갔다. 한 사람의 난 자리만큼이나 깊은 적막과 쓸쓸함이 감도는 병실 창가엔 만추의 낙엽만이 처연히 쌓여갔다. 이제 곧 겨울이 오겠지. 겨울이 오면 또 눈도 오겠지…… 희정은 뿌옇게 성애 낀 병실 유리창을 호호 불어가며 손가락으로 골똘히 뭔가를 써내려갔다. 설화. 눈처럼 희고 고운 그대 부디 온전히 쾌유되고 행복하기를…….

그 겨울의 하행

도심 외곽 언덕배기에 자리한, 소도시의 대학 병원은 마치 전후의 포로수용소와도 같은 음음함이 감도는 잿빛 건물이었다. 그곳의 가파른 언덕을 오를 때마다 희연은 가슴 한켠에 무거운 추가 매달린 듯 묵직한 중압감이 밀려왔다. 시모의 입원 두 달째. 병수발에 지쳐가는 7남매 형제들이 순번을 정해 병실을 지키기로 결정한 후, 그녀는 그간 서울에서 겨우 두어 차례 내려왔을 뿐이나, 벌써부터 지레 지쳐 온통 심적 부담과 피로감을 느끼며 내내 울울한 기분에서 좀체 헤어나질 못하고 있었다.

날씨마저 연일 혹한에 폭설까지 내려 가뜩이나 발길 꿈뜬 시댁으로의 겨울 하행을 더욱 힘겹게 만든다고 그녀는 애꿎은 일기 탓을 하며 한숨을 내쉬었다. 사실 모든 문제는 마음이 근원이며 마음으로 귀결이 되는 것임을 알기에 스스로의 심리를 진단, 극도의 자괴심을 갖게 됨은 어쩔 수 없는 일이었다. 하행을 앞 둔 저녁 심란한 낯빛으로 짐을 꾸리는 희연을 바라보며 적이 습기 찬 어조로 남편, 경석이 말했다. 그래도 당신은 어머니 사랑 많이 받았잖아. 힘들겠지만 얼마 안 남은 날들 잘 보살펴드리고 오도록 해. 하긴 경석의 말은 사실이었다. 결혼 전 며느리감이 평소 당신이 원하던 농사일 잘 돕고 못밥을 거뜬히 머리에 이어 나를 수 있는 실팍한 몸매의 여자가 아니라 잠깐 실망을 안겨준 것 외엔 그저 희연의 모든 것을 어여삐만 봐준 시모의 마음을 모른다고 한다면 그건 죄악일 것이다.

고이 기른 딸, 이런 촌에 시집 보내고 느그 오매 간밤에 잠이나 한소끔 잤겄냐. 색동옷 새색시 차림으로 아궁이 앞에 앉아 불을 때는 희연을 향해 안쓰러움 가득한 눈빛으로 그렇게 말하던 시모의 끈적한 음성은 잊을 수가 없었다. 그 이후 발생한 집안의 모든 경사는 다 새로 들어온 복덩이 며느리 덕분으로 받아들이며 희연을 매우 귀히 여기고 아껴주던 시모였다. 호롱불을 켜던 마을에 처음으로 전기가 들어왔을 때도, 도랑물을 길어 먹던 차에 마침내 수도가 연결되었을 때도, 또한 땀 흘려 일한 당신의 노력으로 새 논을 매입하게 되어도 늘 그걸 복 많은 새사람이 집안에 들어와 일이 잘 풀리는 것이라고 마치 주술처럼 그렇게 말하곤 하던 시모였다. 농촌 개발, 현대화 작업의 일환으로 이루어지는 모든 일조차 그것을 오직 희연을 덕으로 돌리고 고마워하는 시모의 태도가 희연으로선 사실 상당한 부담이 아닐 수 없었다. 추후 혹여 집안에 안 좋은 일이라도 생길 시엔 또 어쩔 것인가. 하지만 희연의 그러한 우려는 기우일 뿐이었다.

시댁 형제 7남매 중 출가한 두 시누이와 맏아들 경석의 밑으로 층층이 뒤를 이은 세 명의 시동생, 그리고 막내 시누이가 이후 줄줄이 결혼을 하여 새로운 새식구를 데려왔기 때문이었다. 복 많은 맏며느리 희연을 대신할 새사람들이 속속 등장한 까닭에 더 이상 복덩이 역은 자신만의 몫이 아님에 희연은 비로소 안도했다.

에미는 참말로 복 많은 사램이다. 위로 딸 낳고 그 담엔 아들 낳고……시상에 이런 복덩이가 워딨다냐. 희연이 첫딸을 낳은 후 만 3년 터울로 아들을 낳자, 내심 애타게 장손의 탄생을 기다린 끝 이윽고 손자 보게 된 심경을 에둘러 그렇게 표현하는 시모의 얼굴엔 터질 듯 기쁨이 넘쳐났다. 그렇듯 환희에 찬 시모의 모습은 처음이었다.

그러나 희연의 바로 손아랫동서인 한석의 처, 계순은 참으로 딱한 새사람이 아닐 수 없어 시모의 애를 태웠다. 결혼 후 연년생으로 무려 딸만 내리 넷을 낳았기 때문이었다. 더구나 시모는 둘째 아들 한석과 농사를 지으며 한집에 살다 보니 사사건건 계순과의 사이에 고부간 대립과 갈등이 야기되던 터라 상황은 더욱 악화되어만 갔다.

남아선호 사상이 뼛속 깊이 박혀 있는 시모이기에 둘째 며느리가 덜렁, 손자를 낳아 안겨주는 복덩이가 아님은 실로 받아들이기 힘든 사실이었다. 가뜩이나 희연을 향한 시모의 무조건적 편애로 인해 동서 간 내적 갈등이 심화되어만 가는 터라 희연은 극심한 곤혹감을 벗어날 길이 없었다. 어머닌 배운 며느리만 알아요. 그게 너무 심해

때론 죄 없는 형님이 미워지고 샘도 나고 그런 게 솔직한 심정이에요. 계순은 이따끔 그렇듯 극도의 불만을 토로하며 희연에게 당혹감을 안겨주곤 했다. 그럴 때면 희연은, 동서랑은 함께 사니 허물없어 그러시는 거고 나랑은 아무래도 거리감이 있어 그러신지 몰라, 하고 응수하곤 했으나 내심 마음이 심히 편치 않음은 사실이었다. 배운 며느리와 못 배운 며느리. 시모는 적어도 전적으로 그걸 기준으로 편애하는 것은 아니련만 계순은 꼭 그 점을 지적하여 문제를 삼곤했다. 외려 시모는 아들을 쑥쑥 잘 낳는 며느리, 제아무리 하느님을 향한 믿음 강하다 해도 농번기의 주일엔 교회를 좀 빠지곤 기꺼이 농사일을 돕는 그런 며느리를 더 원하는 것이다. 인간은 누구나 자기중심적 사고로 사리 판단을 하기 마련. 그래도 계순이 자신의 속내를 고스란히 털어놓는 것만으로도 다행이라 여기며 희연은 애써 자위할 따름이었다.

어느 해 겨울, 계순이 드디어 다섯 번째 아이를 출산할 무렵, 시모는 마침 상경하여 희연의 집에 묵고 있었다. 형님, 시한엔 농사일도 없고 한가하니 어머님 제발 오래 붙들고 봄까지 좀 있어주세요. 절규하듯 애원하는 계순의 청에 희연은 하릴없이 하루라도 빨리 시골집으로 귀환하려는 시모를 만류하며 되도록 시간을 길게 끌 수밖엔 없었다. 나 사는 디가 젤이제 깝깝혀서 이런 디서 워찌 살겄냐. 마당과 들판을 휘저으며 무엇이라도 손 가는 일을 마다 않는 근면이 몸에 밴 탓에 도시 아파트의 틀에 박힌 삶엔 금방 넌더리를 내는 시모를 간신히 말려 붙잡긴 했으나, 맘이 편치 않긴 시모나 희연 양쪽 다 마찬가지였다. 이른 아침부터 모든 채널의 TV드라마를 빠짐없이 챙겨보는 시모의 곁에서 때마다 적절한 반응을 보이며 피드백 하기, 세끼 밥 먹고, 때론 외출도 하고 쇼핑하고 가까운 친척집엘 동행하고 또한 주말엔 남편과 함께 야외로 나가 외식을 하는 정해진 코스. 보름 남짓 그런 일정이 반복되노라면 어언 점차 그것에 얽매이고 부담이 일고 억압이 느껴짐은 당연한 수순이었다. 누군들 어떠한 형태의 삶인들 자신의 일상을 스스로 결정하고 운용하고 자유로이 행할 수 있는 삶의 공간이 곧 천국임을 모를 리 없는 시모였고, 그러기에 어쩜 두 사람은 비록 고부간일지언정 서로 말 없는 묵계와 거리, 그리고 개체 간 경계를 분명히 함으로써 비교적 얼마간의 화해로운 관계의 지속이 가능했던 것인지도 몰랐다. 다만 이렇다 할 배움 없이도 고된 삶을 통해 스스로 습득한 놀라우리만큼의 지혜를 지닌 시모였으나 함께 사는 며느리를 향한 극렬한 애증만은 도저히 이해가 되질 않았다.

계순의 출산을 맞는 시모의 태도가 바로 그러했다. 딸만 내리 넷 낳은 게 뭔 유세다냐. 시모는 계순이 번번이 딸만 낳으며 남부끄럽게 뭔 입덧은 또 그리 심하게 하는지 알 수가 없다며 끌탕하곤 하여 희연을 민망하게 했고, 또한 힘들게 농사일하는 아들이 며느리로 인해 딸만 넷을 가진 아비가 된 게 딱하고 가여워 죽겠노라 한탄했다. 그럴 때마다 희연은 시모를 향해 딸만 내리 낳는 건 결코 여자의 책임이 아님을 강변하곤 했으나 시모의 고정관념은 절대 바뀌질 않았다. 예컨대 둘째 아들 한석을 향한 시모의 애정은 집착에 가까운 절대성을 띄고 있었다. 함께 농사를 지으며 얽히고 쌓인 강한 유대감에 집안의 기둥과도 같은 의뢰심, 집착, 연민 등이 혼합되어 거의 혼연일체의 경지에까지 이른 모자간이라 할만했다.

큰아들 경석을 향한 감정과는 또 다른 형태의 애정이었다. 공부 잘하고 착한 경석이 틈틈이 농사일까지 마다 않는 온유한 성품이 시모의 눈엔 꽤나 장하고 기특한 아들로 보였던 것일까. 시모는 경석에 대한 자부심이 대단했다. 갸아는 원캉 순혀서 에러서부텀 저만치 서보란 소리 한마디 안하고 키웠응께. 경석을 얘기할 때면 시모는 원인 모를 자존, 긍지가 가득 배어나는 모습으로 그렇게 말하곤 했다. 어느 날 논에서 낫 들고 둘이 벼를 베는디 갸아가 나이 든 나보담 월등 뒤쳐져 따라오덜 못하는 것이여. 넌 젊은 넘이 시방 늙은 에미만두 못허니 뭐더는 짓이냐, 고러콤 물어봤을 것이여. 그렸더니 갸아가 지 손바닥을 내밀어 보이며 내게다 말허지 않겄냐. 엄니, 벼에 쓸려 손을 베어 도저히 엄니처럼 빨리는 못하겠네요. 그제야 갸아 손을 보니 볏잎에 손바닥이 쫙쫙 금이 가부러 온통 피투성이인 것이여. 야아, 이 미련퉁아, 진즉에 말헐 것 아니냐. 하며 낫을 던져뿔곤 언릉 속고쟁이 한 자락을 찢어 갸아 손을 칭칭 싸매줬단께. 하이고, 말도 말어. 그때 내 가슴 피멍 든 건 안즉도 가시질 않는다야. 핵교 다닐 때 교복 모자라곤 워디 성한 디가 읎이 죄다 꿰매고 또 꿰매 도시 눈 뜨고 볼 수가 없었단께. 맴시로 밤새 가마닐 짜서 기연시 새 모자를 하나 사줬응께. 그때 내 심정은 말로는 다 못헌다. 시모의 넉두리는 그렇듯 한없이 이어지고 종내는 서러운 눈물바람으로 끝

맺기 십상이었다. 일 년에 몇 차례의 상경 시마다 이미 몇 번이고 듣고 또 들어 스토리를 훤히 꿰고 있는 얘기였으나 노인 특유의 건망증인지 어쩐지 시모는 지친 기색도 없이 그 얘길 되풀이하곤 하여 희연을 질리게 했다.

때마침 시골집으로부터 동서가 해산했다는 전화가 걸려왔다. 한석의 음성은 뭔가 좀 들떠있는 느낌이었다. 그런데 전화의 내용은 의외였다. 엄니께 야그 쫌 전해주셔요. 이번에도 또 딸이란께요. 전화선을 통해 들려오는 한석의 말에 희연은 차마 동서가 다섯째 딸을 낳았다는 말이 나오질 않아 잠시 멍할 뿐이었으나 시모는 이내 모든 상황을 파악하곤 길길이 뛰며 분노를 터뜨렸다. 워찌콤 되야서 그놈의 뱃속엔 대저 아들의 씨라곤 읎다냐. 내리 딸만 다섯을 낳다니 우리 아덜 불쌍혀서 이를 대체 워찐다냐, 워쩌. 마룻바닥을 탕탕 두드리며 한탄하는 시모의 격앙된 모습에 희연은 할 말을 잃었다. 그런 와중에 다시 한석에게서 전화가 걸려왔다. 엄니 좀 바꿔주셔요. 웃음기 섞인 그의 음성엔 짐짓 장난기가 묻어났고 전화를 받은 시모는 와락 태도가 돌변하여 목소릴 떨며 소리쳤다. 이게 대저 뭔 말이란께. 참말로 아덜이 맞단 말여. 그랑께 시방 니 눈으로 꼬추를 확인헌 것이냐. 짯짯이 봤냐고오. 시모는 도저히 믿을 수 없다는 듯 몇 번이고 그렇게 확인을 거듭했다. 내막인 즉 계순이 이번엔 딸 넷에 이어 드디어 아들을 낳은 게 확실하건만 손자 보기 학수고대하는 시모를 골리기 위해 한석이 짐짓 거짓을 고했던 것임이 드러났다. 완전한 반전, 반전이었다. 내가 시방 여그 이러고 있을 때가 아녀. 가서 아덜 낳느라 욕본 에미 미역국이락두 끓여줘야지 않겄냐. 시모는 부리나케 짐을 꾸려 다음 날 바로 고향집으로 내려갔다. 기차역에 내려 생전 안 타던 택시를 잡아타고 숨차게 계순이 출산한 병원으로 달려간 시모는 계순의 손을 덥썩 움켜잡으며 소리쳤다. 시상에 참말로 너도 아덜 낳을 줄 알았더냐, 시상에나아. 시모의 절대적 애정이 드디어 계순의 다섯 번째 아이, 훈이에게로 옮겨가는 순간이었다.

전날부터 퍼붓는 눈발이 꽤나 심상찮은 기세이긴 했으나 각 방송마다 최근 기상청 기록 사상 최대 폭설임을 강조하는 예보로 인해 시모의 간병을 위해 하행하는 희연의 발길은 매우 더디기만 했다. KTX 역으로 가는 마을버스가 눈길에 막혀 더 이상 운행을 못하자 엉금엉금 기어 전철역을 향해 걸어가는 출발부터 뭔가 일이 순탄치 않을 듯한 예감에 맘이 무거웠다. 가까스로 전철에 몸을 싣고 기차역에 닿아서야 비로소 하행이 실감날 정도의 무서운 폭설이었다. 그러나 무심한 열차는 다행히 큰 사고 없이 그녀를 목적지에 내려놓곤 이내 달아났다. 역에서 택시를 타고 도착한 우중충한 잿빛 건물. 그 소도시의 침침한 종합병원을 들어서는 희연의 가슴이 다시 출렁 요동쳤다. 시모의 간병에 대한 공포에 가까운 우려로 지레 겁을 먹은 탓이었다. 남편, 경석의 말대로 그녀는 더없이 안일하고 자기본위적 편의주의자일지도 몰랐다. 당신은 도무지 희생이라든가 봉사라든가, 아니 그렇게 거창할 거 없이 단지 자기 가족을 위한 단순한 노동, 마땅한 의무조차 최대한 기피하고 힘겨워하는 지독한 귀차니스트야. 경석의 말은 그녀의 태생과 기질, 그 정곡을 찔러 가슴에 엄청난 파장을 일으키는 충격적 발언이었으나 한번 타고난 그녀의 기질은 쉽게 바뀔 수가 없었다. 당신이란 여잔 참 희한해. 연애할 때나 몇십 년 함께 살아온 지금이나 전혀 마모되거나 바뀌질 않았어. 얼음 같은 여자. 얼음 중에도 인공 얼음 같은……. 온열을 가해도 좀체 쉽게 용해되질 않는 특이 체질. 당신은 그런 여자야. 대체 누구에게 주려고 한 조각 마음조차 그렇게 아끼고 또 아끼는 건지 알다가도 모를 일야. 때로 희연이 시집 쪽과의 갈등과 반목으로 감정이 고조될 때면, 경석은 그렇듯 희연을 향해 거의 언어 폭력에 가까운 집중포화로 공격을 하곤 했다. 하지만 그녀로선 사실 속수무책일 수밖엔 없음이 답답하기만 했다. 가슴 한가운데를 박처럼 쪼개 보여줄 수도 없는 노릇이고 그쪽에서 그렇게 느꼈다면 자신의 태도에 문제는 있겠으나 그건 어쩔 수 없는 일이라고 생각했다. 물론 그에 따르는 얼마간의 반성과 자책의 시간이 오긴 했으나 경석의 말은 어느 정도 과장이며 억지임을 알기 때문이었다.

시가를 향한 희연의 마음이 설혹 진실 100프로는 아니라 해도 뭔가 선을 향해 부단히 애써온 자세만으로도 선행으로 인정받을 순 없는 것일까. 피자와 커피만으로 제사를 지내겠다던 새색씨 시절의 철부지에서 그래도 일 년에 다섯 번의 제사를 고향에서 상경하는 7남매의 식솔, 그 많은 가족들 숙식까지 일박이일 일정으로 제법 구색 맞춰 단 한번도 거르지 않고 20여 년간 지내온 점, 영남과 호남이라는 서로 다른 지역성에 따른 문화적, 정서적 격차에도 불구하고 집안의 화해를 위해 나름의 노력을 기울여온 점 등등. 경석은 왜 그러한 점은 간과하는 것일까, 희연은 경석의 말이 적이 부당하다는 생각을 떨쳐버릴 수 없긴 했으나 처가를 향한 그의 한결같고도 진국스러운, 너무도 진국스러운 충정을 잘 알기에 더 이상은 무어라 항변할 수 없음도 사실이었다. 하지만 그러한 경석도 선거철만 되면 더없는 과민반응을 보이며 영호남 간 갈등 양상에 대해 첨예한 대립적 태세로 희연과 언쟁을 벌이곤 하여 그녀를 곤혹에 빠뜨리곤 했다. 의지나 노력만으론 절대로 안되는 것. 태생이 지닌 본질적 정서는 도저히 바뀔 수가 없는 것이다. 희연에게 영남의 모든 것이 익숙함과 친화, 설렘이라면 호남의 모든 건 아직도 여전히 낯섦, 괴리감, 중압감일 뿐임을 어쩔 것인가.

또한 희연 스스로 판단하기에 사람이 지닌 희생이나 봉사, 사랑, 온정 등의 지수를 1에서 10까지의 수치로 나눠 분류한다면 자신은 아마 대강 3에서 4정도의 단계에 속한 부류일지 모른다는 자각은 들 뿐 자신을 마치 냉혈녀 취급하듯 몰아붙이는 경석의 말엔 결코 동의할 수가 없었다. 반면 동일한 상황에서 사람의 고통을 수치로 나타낸다면 그녀는 분명 보통 사람이 느끼는 고통의 수치에서 그보다 월등 더 높은 지수를 나타낼 것이라는 생각이 들긴 했다.

폭설로 병원 정문 초입에서 택시를 내려 진입로로 향하는 언덕을 오르는 동안, 세찬 눈발에 눈사람이 된 양 희연은 엉금엉금 A병동을 향해 걸음을 옮겨갔다. 그래, 일단은 부딪치고 보는 거야. 희연은 심호흡을 하며 전신에 휘감겨 오는 눈발을 털어내며 복도 끝 병실의 갈색 문을 밀고 안으로 들어섰다. 먼저 와 간병하던 둘째 동서 수현이 화들짝 피어나는 얼굴로 반갑게 희연을 맞았다. 형님, 폭설이 심해 못 오실 줄 알았는데 어째 용케 오셨네요. 김이 모락모락 오르는 따끈한 타올로 정성껏 시모의 얼굴과 손을 닦아주는 수현의 편안한 낯빛이 꽝꽝 얼어붙은 희연의 심신을 포근히 녹여주었다. 오매나, 이댁 큰며느리 오신겨. 눈도 징허니 퍼붓는디 서울서 워찌 오셨단께. 그란께요, 욕 봤네요잉. 여그 따순 차 한 잔 드시께라우. 녹차보담 커피가 낫겄지여. 6인실 환자들로 보이는 수현 또래의 아낙들이 다투어 희연을 환영하며 환하게 인사를 건네왔다. 모두 생면부지의 초면이었으나 마치 십년지기를 만난 듯 반기는 모습들이 더없이 훈훈하고 순박하여 희연은 그만 어안이 벙벙했다. 어디가 아파 입원한 환자들이라기엔 너무도 건강해보이는, 외출이 자유로운 소위 나일론 환자들이라 그들의 관심사란 오직 주위 사람들의 일거수일투족에 쏠려있을 뿐임이 놀라웠다.

어머님……. 눈을 질끈 감고 6인 병실 맨 끝 침대에 누워있는 깡마른 시모의 모습을 발견하는 순간 희연은 돌연 목이 메었다. 어머님, 서울 큰형님 오셨어요. 어머님 주무셔요? 수현이 시모의 귀에 입을 대고 조그맣게 속삭였다. 주름진 눈까풀에 이는 가벼운 경련과 함께 시모가 스르륵 눈을 떴다. 어머님……. 희연이 시모의 거칠고 야윈 손을 잡으며 작은 소리로 시모를 불렀다. 맥없이 풀린 시모의 흐린 눈동자가 희연을 바라보았다. 바싹 마른 입술이 무어라 달싹였다. 에…미 왔…냐……. 시모가 희연이 잡은 손에 힘을 주며 간신히 말했다. 그러나 이내 손은 풀려버리고 시모의 눈은 다시 감기고 말았다. 어머님께서 요즘 통 식사를 못하셔요. 수현이 걱정스런 얼굴로 말했다. 동서가 애썼네. 내가 왔으니 오늘은 집에 가 봐. 그렇게 말하는 희연의 마음에 까맣게 먹구름이 몰려왔다. 사흘간 병실에서 시모를 간호하며 자신과 교대를 하기로 한 수현마저 떠나고 나면 이제 혼자 어쩔 것인가. 난방으로 매우 후텁지근한 병실의 탁한 공기가 벌써부터 가슴을 옥죄어오는 통에 희연은 숨이 콱 막히는 기분이었다.

환기를 위해 창을 여니 차가운 눈보라가 휘익 몸을 덮쳐왔다. 형님, 어머님 잠 드신 거 같으니 우리 1층 로비에 내려가 커피 한 잔 할까요. 수현이 핼쑥해진 얼굴의 희연을 보며 특유의 활달한 어조로 말했다. 수현은 마치 간병이 몸에 밴 듯 너무도 능숙하고 편안한 태도로 시모의 이불을 단단히 여며주었다. 하긴 좀 터프하고 야해보이는 겉보기완 달리 수현은 많은 걸 잘하고 잘 견뎌내는 타입이었다.

20년 전 여름, 결혼을 앞두고 인사차 처음으로 시댁을 방문했던 수현의 모습이 떠올랐다. 태권도 7단이라는, 170여 미터의 큰 키에 노랗게 물들인 머리털, 하얀 여름 니트의 시스룩 차림은 실로 파격적이라 가족은 모두 벌린 입을 다물 수가 없었다. 둘째 시동생, 병석과 함께 큰 수박 한 덩이를 사들고 삽짝을 들어서던 당찬 모습에 모두 아연실색했던 기억이 새로웠다. 츳츠……워디 다방 가시낸갑네. 수현이 땀을 씻으러 뒤란 수돗가로 사라지자, 시모가 그렇게 혼잣말을 하며 혀를 찼고 한석은 예의 퉁명스런 낯빛으로 얼굴을 붉히며 침묵했다. 계순만이 특유의 천연스런 얼굴로 묵묵히 수박을 잘라 손님 접대에 여념이 없었는데 희연은 왠지 좀 씁쓸하고 착잡하기만 한 심경이었다. 계순을 처음 봤을 때처럼 그저 동글동글 귀엽고 붙임성 있는 아가씨이길 은근 기대했기에 예상을 뒤엎은 결과에 짙은 이질감과 낯섦을 느낀 때문이었다. 게다가 남도 처녀의 강한 기질이 더욱 거슬리는 느낌이라 도저히 가까워질 순 없겠다는 생각이 들었다. 그러나 그건 기우이며 오판이었다. 시모가 우려한 그 다방 가시내는 기실 네 명의 며느리 중 살림이며 음식 솜씨며 육아 등 모든 면에서 가장 손끝 맵고 민첩한 적응력을 갖춘 여자임이 입증된 것이다. 시상에, 승질머리 고약한 병석이 갸아가 각시는 최고로 잘 골랐더란께. 신혼 초 수현의 살림 솜씨를 보고 와 내내 감탄하며 안도하던 시모의 말이 결코 과장이 아님은 시간이 갈수록 드러났고 가족도 점차 마음을 놓게 되었음은 다행이었다.

희연은 무엇보다 수현의 솔직, 담대, 화끈한 성격이 맘에 들었다. 적어도 암팡지고 내숭스런 유형은 아님이 좋았고, 매사에 임하는 자세가 대체로 늘 선선하고 씩씩하여 후련함을 안겨줌이 속시원했다. 수현이 이끄는 대로 두 사람은 병원 1층 로비의 작은 간이 커피숍에 마주 앉았다.

좁고 옹색한 장소이나마 병동의 대형 유리창을 통해 눈보라를 감상하기엔 최적의 장소였다. 휘몰아치는 눈발이 눈으로 가슴으로 우우 달려들었다. 원두 아메리카노의 맛은 별로였으나 희연은 어느새 그곳이 병원임을 까맣게 잊어 갔다. 동서 이젠 가봐야잖아. 이렇게 운은 떼었으나 두 사람의 얘긴 끝없이 이어졌고 눈발 퍼붓는 하늘은 그새 점점 더 어둑해져만 갔다. 형님, 저 병원에 하루 더 있을게요. 낼 가도 됩니다. 혼자 시모를 간병할 생각에 잔뜩 긴장해 있던 희연에겐 수현의 훈훈한 배려가 마치 천군만마를 얻은 듯한 기분이었다. 병석과의 불화로 별거에 들어간 수현을 집으로 데려와 함께 했던 힘겨웠던 지난날들이 서먹했던 둘의 사이를 부쩍 가깝게 당겨놓았음을 절감했다.

지난가을 초입, 전남 장성에 사는 병석으로부터 돌연 전화가 걸려왔다. 수현과 이제 도저히 더 이상 함께 살 수 없으니 형님 내외가 내려와 이혼을 좀 원활히 도와달라는 어이없는 부탁이었다. 불과 몇 달 전 시집 근처 농협에 근무하는 막내 동서 미정이 부부싸움 끝 또 사네 안 사네 하며 집안에 한바탕 풍파를 일으킨 지 얼마 되지 않는 시점이라 희연은 다시 또 가슴이 철렁, 내려앉았다. 소도시의 예쁜 아파트에서 알콩달콩 살아가는 시청 공무원인 막내 시동생, 진석과 농협 직원인 미정은 겉으로 보기엔 불화할 아무런 이유도 까닭도 없어 보였으나 워낙 커플의 나이 차이가 많은 관계로 이따끔 진석의 파쇼적 행태가 도저히 참기 힘든 수준이라며 미정이 울분을 터뜨렸다. 그러나 미정은 워낙에 찰지고 말이 없는 내향적 성품이라 주위 누구의 말도 듣지 않곤 그대로 짐을 싸 친정으로 가버렸고 둘은 긴 별거에 들어갔다. 그나마 이혼까지 가지 않은 건, 내 눈에 흙이 들어

가지 않는 한 자식들의 이혼만은 결코 용납 안 된다,는 단식 시위를 통한 시모의 목숨 건 제지로 겨우 유보가 된 상황이었다. 그런데 이번엔 또 병석과 수현의 차례인가.

평일 오후 황망 중에 병석의 연락을 받곤 급히 차를 몰아 꼬불꼬불 산길 이어지는 장성을 향해 달려가는 경석의 낯빛엔 스산한 기운이 가득했다. 선친을 여의고 연로한 노모를 대신하는 장남의 역할. 더구나 자신처럼 대책없이 현실성이 결여된 아내를 이끌며 고된 삶을 살아가는 모습이 때론 더없이 딱해만 보여 희연은 순간 가슴이 서늘해왔다.

장성이 이렇듯 빼어난 곳이라니. 군에 상사로 몸담고 있는 병석이 벌써 몇 해째 그곳에 살며 꼭 한번 놀러 오라는 전갈을 보내곤 했어도 별 관심없이 지나쳤던 무심함이 새삼 마음에 한 웅큼의 자책감을 몰아왔다. 그러나 희연은 나뭇잎 곱게 물들어가는 깊은 가을 숲에 눈길을 주며 마치 여행을 하듯 짐짓 여유를 즐기는 자신의 이중성에 놀라움을 느꼈다. 동생을 위해 운전대를 잡고 황황히 장거리를 달려가는 남편이 더없이 딱해 보이면서도 또한 자신은 그와 완전히 동화될 수 없음을 느끼는 그 무어라 설명할 수 없는 미묘한 괴리. 또한 시동생 부부의 상황이 적이 우려되면서도 도중의 아름다움은 결코 놓치지 싶지 않은 이기. 혈육을 향한 본능적인 감정과 법과 연으로 맺어진 인위적 의식 사이에는 하 많은 세월의 교류에도 결코 합일될 수 없는 그 어떤 개체 간 거리 같은 것이 존재함을 부인할 수 없었다.

어둑한 저녁, 경석과 희연이 장성의 군인 아파트, 병석의 집을 찾아가자, 냉기 가득한 실내엔 미처 전등불도 켜지 않은 채 병석과 수현이 마치 금방이라도 서로가 서로를 해하고야 말 듯 맹렬히 싸우고 있었다. 형님, 우린 근본적으로 서로 맞질 않습니다. 저 사람과 함께 살다간 저, 병 걸려 곧 죽을 것만 같아요. 병석은 터질 듯 분노에 찬 얼굴로 수현을 맹비난하며 이젠 그녀를 한순간도 더 견딜 수 없다는 낯빛을 해보였다. 군 하사 시절 학업과 복무를 병행하느라 건강이 악화, 결핵을 앓게 된 병석이 굳이 태권도장에서 만난 미용사, 수현과의 결혼을 서두르며 하던 말이 생각났다. 내가 결핵에 걸렸다고 밝히면 주위의 모든 사람들이 날 피하고 되도록 가까이 하지 않으려고 달아나는데 오직 그 여자만은, 요즘 결핵이 뭐 대순가요. 불치병도 아니고 약만 꾸준히 먹으면 곧 완쾌되는 병이니 아무 걱정 말아요, 하며 수현 특유의 대범함, 활달함으로 자신을 감싸고 용기를 북돋워 준 그 마음에 반해 모든 걸 감수하고 그녀와 결혼하겠다던 그 초심은 잊은 것일까.

희연은 어이가 없어 일단 두 사람을 좀 진정시킨 후 차분히 따져 물었다. 삼촌, 그러니깐 지금 당장 헤어지려는 이유부터 좀 말해 봐요. 희연이 병석을 다독이며 물었다. 까마득한 그해 겨울, 경석과 결혼하여 신행을 갔을 때 까까머리 수줍은 중학생의 모습으로 호호 손을 불어가며 도랑의 물을 길어오던 한창 반항기의 시동생, 병석. 그가 분을 못참고 씩씩거리며 입을 열었다. 무슨 여자가 저리 억세고 사나운지, 나랑 싸우다 내 앞에서 그냥 핸드폰을 내던져 박살을 내는 겁니다. 난 저렇게 언행이 거친 여잔 못 견뎌요. 심장병 걸려 죽을 거 같습다. 병석의 말이 끝나기 무섭게 수현이 악을 쓰며 대들었다. 형님, 제가 오죽하면 그랬겠어요. 친구들과 간만에 광주 나가 밥 먹고 영화 보고 쇼핑하고 하다 보니 제가 미처 저이 전활 못 받았는데 그때 제 핸드폰은 완전 방전 상태라 미처 연락도 못했어요. 집에 오며 통화기록을 보니, 한 시간 동안 글쎄 무려 30여 통의 전화가 와있는 거 있죠. 집에 와 아무리 설명을 해도 모든 걸 의심하며 사람을 광적으로 몰아부쳐요. 완전 병이에요. 너무 말이 안 통하고 화가 나 이놈의 핸드폰 다신 안 쓴다고 집어던진 거예요. 수현은 수현대로 잔뜩 화가 나 음성이 쫙쫙 갈라졌다.

경석과 함께 아무리 둘을 설득하고 화해를 모색해도 당장은 도저히 사태가 해결될 조짐이 보이질 않았다. 난 내일 출근해야 하니 일단 서울로 올라간다. 대신 당분간 제수씰 우리집에 있게 할 테니 그리 알아라. 제수씨, 짐 꾸리세요, 서울 갑시다. 경석의 말엔 아무도 거역할 수 없는 힘과 진심이 담겨 있었다. 내심 가장 놀란 희연조차 아무런 대응을 못하곤 그저 극심한 당혹감에 휩싸였을 뿐이었다. 희연에게 한마디 동의나 의견도 구하지 않은 경석의 독단적 판단에 실로 어이 없긴 했으나 그 순간 가장 나은 해결책은 그 길밖에 없음은 희연도 결국 동감치 않을 수 없었다.

그러한 사연으로 근 한 달간을 수현과 함께 한집에 살게 되었다. 직업이 미용사인 수현은 그 와중에도 커다란 가방에 온갖 미용재료를 잔뜩 넣어와 희연의 머리를 만져주고 커트나 퍼머, 네일 아트, 요리 등 자신의 손재주를 한껏 발휘하여 희연을 즐겁게 해주려 애를 썼다. 때론 둘이 차를 몰고 영화관, 백화점, 야외 등으로 나들이를 하며 심란한 마음을 추스르려 안간힘을 기울였다. 그러는 동안 차츰 정이 들어 애초의 부담, 낯섦은 점차 사라지고 마치 친자매와도 같은 동류 의식이 싹텄음은 알다가도 모를 일이었다. 그러나 장성을 떠나온 후 병석으로부터는 일체의 반응이 없어 수현의 낯빛은 갈수록 수심이 짙어만 갔다. 수현이 간간히 그에게 보내는 문자도, 전화도 일절 받질 않아 마침내 희연이 나서지 않을 수 없었다. 그래도 병석은 형수의 전화는 구순히 받고 응해주어 그나마 다행이었다. 마침 부대 교육이 있어 며칠간 서울 소재 군 숙소에 묵어야 한다는 병석을 설득하여 간신히 만남의 약속을 받아냈다. 단 수현을 절대 대동해선 안된다는 전제하에.

대신 희연은 밤새워 쓴 눈물 어린 수현의 편지를 받아들곤 병석을 만나러 갔다. 희연이 절절한 애소의 마음을 담아 병석에게 말했다. 동서는 삼촌을 아직도, 여일히 사랑해요. 친정에 안가고 여러모로 힘든데 굳이 우리집에 머무는 까닭을 그렇게도 모르나요. 삼촌을 향한 마음 조금치도 변함 없음은 알아줘야 해요. 우리 친정 막내도 몇 년 전 이혼했는데 그땐 아무도 말릴 수 없었지만 지금은 죽도록 후회하고 있어요. 그리고 무엇보다 군대 간 삼촌 아들 진이. 그애에게서 편지가 왔는데, 최근 부모의 결별 사실에 충격을 받아 군생활을 제대로 할 수가 없대요. 슬픔과 절망감에 어쩜 권총 자살을 할 지도 모르니 두 분, 제발 다시 화해하길 바란다는 애절한 사연에 목이 메었어요. 희연은 그렇게 말하며 자신도 모르게 그만 왈칵 눈물이 쏟아져 참을 수가 없었다. 그런 희연의 모습을 망연히 바라보던 병석이 극히 미미한 동요를 보이며 겨우 입을 떼었다. 형수님, 제게 조금만 더 시간을 주세요. 진이에겐 제가 편지하겠습니다. 순간 희연은 훌쩍 찻잔을 비우고 일어서는 시동생의 손을 힘주어 잡으며 말했다. 어떤 형태의 진실이건, 그걸 외면함은 죄악이에요. 간밤에 동서가 눈물로 쓴 편지, 집에 가며 조용히 읽어보세요. 희연은 그에게 수현의 편지를 전하였고, 그렇게 떠나 보낸 병석에게선 가을이 다 가도록 소식 한 자가 없었다. 그런데 마악 겨울이 시작될 무렵 돌연 시모의 입원 소식이 날아왔다.

희연의 집에 묵고 있던 수현은 누구보다 먼저 시모가 입원한 병원으로 달려갔다. 형님 마침 제가 젤 한가하니 어머님 간병 당분간 제가 맡을게요. 마치 하늘로부터 무슨 중대한 미션이라도 떨어진 양 수현은 자청하여 시모의 간병을 도맡았다. 남편과 별거 중인 상황에서 시어머니의 간병을 담당하다니. 참으로 쉽지 않은 용단이었으나 수현은 그녀 특유의 과단성, 강건함으로 기꺼이 어려운 몫을 떠맡은 것이다.

그런 사실을 모르고 있던 병석이 어느 날 노모의 병문안을 갔고 시설 열악한 소읍의 충충한 병동에서 열심히 노모를 간병하는 수현과 마주쳤다. 그건 더 이상 말이 필요 없는 대화해의 장이었다. 고생 많네. 내가 부대에서 며칠 휴가를 얻어왔으니 장성 가서 좀 쉬었다 와요. 집도 좀 정리하고……. 그 밤 시숙의 차를 타고 집을 떠나온 후 처음으로 듣는 병석의 따스한 음성에 수현은 그간의 모든 고통이 사라짐을 느꼈고 그 길로 곧장 장성으로 내려가 청소며 빨래며 엉망인 집을 다시금 말끔히 정리했다.

그러나 시모의 입원은 예상보다 오래 지속되었고 수현은 간병을 위해 다시 병원으로 돌아왔다. 병원이 지척인 고향집의 한석과 진석 내외. 그리고 인근의 세 시누이가 번갈아 가며 모두 지극정성 간병을 도와 병동에선 모두 복 많은 노인이라며 시모를 부러워했다. 다만 서울 사는 큰며느리 얼굴 보기가 가장 힘들다며 수군댈 땐 누구보다 수현이 나서 적극 해명을 해주었다. 큰형님은 하는 일이 바빠 제가 대신 전담키로 했어요. 조만간 곧 내려오실 거예요. 수현은 그렇듯 번번히 희연을 변호하기에 바빴다. 하는 일이 바쁘다니……대저 내가 하는 일이 무엇인가. 희연은 후일 그 얘길 전해들으며 심한 수치심, 자괴심을 떨칠 수가 없었다. 희연이 폭설을 뚫고 병원엘 들어서자 병동 여자들이 일제히 환호하며 반겼던 것도 어쩜 그런 사연이 깔려 있었음을 비로소 깨달았다.

뒤늦게 문단 말석에 이름을 올린 후 집안 대소사에 자신의 그 알량한 작업을 핑계로 얼마나 얄팍한 자기 변명을 일삼으며 면죄부를 받곤 했던가. 희연은 그것이 또한 명백히 주위에 자신의 자리를 대신한 희생을 요한 것이며 분명한 책임 회피임을 알긴 하였으나, 그녀에겐 문제를 안다는 것과 부딪쳐 해결하는 것 사이에 좀처럼 부합되기 어려운 일면이 있음은 어쩔 수가 없었다.

삼촌과 동서, 두사람. 다시 허니문 무드에 빠진 거 같다. 축하해. 수현으로부터 그간 병석과의 화해 과정을 전해 들으며 희연이 말했다. 밖은 여전히 세찬 눈발이 몰아치고, 병원 로비 간이 카페에 앉아 나누는 두 여자의 이야기는 끝이 없었다. 순간 갑자기 웅성대는 다급한 소리와 함께 와락 엘리베이터 문이 열리더니 주렁주렁 링거가 매달린 환자용 침대가 덜커덩, 밀려나왔다. 응급실, 응급실로! 아, 낯익은 목소리, 낯익은 얼굴들. 희연과 수현, 두 여자는 그만 화들짝 놀라 응급실로 향하는 침대를 향해 달려갔다. 간호사를 도와 한석과 진석이 이끄는 침대를 따르던 막내 시누이가 주춤 걸음을 멈추곤 하얗게 질린 모습의 두 여자를 바라보았다. 대체 워딜 갔었대여. 엄니가 잠에서 깨어나 계속 서울 언니만 찾더래여. 에미야, 에미야. 울 큰며느리가 방금 보였는디 꿈이었다냐, 하며 엄니 혼자 화장실을 가시다간 그만 쿵, 소릴 내며 쓰러졌는디 그때 마침 한석 오빠랑 진석이 들어와 천행이었단께요. 막내 시누이 명옥이 놀라움을 가라앉히지 못해 가쁜 숨을 헐떡이며 말했다. 어머, 어쩌죠. 미안, 미안해요, 아가씨. 동서랑 잠깐 차 마시고 온다는 것이……희연은 황망 중 도무지 입이 떨어지질 않아 눈앞이 뿌옇게 흐려올 뿐이었다. 수현도 사색이 된 채 좌불안석 어쩔 줄을 모르다간 명옥과 함께 와락 응급실 안으로 뛰어들었다. 희연은 정신이 아득하고 심장이 벌떡여 차마 그들을 쫓아 시모를 보러 갈 엄두도 못낸 채 병원 로비에 우두망찰 서 있을 뿐 꼼짝도 할 수가 없었다.

순간 환시인 양 눈을 하얗게 뒤집어 쓴 경석이 병원문을 밀고 안으로 들어섰다. 아앗. 희연은 입술을 깨물며 휘청 몸을 돌려 그를 외면코자 했으나 이미 경석의 시야를 피할 수는 없었다. 여보, 왜 여기 있는 거야. 어머님은 좀 어떠셔. 아무래도 당신 혼자 보낸 게 맘에 걸려 회사에 연차를 내고 달려왔지. 머리와 어깨에 소복한 눈을 털어내며 경석이 그녀와 눈을 맞추며 웃어보였으나 납덩이 같은 희연의 모습은 미동도 없이 굳어만 갔다. 당신 왜 그래. 어디 아파? 경석이 그녀의 얼굴을 정시하며 물었다. 저기요……. 자칫 울음이 터지려는 걸 가까스로 참으며 희연은 심히 떨리는 음성으로 사태의 전말을 전달했다. 만일 일의 전후 상황을 파악한 경석이 행여 희연을 이해하고 포용했다 하더라도 이번엔 그녀 스스로 결코 자신을 용서치 못할 상황이었으나 미상불 경석은 불같이 화를 내며 그녀를 몰아부쳤다.

당신은 정말 한심하고 기막힌 여자야. 무개념, 무개념! 커피 한 잔이 그렇게 대단해. 지금 당장 내 앞에서 사라져. 그리고 다신 나타나지 마. 어떻게 형제들 얼굴을 보겠어. 금방이라도 한 대 올려치고 말 듯 주먹을 꽉 쥔 경석이 부르르 몸을 떨며 절규했다. 하루도, 단 하루도 못 참곤 일을 저지르다니 제정신이야. 그래요, 자알 봤어요. 난 제정신이 아닌 여자에요. 얼음. 얼음덩이에 불과한 존재. 그것도 절대 녹지 않는 얼음. 인공 얼음이겠죠. 맞아요. 경석의 폭발적 분노에 외려 마음이 싸늘히 가라앉아 자조하듯 그렇게 대응하며 희연은 핸드백을 손에 들곤 와락 병원문을 밀고 밖으로 빠져나왔다. 이 밤 곧바로 서울로 향하려면 짐가방은 병실에 놓고 왔으나 적어도 차표 끊을 돈은 챙겨야만 한다.

세상이 온통 설국으로 변한 소읍의 거리에 나와 미끈미끈 그녀는 무작정 기차역을 향해 걸음을 옮겨갔다. 여전히 낯선 고장, 변함없이 추운 거리. 30여 년전 신행길에 느꼈던 그 낯섦, 그 지독한 추위가 아직도 마음을 장악하고 있다니. 부단한 의지와 노력, 선의만으로는 절대 해결될 수 없는 단단한 핵과 같은 이 근원 모를 감정의 알갱이, 그 실체는 대저 무엇인가.

큰길까지 걸어 나와 간신히 택시를 잡아타고 기차역에 도착한 희연은 무조건 가장 빠른 상행선 열차표를 끊어 기차에 몸을 실었다. 다신 시모가 입원한 병원에 얼굴을 내밀지 못할 듯한 참담한 기분. 지금 그녀를 지배하는 건 수치심, 자조, 그리고 자기 혐오의 감정임을 자각하는 희연의 입가에 차가운 냉소가 서렸다. 한 치 앞을 분간 못할 눈보라는 위협하듯 팡팡 열차의 차창을 두들기며 그녀를 향해 달려들었고 객실 스피커에선 폭설로 인해 열차가 운행할 수 없음을 알리는 긴급 안내방송이 흘러나왔다. 오늘 밤 이곳을 벗어나긴 힘든 것일까. 그럼 어디로 가야만 하나. 어두운 차창에 비친 얼어붙은 자신의 모습을 바라보며 희연은 간절한 간구를 되뇌었다. 시모만 소생할 수 있다면 자신은 그 어떤 불행한 상황에 처해도 아무 상관이 없음을 소원했다. 핸드폰이 울렸다. 수현이었다. 희연은 받지 않았다. 몇 번을 반복해서 통화음이 울려왔다. 병석과 수현이 번갈아 가며 그녀에게 전화를 하고 있었다. 잠시 후 띠링, 한 통의 문자가 도착했다. 형님, 어디 계셔요. 어머님 깨어나셨어요. 쓰러지며 허릴 좀 다

치셨는데, 며칠 물리치료 받음 괜찮대요. 날씨 춥고 험한데 형님이 염려됩니다. 빨리 병원으로 돌아오셔요. 아님 저희가 차 갖고 그쪽으로 갈게요. 형님 부디 연락 좀 주시길요. 수현의 애타는 문자에 희연은 눈시울이 시큰해왔다. 어찌 가족들을 다시 볼 수 있으랴. 그래도 밤새 죄 없는 사람들 맘고생을 방치할 순 없는 것. 희연은 자신도 모르게 열차에서 벌떡 몸을 일으켜 미끄러운 승강구를 황황히 빠져나왔다.

밖은 여전히 폭설이었다. 눈이 수북히 쌓인 무섭도록 적막한 밤의 플랫폼. 갈길 잃은 나그네인 양 희연은 한참을 그곳에 망연히 서 있었다. 휘몰아치는 눈발이 하얗게 그녀의 몸을 덮쳐왔다. 추웠다. 추워도 너무 추운, 견딜 수 없는 추위였다.

야생의 이야기나무에 오르는 재미

박덕규 _ 문학평론가

1. 소설 — 대설 — 소설

소설이 왜 '大說'이 아니고 '小說'인가 하면 '대도(大道)에서 벗어난 소소한 세상 이야기'라는 뜻으로 쓰던 말("飾小說以干縣令 其於大達亦遠矣" — 『장자(莊子)』의 「외물편(外物篇)」; "故智者論道而已矣 小家珍說之所願皆衰矣" — 『순자(荀子)』의 「정명편(正明篇)」 등)[1]을 오늘날까지 그대로 써서 그런 것이다. 반면에 현대 서양에서 소설이라는 의미로 쓰는 'novel'이라는 말은 이전 시대까지 '황당무계한 모험과 연대를 다루

1) 飾小說以干縣令 其於大達亦遠矣 : '작은 이야기(小說)'를 꾸며서 높은 칭찬이나 구하는 사람들은 큰 깨달음과는 거리가 멀다. 故智者論道而已矣 小家珍說之所願皆衰矣 : 그러므로 지혜로운 사람은 도리를 말할 뿐이니, '어설픈 학자들이 기괴한 이야기(小家珍說)'로 바라는 것들은 모두 그 앞에 사라져 버리게 될 것이다.

는 전기적(傳奇的) 이야기'라는 의미로 쓰인 '로맨스(romance)'로부터 벗어나 산업사회의 형성과 더불어 요청된 '시민계층의 현실적 이야기'라는 의미가 크게 강화된 것이다. 이렇게 보면 우리가 지금 읽고 쓰는 소설은 대개 동양의 옛 '소설'이라는 의미보다는 근대적인 의미의 'novel'에 더 가깝다. novel 중에서 특히 '단편소설(short story)'은 '문체와 구성'을 통해 자본주의의 삶에서 드러나는 인간사의 이면을 압축적으로 부조(浮彫)한 이야기라 할 수 있다.

그런데 현대의 단편소설이 '지금-여기'의 삶에 직면한 인간의 내면을 파헤치는 형식인 것임에는 틀림이 없지만, 그렇다고 그 삶과 인간의 이야기가 마냥 '大道'를 대변하는 것이라고 말할 수는 없을 것이다. 여기서 채택된 삶과 인간의 이야기라는 것도 실은 그 자체로 처음부터 '사소하지 않고 매우 중요한 것'이라고 말할 수도 없다. 또한 세상살이의 일들이 그저 일어날 법한 일만 일어나는 것이 아니라는 점에서 오늘날의 소설에서 채택한 이야기가 '허황됨 없이 모두 믿을 만한 이야기'라고 보기도 어렵다. 그러니까 옛 소설이 아닌 지금 우리가 읽고 쓰는 소설 역시 때로 '현실'에서 벗어나 허황돼 보일 만큼 '비현실적인' 사연을 다루기도 하고, 나아가 '大道'를 떠올릴 수 없을 만큼 사소하고 속된 사연을 말하는 데 그치기도 하는 셈이다.

따라서 여기서 우리가 상기할 일은 근대를 거쳐 탈근대를 말하는 이 시기에 이르러서도 'novel'이나 'short story'일뿐더러 'romance'일 수도 있으며 또한 '大說'이 아니고 말 그대로 그냥 '小說'이어도 좋다는 생각이 들게 하는 '근대 이전 양식' 또는 '비근대 양식'으로서

'근대성'을 유지하는 소설이 적지 않다는 사실이다. 김현숙의 소설들이 그 한 예가 된다. 그것들은 얼핏 보면 모두 우리가 사는 세상에서 부딪치는 '사소한 삶'들을 편하게 드러내고 있으며 게다가 그것에 '大道'의 의미를 얹는 데도 크게 주력하지 않은 것처럼 보인다. 우리네 인생사가 그렇듯이, 한 편 한 편 인물마다 소소하고 속된 체험들이 숱하게 얹어져 있고 그것에 특정한 의미를 부여하고 있는 것 같지도 않다.

김현숙의 소설들은 마치, 한 뿌리에서 난 나무가 여러 가지로 생장해 나가려 하듯이 하나의 이야기 줄기에서 많은 이야기가지를 자라게 하는 그런 나무와 같다. 나무는 자랄 때 가지치기를 잘 해야 잘 큰다는 것이 일반적인 상식이지만, 주로 야생나무가 그렇겠지만 많은 잔가지를 그대로 두면서 생명을 키워나가는 나무도 있다. 김현숙 소설은 여러 잔갈래로 뻗어나가는 이야기가지로써 생장해 나가는 야생의 이야기나무다. 독자는 원 줄기에서 출발해 그 가지들을 이리저리 따라가는 체험으로써 독서를 완성해 간다. 그러는 동안 '大道'에서 멀어지는 듯한 불안감이 어느덧 그 소소한 이야기가지들이 제공하는 '야생의 즐거움'으로 대체되는 과정과 만나게 된다.

2. '노인문학'에서 '은퇴자문학'으로

한국사회는 2000년대를 기점으로 65세 이상 인구가 총인구의 7% 이상인 고령화사회(Aging Society)로 접어들어 2017년 그 인구가

14% 이상인 고령사회(Aged Society)로 진입해 있다. 이런 추세를 감안해 2026년이면 인구의 25%가 65세 이상인 초고령사회가 된다는 예측도 나와 있다. 문학에서는 2000년대 들어 이런 사회 현상을 수렴한 이른바 '노인문학'이 등장해 화제를 모으기도 했다. 고령자가 늘고 그 인구 비중이 높아짐에 따라 '노인문제'에 대한 이러한 문학적 대응은 그 의미가 결코 작다고 할 수 없다. 그러나 이후 '노인문제'를 다룬 '노인문학'은 실상 크게 확장되지 못한 감이 있다.

이 시대, 스마트폰의 확산과 4차 산업혁명의 도래 등에 따른 문화환경의 급변으로 문학은 특유의 진지성을 유지하기 어렵게 됐다. 노인문제라는 이슈만 하더라도 그것을 심화할 틈도 없이 또 다른 사회문제까지 수렴해야 할 상황에 직면했다. 고령사회의 중심 테마는 '노인문제'에 그치지 않게 되었고 따라서 그 이슈도 한층 다변화된 양상을 보이고 있다. 특히 우리 사회에서 중년층을 지나면 바로 은퇴한 노인세대로 치부되던 일반적인 세대 가름이 더 이상 현실성을 유지할 수 없게 됨에 따라 '노인'의 범주에도 새로운 설정이 요청되고 있다. 나이가 들어 생업의 현장에서는 소외되지만 여전히 충분한 노동력을 갖춘, '비현역'이지만 아직은 '비노인'인 이 '소외된 생산세대'의 급증에 대해 우리 문학 또한 당당한 응전이 필요한 시대다. 국민 전체의 10%가 넘을 정도의 다수를 이루고 있는 노인의 삶을 구체적으로 다룬 작품을 '노인문학'이라 해온 연장선에서 생업의 현장에 오래 있다가 나이가 들어 물러난 은퇴자들이 그 이상의 숫자가 된 현실에서 그들의 삶을 다룬 작품을 새로운 이름으로 불러야 할 때가 되었다. 그 이름을 일단 '은퇴자문학'이라 명명해 둔다.

이 소설집에는 모두 10편의 단편소설이 수록돼 있다. 그 소설의 중심에는 대개 작가 김현숙의 실제 상황을 닮은 인물이 놓인다. 그 인물은 은퇴자이거나 그와 비슷한 연배의 전업주부거나 작가이다. 그 인물이 놓인 서사적 조건도 대개는 치열한 삶의 현장에서 벗어난 집과 동네, 여행지이거나 귀촌 지역 같은 곳이 공간적 배경으로 구축된다. 가령 「호수회의 두 번째 여행」과 「호수회의 세 번째 여행」의 지애는 전직 중학교 교사이다. 남편 인호는 공기업에서 퇴사하고 중소기업에서 임원으로 이름을 올려놓은 상태다. 이들은 같은 초등학교를 다닌 남편들의 정기적인 동창 모임을 여행으로 즐기고 있는 부류다. 두 번째 여행지가 중국의 수도 북경, 세 번째 여행지는 전남 순천(작중 서술에 따르면 첫 여행지는 제주였다)으로 이들은 그 여행으로써 일상의 일탈이 주는 해방감을 느낌과 동시에 그럼에도 현실에서 오는 여전한 구속감을 재확인한다.

「그 겨울의 하행」에서 희연은 늦은 나이에 작가가 되어 있다. '알량한 글 작업'을 핑계대고 시댁 일에 소홀해온 맏며느리로 장기입원 중인 시모를 모처럼 간병하러 갔다가 둘째 아랫동서 수현의 난감한 가정불화를 알게 된다. 「목가」의 경인은 은퇴 교사다. 평생 항해사로 배를 타다 은퇴한 남편(정현)이 마련한 농장에 가서 그곳 이웃들과 어울리며 그들의 애환을 들어준다. 「이웃집 여자들」의 현혜는 '문단 말석'의 작가로 가까운 교회를 다니거나 동네를 산책하면서 이웃사람들과 어울리며 그들의 특별한 사연을 듣고 있다. 다른 소설도 크게 예외는 아니다. 남편의 출장지인 미얀마에 간 상황을 그린 「히스의 언덕」의 소희, 산행중 무릎을 다쳐 입원 치료를 받고 있는 「그 가을 병동에서」의 희정, 자매가 많은 집안에서 자라난 남동생을 연민의 눈으로 지켜보는 「그 여자의 여섯 번째 눈물」의 채연 등도 실은 치열한 삶의 현장에서 벗어난 인물로 바쁜 일상의 주변부에 자리해 있다. 한편 「와디」와 「산행」의 중심에는 각각 남성 인물이 놓여 있는데 그럼에도 실상은 위 8편의 상황과 거의 다르지 않다. 「산우」의 '그'는 캐나다에 가족을 보내고 혼자 병든 노모를 모시고 살고 있다. 「와디」의 '그'는 30년 제약회사를 다니다 부사장직에서 정리 해고된 처지로 인근 도서관을 전전하고 있다.

이처럼 이 소설집의 소설의 중심 상황에는 이미 생업의 현장에 있다가 이제 은퇴 등을 계기로 시간적, 경제적 여유를 가지게 된 세대의 현실적 처지가 놓여 있다. 물론 이들 소설이 은퇴자를 중심에 두고 있다 해서 과연 '은퇴자문학'이라는 용어로 규정되고 설명될 수 있을지에 대해서는 더 많은 논의가 필요할 것이다. 그러나 내친 김에 이 소설집의 소설을 기준으로 해서 '은퇴자문학'이라는 용어로 불릴 만한 소설의 기본 내용을 마련할 수 있겠다 싶다. 그 내용은 큰 범주에서 다음 세 가지로 설명해 본다.

첫째는 두말할 것 없이, 생업의 현장에서 물러나 있다는 의미에서의 은퇴자를 서사에 중심에 두고 있다는 점이다.

둘째, 그들 은퇴자 대부분이 고독감이나 상실감에 젖어 있고 산행이나 여행 등으로 시간을 채우면서 그것을 극복하려 한다는 점이다.

셋째, 그들은 기존의 가족이나 직장 동료들과는 다른 새로운 인간관계를 통해 현역에서 느끼지 못한 인간애를 확인한다는 점이다.

3. 은퇴자로 밀려난 삶 이야기

다시 확인하는 것이지만 이 소설집의 소설은 모두 은퇴자 또는 그에 준하는 인물이 생업 현장에서 벗어난 시공간에 머물고 있는 상태를 드러낸다. 이 중에서 「호수회의 두 번째 여행」, 「호수회의 세 번째 여행」 연작, 「목가」, 「와디」 등 4편의 주인공들은 확실한 은퇴자이다. 작중에서의 이들의 일상은 우리가 현실에서 만날 수 있는 은퇴자의 그것과 크게 다르지 않다. 「그 겨울의 하행」이나 「이웃집 여자들」의 주인공은 문단에서 소외된 작가로서 역시 긴박한 생업의 현장으로부터 멀리 떨어져 있는 존재로 등장한다. 「산우」의 주인공은 가족을 외국으로 보낸 기러기아빠다. 「히스의 언덕」, 「그 가을 병동에서」, 「그 여자의 여섯 번째 눈물」의 주인공들도 조금씩 내용은 달리하고 있지만 전업주부로서 오래 살아온 처지로 대개는 은퇴자 처지와 다르지 않은 일상을 보낸다. 그들 인물들의 삶의 현재를 아래 3편에서 구체적으로 확인해 본다.

그들의 잊지 못할 놀이터였던 마을 한가운데의 큰 저수지를 추억하고 기리기 위해 모임 이름조차 저수지회였으나 지애만은 굳이 그 모임을 우정 호수회로 바꿔 불렀다. 뭔가 좀 칙칙하고 촌스러운 어감이라 맘에 안 든다는 게 그 이유였다. 다혈질에 남자답고 화끈한 성품의 건축 노가다인 기호, 고향 인근 소도시에서 미장원을 운영하는 부인을 두고 그녀를 지키며 무위도식하는 창수, 농원은 접고 주로 인테리어 일을 하며 노래와 춤에 빠져 사는 문섭, 인천공항 청소부인 일만, 오래 몸담았던 부동산업을 정리하고 아들에게 신발가게를 차려주곤 그것을 관리하며 살아가는 호수회의 종신 총무 용길, 그리고 공기업 임원으로 퇴직한 후 중소기업 고문으로 일하고 있는 인호. 이상이 호수회 멤버의 전원이었다. 서울에서 태어나고 자란, 중고등계 전직 교사였던 지애는 전혀 다듬어지지 않은 그들의 원색적 언행이 때론 너무도 거칠고 투박하여 종종 당혹감을 감추기 힘들었다.

—「호수회의 세 번째 여행」에서

이 소설에는 은퇴 교사 지애를 비롯해 공기업 임원으로 퇴직한 지애 남편 인호, 전직 부동산업자인 '호수회'의 종신 총무 용길 등이 등장한다. '건축 노가다'(기호), '인테리어 업자'(문섭) 등도 있지만 대개는 그마저도 정규적인 직업이 아니다. 이들은 고향의 한 초등학교 동기생 6명으로 부인까지 합해 총 12인으로 된 모임을 유지하며 우애도 다지고 유휴생활도 즐긴다.

실은 그러한 주위의 쾌적한 환경이나 즐기고 있기엔 그는 요즘 너무도 힘들고 고통스러운 상황이었다. 이미 예상하곤 있었으나 봄철 정기 인사로 30여 년 몸담고 있던 회사의 부사장직을 끝으로 퇴직해야만 했고, 엎친 데 덮친 격으로 아내와의 사이가 그야말로 사상 최악의 사태를 향해 치닫고 있었다. 단골 술집의 여주인과 가까워져 급기야는 세상에서 말하는 소위 부적절한 관계로까지 이어졌고 어쩌다 그것이 아내에게 들통 나 한바탕 난리를 치른 지 3개월이 채 안 되는 시점이었다.

—「와디」에서

이 소설에서 '그'는 제약회사 영업부에서 30년 봉직하다 물러난 은퇴자다. 회사 생활을 할 때 '술상무'와 다름없는 영업 행위를 일삼으며 '힘겹고 고되고 굴욕적'인 업무로 만성 스트레스에 시달렸다. 은퇴 즈음 그 후유증을 쾌락으로 달래다 불륜을 저질렀고 이 사실이 부인에게 들켜 인생 최대 위기를 맞았다. 근처 도서관은 '그'에게 유일한 위안이 되는 장소이다. '그'는 거기에서 만난 한 여성작가에게 자신의 처지를 털어놓음으로써 내면의 아픔을 치유하고 있다.

그의 뇌리에 새삼 아내와 노모와의 일들이, 그 험난했던 과정이 떠올라 그는 가슴이 빠근해 왔다. 캠퍼스 커플이었던 아내는 지나치게 똑똑하고 자아가 강한 게 흠이었다. 그 점이 강점이라 끌렸으나 실제 결혼생활에선 너무도 큰 걸림돌이었다. 교회엘 다니던 아내는 가톨릭 신자인 노모와 사사건건 충돌하고 부딪치고 대립하여 하루도 맘 편할 날이 없었다. 아니 시모를 모시는 일 자체가 아내에겐 크나큰 암초였을지 모른다. 그에 대한 사랑이 없었다면 벌써 헤어졌을 것임을 그는 안다. 대기업 홍보실에 근무하던 아내가 돌연 사표를 내고 딸아이의 유학을 핑계로 캐나다로 떠나버린 이유도 알만했다. 어쨌든 그는 노모의 곁을 지켜야만 했고 그때까진 직장을 버릴 명분도 이유도 없었다. 딸아이 유리의 유학 자금을 대려면 직장에 더욱 열심히 매달리는 수밖에 없었다.

—「산우」에서

이 소설에서 '그'는 아내와 딸아이를 캐나다로 보내고 혼자 노모를 모시고 지내면서 산행으로 외로움을 달래고 있는 '기러기아빠'이다. 가족들은 노모가 타계한 장례식에조차 참여하지 않는다. '그'는 산행 중에 만난 산우(山友) 둘과 깊은 우정을 나눈다. 그중 하나인 '레아'와는 우정을 넘어선 교감을 나누는 사이가 되어 '그'에게 새로운 희망을 갖게 한다.

이렇게 보면 앞에서 밝힌 '은퇴자문학'의 일반적인 범위 세 가지는 위 3편의 주인공의 처지에서 그대로 확인되는 바다. 즉 이들 주인공들은 1)비현역의 자리로 밀려나 2)일상의 고독을 여행이나 산책으로 달래면서 3)지인이나 이웃을 통해 새롭게 삶의 가치를 찾아가는 과정을 삶의 내용으로 채우고 있다.

4. 바라보고-보여지는 이야기

이 소설집의 소설에 나타나는 은퇴자 인물들의 생활을 통해 위와 같은 세 가지 사실을 설명했지만 이것이 곧 '은퇴자문학'에 대한 정의라 말할 수는 없을 것이다. 무엇보다 우리가 '노인문학' 또는 '은퇴자문학'이라 할 때 그것은 각각 그 세대에 대한 어떤 문제의식을 수반하는 것이라야 더욱 정당한 용어 사용이 될 것이다. 가령 「너무도 쓸쓸한 당신」으로 대표되는 박완서의 '노인소설'은 은퇴 노인이 경험하는 상실과 비애 자체가 하나의 주제로 부각돼 있다. 그런 점에서 이 소설집의 소설은 그런 문제제기적 내용을 크게 지향하지 않는다는 특징이 있다.

가령 「목가」의 은퇴 교사 경인을 예를 들자. 경인은 역시 은퇴한 남편이 가꾸는 농장에 드나들면서 옆집 길씨 부부와 민박집 부부 등이 친한 이웃이 된다. 가까운 곳에 토마토 농사를 지으며 그림도 그리는 화가와 어머니도 살고 있고, 입는 옷에 사는 집까지 온통 하얀색을 유지하고 살면서 수년째 '집을 팝니다'라는 팻말을 붙여 놓고 있는 '흰털' 사내 등과도 어울린다.

그녀는 계속 기도했다. 길씨의 아들이 속히 돌아와 부모와 화해하기를, 또한 길씨의 병이 빨리 쾌유되어 옛 모습을 되찾기를…… 그리고 인근 부대 사병들과 그 가족들의 외박에 늘 분주한 민박집 부부와 늘 뭔가 불안정하고 허위에 싸인 듯한 흰털 씨, 또한 토마토 농장의 착한 화가를 위하여 그들의 안녕과 평화를 위하여 기도했다.

경인은 어느새 자신 또한 전원을 위한, 전원에 의한, 전원의 여자가 되어가고 있음을 깨달았다. 동시에 그러한 전원에서의 삶을 잘 영위해온 정현과 그의 이웃을 위한 기도의 마음을 일깨워준 그 전원에 감사했다.

—「목가」에서

위 마지막 서술에서 보듯이 이 소설은 '도시에서 살아온 한 은퇴자가 은퇴 후 마련한 농장에서 지내면서 이웃들과 어울리며 전원생활에 익숙해진다'는 내용을 표면적인 줄거리로 삼고 있다. 중심인물인 경인은 농장 주변의 이웃들과 어울리며 그들의 순진함과 음흉함, 희망과 절망, 안정과 불안 등을 곁에서 보고 듣는다. 그런 어울림 끝에 경인은 어느새 자신이 '전원의 여자'가 되어 가고 있음을 느낀다. 소설 구성에서의 인물론을 통해 설명하면 이 소설에서 경인이라는 인물은 마을사람들이라는 보조적 인물의 행동을 통해 이전에 느끼지 못한 삶의 가치를 새롭게 깨우치는 주인공이라 할 수 있다.

그런데 여기서 경인이 농장에 가서 이웃사람들과 어울리며 새로운 깨달음을 얻는 그 과정에 근대소설의 구성에서 요구되는 '인과성'이 개입되지 않는다는 점을 짚을 필요가 있다. 즉, 경인과 이웃사람들의 관계 즉 경인과 길씨, 민박집 부부, 흰털 씨, 화가 모자 등과의 관계는 실은 '바라보고-보여지는' 관계일 뿐 그 이상의 '깊은 사연'으로 엮이지 않고 있다는 것이다. 이런 특징은 이 소설집 전반에 걸쳐 나타난다. 「이웃집 여자들」의 중심인물인 문단 말석의 작가 현혜가 전하는 이웃 김미지의 특별한 사연이나 성당 자매들인 시라(Syra)와 이다(Ida) 등의 경험 또한 '바라보고-보여지는' 관계를 그대로 유지한다. 「그 겨울의 하행」에서 맏며느리 희연이 듣는 아랫동서

들 이야기 특히 둘째 동서 수현 집의 사연도 그런 관계 위에 설정돼 있다. 「그 여자의 여섯 번째 눈물」에서 전업주부 채연이 귀한 남동생 동민이 건설회사 임원으로서 원치 않은 사직을 하고 우울해 하는 모습을 지켜보는 과정 역시 이와 다르지 않다. 「그 가을 병동에서」의 희정이 무릎 수술과 재활을 위해 입원해 있는 병실에 함께 입원한 로사에게서 기구한 인생사를 전해 듣고 그를 돕게 된 사연 또한 그렇다. 「히스의 언덕」에서 소희가 소티하에게 결별한 부인과의 재결합을 기원하게 되는 과정 역시 그렇다.

이들 '바라보고-보여지는' 인물관계는 다음 표로 정리된다.

작품명	인물1	인물2
그 가을 병동에서	희정	로사
그 겨울의 하행	희연	수현
그 여자의 여섯 번째 눈물	채연	동민
목가	경인	길씨 등
이웃집 여자들	현혜	김미지 등
호수회의 두 번째 여행	지애	호수회 회원들
호수회의 세 번째 여행	지애	호수회 회원들
희스의 언덕	소희	소티하
산우	그	레아
와디	그	여자

위의 표에서 위에서 순서대로 여덟째 소설까지 총 8편에서 인물1은 소설의 주인공(모두가 여성이다)으로 바라보는 지위에 있고 인물2는 인물1의 주변인물로 주로 보여지는 대상이 된다. 소설 구성에서 통상 바라보는 지위는 '화자'로서 서사를 주도면밀하게 관찰하는데

이때 그 관찰되는 대상은 더 주도적으로 서사의 중심에 있게 마련이다. 그때 그 소설은 일인칭소설로서 관찰자시점을 유지하기가 보통이다. 그런데 이들 소설은 일인칭소설도 아닐뿐더러 삼인칭소설로서도 인물1의 삼인칭 주인공이 인물2의 보여지는 대상을 관찰은 하되 어떤 서사적인 관계로 관계 맺지 않는다는 특징을 보인다. 즉 인물1과 인물2의 관계는 '바라보고-보여지는' 그 자체로 소임을 다하고 있다.(다만 「산우」와 「와디」 2편이 예외적이라 할 수 있는데, 둘 모두 인물1이 남성이며 다른 8편에 비해 관찰자의 지위라기보다 스스로를 직접 드러내는 지위에 있다 할 수 있다.)

인물1의 바라보기를 통해 인물2의 보여지기가 행해지면서도 둘 사이의 긴밀한 관계 형성이 이루어지지 않게 되면 독자에게 다가가는 것은 그 보여지는 대상(인물2)의 있는 그대로의 행적이다. 그 행적은 바라보는 지위인 인물1의 서사적 개입이 없는 상태의 것이므로 '선택되고 꾸며진 사건'으로 귀결되지 않는 야생의 이야기 자체로 펼쳐진다. 인물1은 인물2의 야생의 사연을 보기만 할 뿐 따로 통제하는 일이 없다. 「그 가을 병동에서」의 희정은 로사의 삶을 바라보고 그것을 그대로 수용한다. 「이웃집 여자들」의 현혜는 김미지가 가고 싶어한 '이르쿠르츠'를 자신의 이상향으로 삼아 버린다. 「그 겨울의 하행」의 희연은 수현의 부부 사연에 빠져들어 시어머니 간병 시간을 놓친다. 「그 여자의 여섯 번째 눈물」에서 채연은 남동생 동민의 생애를 여섯 번째 눈물을 흘리는 단계까지 오는 과정으로 들려준다. 「호수회의 두 번째 여행」과 「호수회의 세 번째 여행」에서 지애는 호수회 회원들의 탈 많은 인생을 훑어준다. 「히스의 언덕」의 소희는 부인과 별거에 들어가 있는 소티하의 일상에 대해 연민어린 마음으로 바라본다. 「목가」의 경인은 아들의 가출에 절망하는 길씨를 안타깝게 지켜본다.

인물1은 바라보고 인물2는 보여진다. 인물1은 인물2에 개입하는 일이 없다. 인물1의 권위 없음과 인물2의 자유로움이 김현숙 소설을 더욱 '小說답게' 한다. 김현숙 소설은 '문체와 플롯'을 내세워 긴축하고 반전하는 일반적인 단편미학으로서가 아니라 두서없어 보이는 잔가지들이 그대로 살아 있는 야생의 이야기나무로 생생하다.

1쇄 발행일 | 2018년 07월 25일

지은이 | 김현숙
펴낸이 | 정화숙
펴낸곳 | 개미

출판등록 | 제313 - 2001 - 61호 1992. 2. 18
주소 | (04175) 서울시 마포구 마포대로 12, B-108호(마포동, 한신빌딩)
전화 | (02)704 - 2546
팩스 | (02)714 - 2365
E-mail | lily12140@hanmail.net

ISBN 978 - 89 - 94459 - 92 - 9 03810

값 15,000원

2018 .07. -